Jet

Biblioteca de

Alberto Vázquez-Figueroa

PLAZA & JANÉS

Alberto Vázquez-Figueroa nació en Santa Cruz de Tenerife, en 1936. Antes de cumplir un año, su familia fue deportada por motivos políticos a África, donde permaneció entre Marruecos y el Sáhara hasta cumplir los dieciséis años. A los veinte años se convirtió en profesor de submarinismo a bordo del buque-escuela *Cruz del Sur*. Cursó estudios de periodismo y en 1962 comenzó a trabajar como enviado especial de *Destino*, *La Vanguardia* y, posteriormente, de Televisión Española. Durante quince años visitó casi un centenar de países y fue testigo de numerosos acontecimientos clave de nuestro tiempo, entre ellos, las guerras y revoluciones de Guinea, Chad, Congo, República Dominicana, Bolivia, Guatemala... Las secuelas de un grave accidente de inmersión le obligaron a abandonar sus actividades como enviado especial. Tras dedicarse una temporada a la dirección cinematográfica, se centró por entero en la creación literaria. Ha publicado más de cuarenta libros.

Alberto Vázquez-Figueroa

Negreros

PLAZA & JANÉS EDITORES, S.A.

Diseño de la portada: Alberto Castilla
Fotografía de la portada: The Image Bank

Primera edición en esta colección: junio, 1998

Printed in Spain – Impreso en España

ISBN: 84-01-49069-3 (col. Jet)
ISBN: 84-01-46987-2 (vol. 39/69)
Depósito legal: B. 23.347 - 1998

Fotocomposición: Lozano Faisano, S. L.

Impreso en Litografía Rosés, S. A.
Progrés, 54-60. Gavà (Barcelona)

L 4 6 9 8 7 2

El día en que Celeste Heredia Matamoros llegó a la amarga conclusión de que su hermano Sebastián había muerto durante el terrible terremoto que el 7 de junio de 1692 destruyera por completo la hermosa ciudad de Port-Royal, maldijo al injusto destino que le había hecho permanecer casi quince años lejos del ser que más amaba y que, cuando se lo devolvía, era para arrebatárselo de nuevo de un modo cruel, inesperado y, en esta ocasión, definitivo.

Pero decidió no llorarle.

Las lágrimas le anegaron el alma, y al igual que el alma es un algo intangible que se asienta en cierto lugar aún no muy bien determinado del cuerpo, sus lágrimas nadie pudo palparlas, y se hacía necesario mirar muy dentro de sus ojos para descubrir que se escondían en lo más hondo, como si de un profundísimo pozo se tratase; pozo en el que incluso su propia dueña se negaba a sumergirse.

A su dolor se sumaba no obstante el de su padre, cada vez más perplejo ante el hecho de que la vida se regodeara en martirizarle sin razón aparente, puesto que tras empujarle, como le había empujado tiempo atrás, casi hasta el borde mismo de la locura, le había librado durante un tiempo de ese abismo para colgarle una vez más sobre él, como a un simple muñeco.

Sentado junto a su hija frente a la ahora hedionda bahía, en la que aún flotaban los restos de los múltiples naufragios que el seísmo había provocado, y a cuyas playas empujaba el viento todos aquellos despojos humanos que ya ni los tiburones aceptaban, se preguntaba si era posible que el cadáver de su hijo hubiera sido también pasto de dichos tiburones, o tal vez permanecía atrapado en el interior de su barco, antaño altivo pero que apenas era ahora algo más que una destrozada proa sobresaliendo de la superficie de las grasientas aguas.

–¡Ni siquiera una tumba! –musitó quejumbroso–. No tendrá ni siquiera un lugar en el que descansar ni una lápida que recuerde su paso por la vida.

Su hija le acarició con ternura la mano ligeramente temblorosa.

–Las tumbas tan sólo guardan cuerpos, padre; sólo despojos. –Celeste señaló la infinita extensión de agua azul y transparente que nacía al otro lado de la franja de tierra en que antaño se alzara Port-Royal, y añadió–: Seguro que Sebastián prefiere descansar en la inmensidad de ese mar que tanto amaba, y te juro que haré que su paso por la vida se recuerde muchos años.

–¿Cómo?

–Armando un navío que luche contra los negreros en honor a su memoria... –replicó la muchacha con aquella sorprendente firmeza tan propia de su carácter y que obligaba a creerla a pies juntillas–. Y no pararé hasta conseguir que miles de desgraciados bendigan su nombre, y docenas de canallas lo maldigan.

–¿Aún sigues con esa absurda idea?

–No sigo –fue la tranquila respuesta–. ¡Empiezo!

Y empezó a la mañana siguiente, acudiendo a visitar al atribulado coronel James Buchanan, que era, a la vista de la brusca desaparición física de la totalidad de sus mandos superiores durante aquellos tres terribles minutos en los que la tierra pareció volverse loca, el hombre en cuyas manos había quedado la responsabilidad de poner algo de orden en el caos de una isla aún aturdida por la inconcebible magnitud de su tragedia.

–Venimos a solicitar permiso para recuperar los tesoros que mi hermano, el capitán Sebastián Heredia Matamoros, guardaba en las bodegas de su barco, el *Jacaré*, que se hundió en la bahía durante el terremoto del pasado día 7.

El buen hombre, que aún no había tenido ni siquiera la oportunidad de enviar una nave a Londres dando cuenta de lo ocurrido y solicitando instrucciones, observó como entre sueños a aquella atractiva muchachita de aire decidido, así como al abatido anciano que se mantenía en pie a su lado. Tras unos segundos de duda, inquirió:

–¿Tiene algún documento que acredite ese parentesco o la propiedad del barco?

–Todos están en el fondo del mar.

–¡Era de suponer! –admitió el desconcertado militar, que tenía plena conciencia de que no sabía cómo hacer frente al tremendo cúmulo de problemas que habían caído sobre sus espaldas–. Haremos una cosa –añadió–. Emitiré un bando, y si al cuarto día nadie presenta objeciones, les concederé ese permiso. –Le apuntó directamente con el dedo–. Pero un tercio de cuanto recuperen pasará a engrosar los fondos de ayuda a los damnificados.

–Un quinto.

–He dicho un tercio.

–Y yo un quinto –insistió Celeste–. Sabe muy

bien que la mayoría de esos damnificados están muertos, y que a nadie se le ocurrirá la absurda idea de volver a alzar una ciudad en el mismo sitio.

El otro la observó mesándose nerviosamente la entrecana perilla de la que a menudo se arrancaba puñados de pelos.

–¡Una jovencita muy testaruda...! –mascullló–. Un cuarto, y no se hable más.

–Me parece justo, siempre que sus soldados se encarguen de la custodia.

–Trato hecho.

–Lo quiero por escrito.

–Lo tendrá por escrito. ¿Algo más?

–Nada más. Que pase un buen día.

–No creo que vuelva a tener nunca un buen día –fue la desabrida respuesta–. La mayoría de mis compañeros han muerto y la ciudad que ayudé a fundar ha desaparecido. –Les miró de frente–. ¿Creen, como opina la mayoría, que el Señor la destruyó porque se había convertido en la «Ciudad del Pecado»?

Celeste Heredia, que ya se había puesto en pie dispuesta a marcharse, negó convencida.

–El pecado no anida en las ciudades, sino en el corazón de los hombres, y si ése fuera el caso, el Señor se vería obligado a destruir a más de la mitad de la humanidad. ¡Buenos días!

–¡Buenos días!

Ya en la calle, la muchacha abrió con sumo cuidado la enorme sombrilla que le protegía del violento sol tropical, y sin volverse a su padre señaló con un amplio gesto a su alrededor:

–El terremoto ha dejado a docenas de marinos sin barco y peones sin trabajo. Siendo generosos no creo que tengamos dificultades a la hora de encontrar ayuda. Y lo que nos sobra, es dinero.

Un doblón al día y un porcentaje en los beneficios constituía a todas luces un salario más que apetitoso para unos desgraciados a los que el violento seísmo había dejado en la más absoluta miseria, por lo que tres días más tarde Celeste Heredia y su padre contaban ya con más de medio centenar de ansiosos individuos que aguardaban impacientes a que el atribulado coronel Buchanan diese su definitivo visto bueno y pudiera procederse a la recuperación de los supuestos tesoros del *Jacaré*.

Dado que, como era de esperar, no apareció nadie que tuviese una clara idea de cuál de las dos docenas de navíos semihundidos que se desparramaban por la amplia bahía, podía ser el en otro tiempo temido «jebeque» del famoso capitán Jacaré Jack, el meticuloso Buchanan accedió a firmar el documento que acreditaba que las tres cuartas partes de cuanto se encontrara en sus bodegas pasaría a ser propiedad de Celeste, por lo que apenas dos horas más tarde se iniciaron las labores de rescate.

Gruesas maromas se tendieron desde tierra firme al –para padre e hija– inconfundible mascarón de proa de la amada nave y, a base de pagar un alquiler astronómico a sus dueños, se obtuvo el concurso de la mayor parte de los caballos, mulos y bueyes que habían conseguido sobrevivir a la catástrofe, y que se aplicaron a la tarea de halar de los cabos para aproximar cuanto quedaba de la maltrecha embarcación a una pequeña ensenada poco profunda.

El trabajo transcurría de forma harto lenta y farragosa, puesto que el maltratado casco de vieja madera ahora anegado corría el riesgo de partirse en dos, desparramando por el lodoso fondo de la bahía su preciada carga, y se hacía necesario por lo tanto que el único carpintero de ribera que había quedado con vida examinase detenidamente a cada instante la estructura del navío afianzándola con cabos aquí y allá, e incluso clavando gruesos tablones de refuerzo, puesto que lo que sobraba era tiempo y lo que faltaba, fiabilidad en las quebrantadas cuadernas del ya más que veterano «jebeque».

Sentada a la sombra de un copuda ceiba que se alzaba en un punto desde el que se dominaba a la perfección cada detalle del laborioso rescate, Celeste Heredia Matamoros apenas se movió durante los tres días y las tres noches que siguieron, dando órdenes o escuchando consejos, con tal entusiasmo y concentración que podría creerse que para ella no se trataba tan sólo de un valioso tesoro, sino más bien de recuperar una parte importante de su pasado.

Se hacía necesario tener en cuenta, tal vez, que desde el lejano día en que el capitán Sancho Mendaña le comunicara la feliz nueva de que su padre y su hermano no habían desaparecido en el mar, sino que se encontraban vivos y a bordo de un barco llamado *Jacaré*, dicho barco había acaparado sus sueños de adolescente, puesto que siempre vivió convencida de que algún día su idolatrado hermano Sebastián acudiría a rescatarla a bordo de ese mismo barco.

Así había sido en efecto, pero ahora, menos de un año después de que hubiera puesto por primera vez el pie sobre su pulida cubierta, el ágil y altivo navío no era ya más que un montón de maderas rebosante de agua sucia que avanzaba milímetro a milímetro, en un desesperado empeño por alcanzar la orilla de la bahía antes de desbaratarse definitivamente.

A media tarde del tercer día, cuando ya menos de cuarenta metros separaban su proa del punto elegido para vararlo de forma definitiva, un hombre alto y flaco, de aspecto taciturno y ojos enrojecidos por la falta de sueño, se aproximó hasta la ceiba bajo la que Celeste y Miguel Heredia discutían sobre la conveniencia de arriesgarse o no a intentar acabar la faena durante esa misma jornada, para inquirir roncamente:

–¿Podrían prestarme atención unos minutos? Tengo algo que contarles que creo que les interesará.

–¿Sobre?

–Ese barco... –Hizo una corta pausa, y al fin añadió con un notable esfuerzo–: Me encontraba a bordo cuando se hundió.

Miguel Heredia Ximénez le observó con profunda atención y por último replicó ásperamente:

–Lo dudo. Jamás le he visto, y conocía muy bien a cuantos navegaban en él.

–Yo no he dicho que navegara en él –admitió sin inmutarse el desconocido–. He dicho que me encontraba a bordo. Me llamo Silvino Peixe, y formaba parte de la tripulación de una bricbarca portuguesa al mando de Joao Oliveira, más conocido como capitán Tiradentes.

–¿Cómo se llamaba su barco?

–El *Botafumeiro*... También quedó totalmente destrozado a un par de millas de aquí.

–¿Y qué hacía a bordo del *Jacaré*? –quiso saber Celeste, que pareció intuir de inmediato que el relato del llamado Silvino Peixe le atañía muy directamente.

–Es una larga historia, señorita –replicó el otro–. Larga, sangrienta y cruel. Sin duda la historia más cruel que pueda contarse, y le ruego que me crea si le digo que desde esa noche apenas he conseguido dormir un par de horas.

–¿Cuánto quiere por contarla? –inquirió Miguel Heredia con un leve tono agresivo.

–Nada, señor –fue la rápida respuesta–. Yo se la

cuento, y si la consideran interesante, me conformaré con lo que quieran darme. Lo único que deseo es conseguir un pasaje de regreso a Oporto.

–Le escuchamos.

El portugués buscó a su alrededor, encontró un taburete, y, acomodándose en él, carraspeó repetidas veces, se tomó un tiempo para meditar sobre lo que iba a decir y por último comenzó en tono pausado:

–Tal como he dicho, me encontraba embarcado a bordo del *Botafumeiro*, cuando hace unos ocho meses una epidemia de dengue nos diezmó. Poco después recibimos la noticia de que en Cumaná buscaban un barco como el nuestro, fuimos allí y un caballero español nos contrató para perseguir y aniquilar al *Jacaré*.

–¿Cómo se llamaba ese caballero?

–Nunca lo supe –admitió su interlocutor–. Le preocupaba mucho mantener en secreto su nombre, pero no cabía duda de que era, o había sido, un personaje muy principal cuya única obsesión parecía ser la de capturar al capitán Jacaré Jack, que, por lo que pude averiguar, se había «apoderado» de una importante cantidad de perlas pertenecientes a la Casa de Contratación de Sevilla.

Celeste Heredia intercambió una larga mirada con su padre, extendió la mano para interrumpir el relato, y por último inquirió, como si le costara trabajo admitir que sus sospechas fueran ciertas:

–¿Ese caballero era rubio, de ojos muy azules, barba ensortijada y complexión robusta?

–Exactamente, señorita. ¿Sabe a quién me refiero?

–Probablemente se trata de don Hernando Pedrárias Gotarredona, delegado en la isla de Margarita de la Casa de Contratación. –La muchacha asintió convencida–. Sí; tiene que ser él. Continúe, por favor.

–Pusimos rumbo a la isla de la Tortuga donde contratamos a unos cuantos hombres, que resultaron ser gente bronca y de pésima catadura, aunque quiero advertirle que la mayoría de los que navegábamos en el *Botafumeiro* no podíamos presumir de santos. Tres días más tarde zarpamos hacia aquí, donde fondeamos hace poco más de un mes.

Hizo una larga pausa, suspiró muy hondo, lanzó una significativa mirada hacia la botella de ron que se encontraba al pie del árbol, e inquirió casi suplicante:

–¿Puedo?

–¡Desde luego!

Alzó la botella, bebió con largueza sin apoyar los labios en el gollete, y tras secarse unas gotas que le corrían por la barbilla, suspiró para añadir:

–Tuvimos noticias de que el *Jacaré* había estado aquí, por lo que el capitán decidió esperar su regreso, aunque el caballero se mostraba cada vez más nervioso, casi fuera de sí, y cuando al fin lo vio aparecer se podría asegurar que echaba espumarajos por la boca. El odio que ese hombre sentía era algo enfermizo, puede creerme; algo en verdad espantoso.

–Si es quien me imagino, le creo –replicó con un hilo de voz la muchacha–. Le conozco muy bien. ¿Qué ocurrió luego?

–A la tercera noche asaltamos el barco, pasando a cuchillo a sus centinelas y aguardando el regreso de cuantos se encontraban en tierra… –Resultaba evidente que incluso al propio Silvino Peixe, testigo y partícipe de los hechos, le costaba admitir que fueran ciertos–. Los fueron asesinando a sangre fría uno por uno.

–¿Asesinando? –se horrorizó Miguel Heredia.

–A todos, señor. Sin excepción alguna.

–¡No es posible!

–Lo es, señor, puedo jurárselo. Cuando descendí a la bodega los descubrí amontonados como bestias en el matadero, y le aseguro que es el espectáculo más dantesco al que jamás me haya enfrentado... –Resopló con fuerza–. Pero no acaba ahí la cosa.

–¿Qué más pudo ocurrir?

–El caballero español ordenó que les cortaran las cabezas y las conservaran en barriles con salmuera para llevarlas de regreso a Cumaná.

–¡No, por Dios! –sollozó roncamente Celeste Heredia–. Dígame que no lo hicieron.

–Lo hicieron, señorita. Lo siento, pero lo hicieron.

–¿Estaba el capitán Jacaré Jack entre ellos?

–No. El capitán Jack no estaba a bordo. El único sobreviviente señaló que había bajado a visitar a su padre y su hermana, y al oírlo el caballero se puso como loco y comenzó a renegar como si todos los demonios del averno se hubieran apoderado de su alma... –Agitó la cabeza convencido–. Y a fe que lo habían hecho.

–A fe... –admitió Miguel Heredia–. ¿Qué dijo exactamente?

–Lo siento, señor, no puedo recordarlo, o más bien diría que nadie entendió a qué se refería. –El portugués se pasó la mano por el lacio y descuidado cabello como si con ello buscara aclararse las ideas–. Mascullaba sobre que los hijos de su amante le habían buscado la ruina, ordenando que nos quedáramos a bordo hasta que el capitán Jack regresase, pese a que teníamos previsto zarpar al amanecer. –Chasqueó la lengua sonoramente–. Al poco sobrevino el terremoto, y ahí acabó todo.

Celeste meditó sobre cuanto acababa de oír, pareció llegar a la conclusión de que era un relato que se debía ajustar bastante a la realidad, y por último inquirió en cierto modo desconcertada:

–¿Cómo explica su salvación, ya que el resto de sus compañeros se hundió con la nave?

–La conciencia, señorita –fue la extraña respuesta, que vino acompañada de una amarga sonrisa–. Estoy convencido de que fue gracias a la conciencia, pues me sentía tan asqueado por lo ocurrido, que decidí subir a cubierta para que nadie me viera llorar. El primer temblor me arrojó por la borda, y debo admitir que soy un buen nadador.

–¿Qué mas sabe del capitán Jack?

–Que cuando nos fuimos a pique aún no había aparecido. Si murió, le aseguro que no fue a bordo. –Silvino Peixe lanzó una larga ojeada a su alrededor, como para cerciorarse de que nadie más podía oírle, y bajando mucho la voz añadió–: De quien sí sé es del capitán Tiradentes. El otro día le vi.

–¿Está seguro?

–Completamente. Recuerde que he pasado ocho años a sus órdenes –replicó el larguirucho con naturalidad–. Le descubrí cuando renegaba como un loco porque un cirujano estaba intentando curarle un brazo que tenía destrozado. Por suerte, él no me vio y decidí que sería mejor que no supiera que estoy vivo.

–¿Le teme? –quiso saber Celeste, y ante el mudo gesto de asentimiento, añadió–: ¿Por qué?

–Es un hombre sumamente peligroso, que sabe que puedo acusarle de asaltar un barco y asesinar a toda su dotación en plena bahía de Port-Royal. ¿Tiene idea de lo que le harían los ingleses?

–Supongo que lo ahorcarían.

–Y a mí de paso. Esos musiús no se lo piensan a la hora de ejecutar a un extranjero. –Negó una y otra vez con la cabeza como desechando un mal pensamiento– ¡No...! –añadió–. Quiero regresar a casa y olvidar toda esta historia. –Les observó con manifiesta ansiedad–. ¿Me ayudarán con lo del pasaje?

Celeste Heredia asintió al tiempo que abría la bolsa de cuero que llevaba sujeta a la cintura, y extrayendo de ella un puñado de monedas de oro las depositó delicadamente en la mano de su interlocutor, al tiempo que señalaba:

–¡Naturalmente! Pero le daré diez veces más si me indica quién es ese tal capitán Tiradentes.

–Nunca he sido un delator.

–Lo imagino. Pero debe entender que tales crímenes no deben quedar impunes.

Silvino Peixe permaneció muy quieto observando las monedas que tenía en la mano, y casi podría asegurarse que su mente se encontraba perdida en los recuerdos de la macabra escena de la que se había obligado a ser testigo. Por último, musitó con un hilo de voz:

–Procuren no abrir la bodega de popa. Las barras de plata están en la de proa, pero el capitán ordenó que los cadáveres fueran arrojados a la de popa. –Alzó el rostro y les observó casi suplicante–. ¡Por favor! –insistió–. ¡No la abran!

–Necesitaremos pruebas contra su capitán.

El otro se puso en pie muy lentamente, y en el momento en que daba media vuelta señaló:

–Si con mi palabra basta, lo pensaré.

Se alejó bordeando la bahía y antes de que desapareciera tras un grupo de palmeras, Celeste se volvió hacia su padre.

–¿Qué opinas?

–Parece sincero.

–¿Volveremos a verle?

–No lo sé. Pero me niego a aceptar que el asesino de unos hombres con los que navegué tantos años siga con vida.

–El verdadero asesino fue Hernando, y ése sí que, por lo visto, ha muerto.

–¿Quieres que te confiese algo curioso? –puntualizó Miguel Heredia–. Cuando estábamos intentando encontrar el cuerpo de Sebastián, tropecé con un cadáver que me recordó a Pedrárias, pero como tan sólo lo había visto una vez en mi vida, y de eso hace ya muchos años, deseché la idea de que pudiera tratarse de él.

–¿Por qué no me lo dijiste?

–Se me antojó absurdo. ¿Qué podía hacer un delegado de la Casa de Contratación de Sevilla en Jamaica?

–Perseguirnos. Te advertí que lo intentaría.

–Pero jamás imaginé que lo hiciera personalmente.

–Yo sí. –Celeste se alzó bruscamente como si con ello quisiera dar por zanjado el tema–. ¡Bien! En su momento nos ocuparemos del capitán Tiradentes. Ahora lo primero que tenemos que hacer es rescatar esa plata.

Al amanecer del día siguiente se concentraron por lo tanto en la tarea de conseguir que los restos del *Jacaré* alcanzaran la quieta ensenada elegida, y cuando al fin el otrora altivo navío quedó asentado en su fondo, pese a que una cuarta de agua cubriera la práctica totalidad de su cubierta, treparon a bordo para examinarlo más de cerca.

Al abrir la bodega de proa quedó a la vista un rectángulo de agua sucia y oscura en la que flotaban trapos y pedazos de madera, y muy pronto llegaron a la conclusión de que quienes se sumergiesen con el fin de encontrar los pesadísimos lingotes de plata que al parecer permanecían en su interior, tendrían que guiarse únicamente por el tacto.

Bastó no obstante ofrecer tres doblones de oro por cada barra que se extrajese, para que seis hombres se presentaran voluntarios, y fue así como, a primera hora de la tarde, parte del fabuloso tesoro, comenzó a amontonarse sobre la arena de la playa.

Muy pronto se corrió la voz del hallazgo y, al poco, un excitadísimo coronel Buchanan hizo su aparición seguido de media docena de soldados fuertemente armados.

–Luego era cierto –exclamó fascinado–. ¡Una auténtica fortuna! ¿Cuántas barras esperan encontrar?

–Poco más de trescientas –replicó Celeste segura de sí misma.

El otro no pudo evitar lanzar un leve silbido de admiración aunque de inmediato pareció avergonzarse por el hecho de haber mostrado sus sentimientos, cosa al parecer impropia de un oficial de Su Graciosa Majestad.

–¡Trescientas! –repitió, como si le costara admitir que la muchacha fuese un ser de carne y hueso–. ¿Qué se siente al ser tan joven y tan rica?

–Cambiaría cuanto contiene ese barco por volver a ver a mi hermano.

–Nunca he tenido hermanos –fue la humorística reflexión del militar–. Pero dudo mucho, conociendo a mis padres, que hubieran sido capaces de darme uno que valiera la mitad. ¿Me permite un consejo?

–¡Por supuesto!

–Conozco un banquero, Ferdinand Hafner, que les ofrecerá un buen precio por esa plata. Y sus cartas de crédito están garantizadas por la mismísima Corona.

–No es que la Corona inglesa me inspire excesiva confianza, pero le confieso que ya había pensado en Hafner –fue la sincera respuesta de la muchacha–. ¿Por qué no me lo presenta? –sonrió con marcada intención–. Siempre resulta conveniente que un banquero nos deba un favor, ¿no le parece?

El coronel, que sudaba a chorros dentro de su gruesa casaca, ya que aquél resultaba un día especialmente bochornoso, incluso para quienes estuvieran, como él, acostumbrados desde años atrás al sofocante clima jamaicano, se secó con un empapado pañuelo el sudor que le corría libremente por el cuello y asintió convencido.

–Muy conveniente –dijo–. Sobre todo para un pobre militar que ha perdido cuanto tenía en el transcurso de un violento terremoto.

De inmediato se alejó en dirección a un diminuto villorrio que se alzaba al norte de la bahía, justo en el punto opuesto que ocupara hasta pocos días antes la fastuosa ciudad de Port-Royal. Allí habían acudido a refugiarse la mayor parte de los supervivientes del desastre y que parecían haber llegado a la conclusión de que, por hermosa que hubiera sido considerada siempre la lengua de tierra que separaba la laguna del mar, alzar de nuevo la ciudad en el mismo punto significaría un peligroso reto al destino.

A nadie le apetecía la idea de dormir sabiendo que bajo su cama se pudrían cientos de cadáveres y toda una ciudad enterrada en cuestión de minutos, por lo que, día a día, la recién recuperada actividad de la isla se iba desplazando hacia las sucias cabañas de Kingston, pese a que fuera aquélla una zona húmeda, calurosa e invadida por nubes de mosquitos, a los que la suave brisa marina, ahora lejana, no bastaba para empujar tierra adentro.

Cabría asegurar, por otra parte, que en cierto modo los jamaicanos habían llegado a la conclusión de que el violento terremoto del 7 de junio, no sólo había aniquilado a una ciudad, sino que en cierto modo había puesto fin a toda una época e incluso a una forma de entender la vida, ya que a partir de aquel momento la tranquila bahía dejaría de ser el seguro refugio de unos piratas que a todas luces parecían condenados a desaparecer.

El próspero comercio de café, cacao, azúcar y sobre todo, esclavos, estaba demostrando ser mucho más rentable y menos arriesgado que el duro oficio de «salteador de galeones», y ya eran muchas y muy importantes las voces que clamaban para que se pusiera coto a las andanzas de los temidos Perros del Mar.

El circunspecto y pragmático coronel James Buchanan continuaba sin tener ocasión de enviar un correo a Londres para notificar la magnitud del desastre, dado que no había quedado en Port-Royal un solo navío en condiciones de emprender la travesía del océano, pero como estaba convencido de que la Corona inglesa tenía en mente acabar con el incómodo santuario de Port-Royal, consideró, no sin cierta razón, que la aniquilación de la ciudad, le daba pie para acabar con sus actividades delictivas.

Tras una larga reflexión había llegado a la conclusión de que, si bien Port-Royal había sido la Meca de los piratas caribeños, Kingston debería convertirse de allí en adelante en la Meca del tráfico de esclavos con destino al mercado caribeño.

Pese a que tal decisión acabase por afectar negativamente a millones de seres humanos a lo largo del siguiente siglo, la decisión del coronel James Buchanan no debe atribuirse en absoluto a su posible talante racista, sino al simple hecho de que estaba convencido de que la importación masiva de mano de obra africana al Nuevo Mundo constituía, no sólo un negocio lícito, sino incluso beneficioso tanto para los compradores como para los comprados.

A tal respecto se hace necesario resaltar el hecho de que habían sido la propia reina de Inglaterra, el príncipe Ruperto y el duque de York, los fundadores de la tristemente famosa Real Compañía de África especializada en la captura y venta de esclavos, por lo que no es de extrañar que un miembro destacado de su ejército acabase por aceptar a pies juntillas la teoría de que lo que Su Graciosa Majestad patrocinaba debía ser necesariamente justo.

A su modo de ver, y dado que la mayor parte de los aborígenes de las Indias Occidentales habían desaparecido víctima de las epidemias importadas por los europeos, o de las guerras propiciadas por esos mismos europeos, la única forma lógica que quedaba de poner en explotación sus fértiles tierras era a base de importar una mano de obra sumisa, fuerte, y capaz de sobrevivir al agobiante clima tropical.

Y esa mano de obra tan sólo podía encontrarse en África.

El coronel James Buchanan no se planteaba en absoluto las repercusiones éticas y morales de tales actos, visto que daba por sentado que si su reina los propiciaba debían ser lícitos, y visto que tras medio siglo de haber actuado como base de operaciones de los más crueles piratas, el hecho de que Jamaica pasara a convertirse en centro de trata de negros constituía a todas luces un notable progreso hacia la «normalización» de su economía.

Por todo ello, y sin aguardar confirmación de la

metrópoli, a mediados del mes de septiembre emitió un bando por el que se prohibía la contratación de tripulantes para todos aquellos navíos que no estuvieran dedicados pura y exclusivamente al transporte de hombres o mercancías, al tiempo que limitaba a una semana el tiempo de estancia en la bahía –y por una sola vez– a cualquier nave que no pudiese acreditar de forma inequívoca la «honradez» de sus actividades.

De allí en adelante piratas y corsarios se verían obligados a buscar refugio en el desolado peñasco de La Tortuga, o en los áridos islotes de las Caimán.

Los tiempos de gloria de las Banderas Negras habían llegado a su fin.

Llegaban los tiempos de gloria de las Pieles Negras.

Y Kingston, la sucia Kingston, la tórrida Kingston, la insalubre Kingston, se aprestaba a enriquecerse con el tráfico humano.

Ferdinand Hafner tardó muy poco en demostrar las razones de su prestigio como banquero eficaz y emprendedor, puesto que en cuanto sus azules ojos se posaron en la ingente cantidad de barras de plata que se amontonaban sobre la arena, tomó una de ellas, la sopesó, y tras asentir apenas con su redonda, calva, y siempre brillante cabeza, inquirió volviéndose hacia Celeste:

–¿Dónde quiere su dinero?

–En Francia, Inglaterra, Holanda y Portugal –fue la rápida y segura respuesta.

–No me relaciono con banqueros portugueses –le hizo notar el otro–. Pero puedo situarle una buena cantidad en Brasil.

–De acuerdo.

–Tendré que aplicarle el precio vigente antes del terremoto, más un cuatro por ciento de comisión.

–Me parece justo, siempre que se haga cargo de la plata desde este mismo momento. No puedo retener por más tiempo a los soldados del coronel.

–Déme una hora.

Faltaban cinco minutos para que se cumpliera el plazo previsto, cuando hizo su aparición seguido por tres pesadas carretas custodiadas por una docena de hombres fuertemente armados y trayendo consigo recado de escribir y un sello de lacre, por lo que, tras hacer un detenido recuento del número de barras, extendió un recibo por doscientas cuarenta y seis de ellas.

El resto pertenecía por derecho a la Corona de Inglaterra, por lo que los soldados quedaron a su cargo bajo su exclusiva responsabilidad.

A continuación, el activo banquero pidió tres días para confeccionar los pagarés debidamente acreditados por la autoridad competente, pero antes de despedirse puntualizó con extremada cortesía:

–Si hay algo más en lo que considere que puedo serle útil, no dude en pedírmelo.

–Sí que lo hay –señaló Celeste–. Tal vez conozca a alguien capaz de localizar a un criminal que ha sobrevivido a la catástrofe. Se llama Joao…

El otro le interrumpió alzando la mano.

–Prefiero ignorar los detalles –señaló–. Pero conozco al hombre. Haré que le visite esta misma noche. ¿Dónde puede encontrarla?

–En mi casa de Caballos Blancos, a poco menos de una hora por el camino de la costa.

–¡Allí estará!

En efecto, apenas había oscurecido, cuando un hombretón de pronunciadísimo mentón, cerrada barba color zanahoria y aspecto taciturno, que vestía con desconcertante elegancia, detuvo su negra yegua ante la entrada de la hermosa casa de la playa para inquirir, sin decidirse a desmontar.

–¿La señorita Celeste Heredia?

–Yo soy.

–Me llamo Gaspar Reuter, y me envía el señor Hafner.

–¿Quiere pasar?

–No es necesario. ¿A quién busca?

–A un marino portugués llamado Joao Oliveira, más conocido como capitán Tiradentes. Por lo que sé de él, está herido en un brazo y es muy peligroso.

–¿Lo quiere vivo o muerto?

–Preferentemente vivo. Me gustaría hacerle unas cuantas preguntas.

–Le costará cincuenta libras.

–Si aguarda un momento, se las traeré.

–No se moleste –fue la seca respuesta–. Yo sólo cobro por trabajos realizados. ¡Buenas noches!

Golpeó levemente los flancos de su montura y desapareció en la noche como si jamás hubiera existido.

A los pocos instantes Miguel Heredia surgió de entre los árboles para acodarse en la verja, junto a su hija.

–¿Crees que hacemos bien? –inquirió–. La venganza nunca ha devuelto la vida a nadie.

–La venganza es un placer, y los placeres no suelen servir más que para producir placer. Si ese canalla le cortó la cabeza a Lucas Castaño y a una treintena de hombres a los que Sebastián apreciaba, merece la muerte.

–Eran piratas y sabían a lo que se exponían.

–En Port-Royal incluso los piratas respetaban las leyes, y si las respetaban tenían derecho a sentirse seguros.

–Pero debe ser la autoridad quien le juzgue.

Su hija tardó en responder, pero al fin se volvió para mirarle directamente a los ojos.

–Hazte a la idea de que de ahora en adelante no existe más ley que la mía. Si estás dispuesto a seguirme deberás aceptarlo a ojos cerrados; en caso contrario aún estás a tiempo de quedar al margen.

–Jamás imaginé que pudieras hablarme de este modo –fue la apenada respuesta.

–Tampoco yo, pero así soy ahora –replicó la muchacha con helada calma–. Ten presente que, si decidimos combatir a los traficantes de esclavos, nos estaremos enfrentando a la gente más poderosa de nuestro tiempo, y por lo tanto debemos actuar al margen de la ley, ya que las leyes que amparan dicho tráfico son evidentemente injustas. O actuamos así, o no llegaremos a parte alguna.

–El único lugar al que llegaremos será al cadalso.

–Aún estás a tiempo de evitarlo.

–Sabes que no. Si ésa es tu decisión, la aceptaré. ¿Qué otro camino puedo seguir a mi edad?

–El de la calma y el retiro aquí mismo. Es un lugar precioso.

–¿Sabiendo que corres peligro por esos mares de Dios...? ¡Qué tontería! Siempre estaré a tu lado, pese a que no esté de acuerdo con tus métodos.

No volvieron a hablar del tema hasta que tres días más tarde tuvieron noticias de que el gigantesco y fastuoso galeón del atildado y seductor Laurent de Graaf había dejado caer sus anclas en el centro de la bahía de Port-Royal, para que tanto su capitán como el resto de la dotación descubrieran, estupefactos, que en la lengua de tierra en que el día de su partida se alzaba la más hermosa y alegre ciudad conocida, no se distinguían ya más que un puñado de escombros.

Su barco, antaño altivo y reluciente, aparecía ahora destrozado, sucio y chamuscado, desgarradas sus velas, quebrado el palo de mesana y con la obra viva astillada en cien puntos, puesto que de la malhadada aventura del frustrado asalto a Maracaibo tan sólo había proporcionado una humillante derrota y más de una docena de bajas.

Por si todo ello no bastara, al poco pidió permiso para subir a bordo el coronel James Buchanan, quien le comunicó secamente al desmoralizado holandés que tenía seis días para hacer entrega de su bandera de pirata y firmar un documento por el que se comprometía a cesar de por vida en sus actividades «delictivas», o de lo contrario se vería obligado a abandonar Jamaica definitivamente.

–¿Y eso por qué? –quiso saber De Graaf.

–Porque la piratería ha muerto.

–¿Quién lo dice?

–Yo. Y en Jamaica ahora soy yo quien manda.

–¿Pasando sobre el gobernador?

–El gobernador ha muerto. Al igual que el general Maxwell. Ahora yo doy las órdenes, y ésas son mis órdenes... ¿Entregará su bandera?

–Tengo que pensarlo.

–Hágalo, pero tenga presente que dentro de una semana justa, o ha zarpado, o colgará del palo mayor envuelto en su bandera.

Meses atrás la respuesta del orgulloso pirata hubiera consistido en alzar las portas de sus cañones y barrer del mapa el pestilente villorrio de Kingston al tiempo que su famosa orquesta tocaba marchas triunfales. Pero ahora le constaba que a duras penas había conseguido alcanzar las costas de Jamaica en busca de refugio, y que ni su barco ni sus hombres se encontraban en condiciones de plantarle cara ni tan siquiera a un mísero falucho de sucios filibusteros.

Pasó, por ello, la noche rumiando su desgracia y preguntándose qué rumbo debía tomar, puesto que de igual modo tenía muy claro que en la decadente isla de la Tortuga no sería en absoluto bien recibido ya que los hediondos y sanguinarios bucaneros aprovecharían la ocasión para asaltarle en la oscuridad, pasar a su gente a cuchillo, y repartirse como buitres los despojos de su pasado esplendor.

Siempre había proyectado abandonar de una vez por todas su peligroso oficio para retirarse definitivamente a compartir sus bien ganados tesoros con las hermosas parisinas por las que sentía una especial debilidad, pero he aquí que se encontraba en un difícil momento en el que no contaba con el más mínimo tesoro que compartir, y todo cuanto le quedaba en esta vida era un poderoso buque de guerra más que maltrecho y una sufrida tripulación a la que no había proporcionado un mal botín durante el último año.

Y ahora venía aquel maldito inglés a imponerle condiciones.

Observó cómo la luna rielaba más allá del lugar en que antaño se alzara la famosa taberna de Los Mil Jacobinos, y recordó, con nostalgia, la infinidad de noches que había pasado en ella jugándose el dinero a manos llenas y apartando con gesto despectivo a las docenas de mujeres que le acosaban con la sana intención de disfrutar del preciado honor de llevárselo a la cama.

Saber que todo ello había quedado definitivamente atrás le obligó a sentirse de improviso viejo, cansado y vencido, no por los cañones de Maracaibo que habían acertado una y otra vez con diabólica precisión sobre su nave, sino derrotado por el tiempo y el destino que siempre fueron los más terribles enemigos a los que ningún ser humano se hubiera enfrentado.

¿En qué cabeza cabía que aquellos malditos «maracuchos» presentaran tan feroz oposición, y en qué cabeza cabía que en menos de tres minutos la tierra decidiera tragarse toda una ciudad?

Trató de consolarse con la idea de que peor lo

hubiera pasado de haber continuado fondeado en la bahía, visto que ni un solo navío había logrado resistir el embate del oleaje causado por el seísmo, pero de escaso consuelo le sirvió constatar que se había quedado tuerto allí donde otros acabaron ciegos.

Maldurmió a ratos sobre la propia cubierta, echando de menos las lejanas risas y las voces de la ruidosa Port-Royal de putas y garitos, y le sorprendió que con la primera claridad del alba una falúa se aproximara a la banda de estribor, y una linda mujercita pidiera respetuosamente permiso para subir a bordo.

–¿Qué buscas? –inquirió ásperamente, imaginando que tal vez se trataba de alguna desesperada prostituta sobreviviente del desastre, que acudía al reclamo de su fama de manirroto.

–Comprarte el barco –fue la firme respuesta.

–¿Comprarme el barco? –replicó el desconcertado pirata–. ¿Tienes la más mínima idea de cuánto vale un barco como éste?

–Ni la tengo, ni me importa –puntualizó con sequedad Celeste Heredia–. Lo que sí sé es que me sobra dinero para comprar cien iguales, así que decide de una vez si me das permiso para subir a bordo, o me largo.

El holandés Laurent de Graaf, de quien se aseguraba que había desvirgado a más mujeres en su vida que todo el ejército de su país, observó desconcertado a la descarada jovencita que le permitía admirar desde lo alto sus provocativos pechos sin sentirse en absoluto cohibida por ello, y abrigó desde ese mismo momento la impresión de que aquélla era una extraña criatura que poco tenía en común con cuantas había conseguido llevarse a la cama a todo lo largo de su vida.

–¡Sube! –admitió al fin.

Celeste obedeció, se alisó el vestido, agitó apenas la corta cabellera que le enmarcaba graciosamente el personalísimo rostro de ojos profundos e inquisidores, y sacando de la bolsa que le colgaba de la muñeca un documento sellado y lacrado, lo colocó, sin soltarlo, ante las narices de su interlocutor.

–Ésta es una carta de crédito que certifica que tan sólo en un banco de tu país dispongo de la liquidez necesaria como para fletar diez barcos –dijo–. ¿Te basta para empezar a discutir?

–Lo haríamos mejor en mi recámara.

–Bajo la toldilla estaremos bien. Las recámaras son para un tipo de «negocios» en los que aún no he decidido tomar parte.

–Como gustes –repuso el otro con socarronería–. Te ofrecería un refresco, pero a fuer de sincero debo admitir que ni tan siquiera limones quedan a bordo.

Se mostró no obstante de lo más servicial a la hora de acomodarle la silla, y tras tomar asiento frente a ella, le dirigió una nueva e inquisidora mirada en la que pareció querer depositar toda su carga seductora, para señalar sonriente:

–Oigamos tu propuesta.

–Es simple: comprarte el barco. Pon tú el precio. Si me parece justo, lo pagaré en el acto. Si no me lo parece, esperaré a que llegue otro. Lo que no pienso es discutir.

–En un buen regateo estriba la gracia de toda negociación –le hizo notar el holandés–. Como mujer deberías saberlo. ¿Qué haces cuando un vestido o una joya te gustan?

–No me gustan las joyas, ni los vestidos –fue la seca respuesta–. ¿Cuánto quieres por el barco?

–Tengo que pensarlo y aún no estoy seguro de

querer venderlo. ¿Te interesa también mi bandera?

–Te puedes hacer un cojín con ella.

Quizá por primera vez en su vida el donjuanesco Laurent de Graaf se quedó mudo ante una mujer. Permaneció unos instantes muy quieto, y por último se golpeó repetidamente la frente con el dorso de la mano, como si con ello intentase convencerse a sí mismo de que no estaba soñando.

–¡Asco de vida! –masculló al fin–. Hace apenas tres meses estaba anclado aquí mismo, con mi orquesta tocando frente a la más fastuosa ciudad imaginable y preguntándome a cuántas mujeres me llevaría a la cama esa noche. Y ahora resulta que ya no tengo orquesta, mi barco está hecho una ruina, no quedan ni los cimientos de tan magnífica ciudad y una descarada chicuela me pide que me siente encima de una bandera que ha vencido en cien combates. ¡No puedo creerlo!

–Pues créetelo. Por lo que tengo oído, a esa bandera le han hecho tantos agujeros en Maracaibo que ni para cojín sirve.

–Supongo que como bandera elegirás una calavera abanicándose –replicó con acritud su interlocutor–. ¿Nadie te ha dicho que las dos únicas «mujeres-pirata» que han existido acabaron en la horca? Yo conocí a una de ellas.

La muchacha asintió con una leve sonrisa.

–Sí que me lo han dicho. Pero es que no pienso dedicarme a la piratería. Ése es ya un negocio en decadencia y lo mejor que podrías hacer es abandonarlo.

–Es lo que me estoy temiendo –admitió el otro–. Pero dime... –añadió–. Si no piensas dedicarte a la piratería, ¿para qué diablos quieres un galeón de setenta y ocho cañones?

–Eso es asunto mío.

–Evidentemente. Pero yo estaba presente el día en que le colocaron la quilla, seguí su construcción día a día, lo he mandado desde el momento en que tocó el agua, y no me gustaría desprenderme de él sin tener idea de cuál va a ser su destino.

–Probablemente acabar en el fondo del mar. Como todos. Pero confío en que aún dé mucho juego. –Celeste ensayó la más dulce e inocente de sus sonrisas al añadir–: Lo siento, pero en eso no puedo complacerte.

El otro le dirigió una mirada cargada de intención, e inquirió con ironía:

–¿Existe algo en lo que puedas «complacerme»?

–Lo dudo –fue la divertida respuesta–. Puesto que también dudo que exista algo más en lo que tú puedas «complacerme» a mí. Admito que eres el hombre más atractivo que he conocido, y que tu fama es justa, pero, por desgracia, los hombres guapos no son de mi agrado.

–¿Y cuáles lo son, si puede saberse?

–Aún no he tenido tiempo de pensar en ello. Ahora, lo único que me preocupa es conseguir un buen barco.

Una hora más tarde se despedían como si en realidad se tratara de viejos amigos, y con la firme promesa por parte del holandés de que antes de tres días enviaría una propuesta por escrito de la suma que pedía por el galeón, si es que decidía venderlo.

Ya en tierra, Celeste se encaró a su padre, que la aguardaba sentado a la sombra de una palmera.

–¿Y bien? –quiso saber Miguel Heredia–. ¿Qué tal te ha ido con el Irresistible?

–Mejor de lo que esperaba, aunque debo reconocer que si paso a su lado un par de horas más, me lleva a su recámara. Es realmente un hombre encantador y no me extraña que las mujeres caigan rendidas a sus pies. –Hizo una corta pausa–. Pero sabe, mejor que nadie, que está acabado.

–¿Venderá?

–Venderá.

–Muy segura te veo.

–¿Qué otra salida le queda? –inquirió su hija–. No conseguiría reparar ese barco ni aun empeñando hasta la camisa, y tampoco tiene dónde acudir para hacerlo. Soy su tabla de salvación, y lo sabe.

El anciano se preguntó de dónde había salido aquella decidida mujer que parecía saber siempre qué era lo que quería y cómo obtenerlo, y cómo era posible que la pequeña y dulce criatura que tantas veces llevara a horcajadas sobre los hombros se hubiera convertido en un ser que nada parecía tener en común con el resto de los miembros de su sexo.

Ni siquiera su madre, aquella desgraciada Emiliana Matamoros de triste memoria, demostró jamás la décima parte de su carácter, pese a ser una mujer en verdad ingobernable, por lo que llegó a la conclusión de que jamás lograría entender las razones por las que su propia hija se comportaba de aquel modo.

Se limitó por tanto a sentarse a su lado en el pequeño carruaje, en el que emprendieron de inmediato el regreso a Caballos Blancos, sin que a lo largo del trayecto ninguno de los dos pronunciara ni una sola palabra.

Al llegar les sorprendió encontrar una yegua negra atada a la verja, y al atildado Gaspar Reuter dormitando a la sombra de un araguaney con el amplio chambergo cubriéndole el rostro.

–Tengo al hombre –fue lo primero que dijo.

–¿Dónde? –inquirió de inmediato Celeste Heredia

demostrando una excitación que contrastaba con la fría y distante actitud de que había venido haciendo gala en los últimos tiempos.

–Síganme.

Les condujo a través del espeso bosque para acabar desembocando en un amplio claro donde se alzaba un desvencijado galpón que tiempo atrás debió servir como almacén.

Sentado en el suelo y firmemente atado a un poste se distinguía a un hombre escuálido, sucio y malencarado, cuyo brazo izquierdo colgaba balanceándose como si se tratara de un apéndice absurdo e inservible.

La muchacha le observó mientras el herido mantenía impasible la mirada, y por último inquirió:

–¿Te llamas Joao Oliveira y mandabas el *Botafumeiro*?

–Es posible.

–¿Asesinaste a sangre fría a la tripulación del *Jacaré*?

–Los ejecuté –puntualizó el otro–. Se trataba de un barco pirata.

–Pero sabías muy bien que las leyes inglesas siempre han considerado a Port-Royal un santuario.

–Me importan una mierda las leyes inglesas. Tenía otras órdenes.

–¿Quién te las dio?

El mugriento capitán Tiradentes observó de arriba abajo a la muchacha que permanecía en pie frente a él, se tomó unos instantes para meditar, y por último lanzó un sonoro escupitajo que fue a impactar en el inmaculado vestido de color rosa pálido.

Gaspar Reuter dio un paso adelante con ánimo de golpear a su cautivo, pero Celeste se limitó a hacer un leve gesto para que se mantuviera en su puesto, observó con indiferencia cómo la saliva resbalaba lentamente a lo largo de su falda y musitó muy quedamente:

–Puedo arreglármelas sola.

Luego, inesperadamente, adelantó el pie de tal forma que la afilada puntera de su delicado zapato fuera a impactar con violencia contra el colgante brazo del portugués, que no pudo evitar un aullido de dolor.

–Escúchame bien, hijo de perra –mascculló la muchacha cuando al fin el otro dejó de gritar–. Por lo que tengo entendido, asesinaste a sangre fría y le cortaste la cabeza a una treintena de amigos míos. –Se acuclilló frente a él para que pudiera mirarle a los ojos y comprendiera que estaba hablando en serio–. Vas a pagar por ello, pero puedes hacerlo de dos formas: o simplemente ahorcado, o sirviendo de carnada viva a los tiburones. Así que elige, porque sé cómo hacer ambas cosas. Mi hermano me enseñó.

–¿De modo que tú eres la famosa hermana del capitán Jack? –fue la respuesta–. Debí imaginarlo. Pedrárias te odiaba a muerte.

–¿Qué sabes de Pedrárias?

–Que se ahogó.

–¿Fue quien te contrató?

Joao de Oliveira asintió con un leve ademán de cabeza, convencido al parecer de que toda resistencia resultaba inútil ya que encaraba a una mujer que parecía muy capaz de arrojarle vivo a los tiburones.

Por su parte Celeste lanzó un hondo suspiro, se irguió para volverse a su padre, que había optado por permanecer inmóvil junto a la puerta, y por último insistió:

–¿Qué sabes de mi hermano?

–Nada –replicó el otro–. Nunca llegué a verle.

La muchacha le observó con atención y al fin hizo un ligerísimo gesto de asentimiento.

–Te creo. Recuerdo que salió de casa sobre las once, por lo que es muy probable que no tuviera tiempo de llegar al barco al mediodía. –Lanzó un leve lamento–. ¡Dios! –exclamó–. Pensar que con que se hubiera quedado media hora más en la cama seguiría con vida.

–Sin embargo, aun así hay quien asegura que a quien madruga Dios le ayuda –comentó su prisionero con una burlona sonrisa.

–¡No tiene gracia! –le hizo notar ella–. Y no entiendo cómo estás para bromas sabiendo que muy pronto colgarás de esa viga.

–Siempre imaginé que mi destino sería acabar colgado de una verga –puntualizó el capitán Tiradentes con sorprendente naturalidad–. ¿Qué más da que en lugar de una verga sea una viga? El baile es el mismo.

–Al menos demuestras tener cojones.

–Siento no poder decir lo mismo de ti, porque lo que en verdad nunca imaginé es que quien me ahorcara fuera una mujer.

–¿Hay algo más que quieras añadir?

–Que no te culpo porque me ahorques. Culpo a ese maldito terremoto, porque si no llega a ser por él, a estas horas estaría muy lejos de aquí y sería muy rico.

Celeste Heredia Matamoros se volvió hacia Gaspar Reuter que permanecía apoyado contra la pared, y que había asistido a la escena como si no tuviera nada que ver con él.

–¿Tiene una cuerda? –quiso saber.

–Mi oficio es perseguir esclavos cimarrones –señaló–. Mal andaría si no tuviera cuerdas.

–¿Y cómo se las arregla para perseguir cimarrones por esas selvas y aparecer siempre tan atildado?

–Cuestión de costumbre –masculló apenas el inglés–. Odio la suciedad.

–¡Entiendo! Busque esa cuerda, átela a un caballo y pásela por esa ventana. Yo me ocupo del resto.

El aludido hizo un leve gesto de asentimiento y se encaminó a la salida.

Apenas hubo desaparecido, Miguel Heredia se encaró con su hija.

–¿Realmente piensas ahorcarle? –quiso saber.

–Naturalmente.

–¿Y qué conseguirás con ello?

–Que no vuelva a cortarle la cabeza a nadie. –La muchacha observó con extraña atención a su padre–. ¿Recuerdas a Lucas Castaño? –añadió–. Era un buen hombre. Un pirata, pero un buen hombre, y gracias a este tipo, su cabeza se encuentra dentro de un barril de salmuera. ¿Crees que tiene derecho a vivir después de eso?

Su padre hizo un leve ademán hacia el punto por el que había desaparecido Gaspar Reuter.

–Supongo que no, pero le pagas por ello y no veo la necesidad de ensuciarte las manos de sangre.

–No pienso ensuciármelas pero tampoco pienso volver a dejar que otros hagan lo que debo hacer. Si hubiera matado a Hernando Pedrárias cuando tuve ocasión, nada de esto habría ocurrido.

No obtuvo respuesta, puesto que en ese momento una larga soga cayó a sus pies, penetrando por la ventana, y tras inclinarse con desconcertante parsimonia se limitó a hacer un nudo corredizo que lanzó por encima de la viga que corría a todo lo ancho del galpón. Por último fue a colocarlo sobre el cuello del reo, que cerró los ojos murmurando por lo bajo una corta oración.

Celeste le concedió poco más de un minuto para que intentara poner su alma a bien con Dios, y luego gritó secamente:

–¡Cuando quiera!

Se escuchó el restallar de un látigo, la cuerda comenzó a tensarse, el capitán Tiradentes lanzó un corto gemido y se elevó lentamente en el aire al tiempo que sus cervicales crujían con un macabro chasquido.

Poco después pataleaba en el aire, y al cabo de un tiempo que a Miguel Heredia se le antojó infinito dejó de estremecerse, emitió un último estertor de agonía y orinó ruidosamente.

La muchacha lo observó impasible y por último se sacudió las manos mientras se encaminaba a la salida.

–¡Vámonos! –dijo.

–¿No piensas enterrarlo? –quiso saber su padre.

–La tierra es para el que se la merece. Y este cerdo no ha hecho méritos.

Cuando Miguel Heredia abandonó el galpón se enfrentó a los inexpresivos ojos de Gaspar Reuter, que se había limitado a amarrar el extremo de la cuerda a una de las barandillas exteriores.

–¿Qué mira? –inquirió con acritud–. Yo no tengo la culpa de que sea así.

–Cada cual es como es –fue la helada respuesta–. Y a mí me gusta. La mayoría de las mujeres que he conocido eran ñoñas, putas o zalameras. –Se golpeó la frente con el índice–. Aquí dentro, su hija tiene un buen par de cojones.

–No se me antoja un cumplido.

–Tómelo como quiera, pero a mi modo de ver, todo aquel que se aparte de las reglas merece un respeto.

Regresaron juntos a la casa en cuyo porche se

encontraba Celeste con una bolsa de monedas en la mano que entregó al cazador de esclavos.

–Aquí tiene –dijo–. Y si quiere ganar más, empiece a buscar hombres honrados y valientes que estén dispuestos a trabajar para mí.

–¿Hombres honrados y valientes dispuestos a trabajar para una mujer? –rió el otro evidentemente divertido–. Me temo que eso va a resultar mucho más difícil que encontrar a un negro en las montañas. –Meditó unos instantes–. Pero haré lo que pueda.

Trepó a su yegua, hizo un leve gesto de despedida con la mano y se alejó sin volver ni una sola vez el rostro.

–Necesitaríamos a muchos como él –musitó al poco la muchacha–. Gente eficaz y decidida.

–¿Acaso crees que conseguirías dominarlos? –quiso saber su padre–. ¿Qué harás cuando un centenar de bárbaros que lleven tres meses sin tocar a una mujer decidan lanzarse sobre ti?

–No lo harán.

–¿Cómo puedes estar tan segura? –insistió tercamente el buen hombre.

–Porque a mí tan sólo me pondrá la mano encima quien yo quiera –puntualizó ella–. Tú no lo entiendes –añadió–. Pero crecí viendo cómo Hernando manoseaba en público a mamá sin que pudiera hacer nada por evitarlo, y desde que tengo uso de razón me prometí a mí misma que jamás pasaría por eso. El respeto no es algo que se pueda comprar en un mercado; el respeto te lo ganas día a día y yo sabré ganármelo, aunque para conseguirlo tenga que colgar de una verga a media tripulación.

Miguel Heredia optó por alejarse en silencio hacia la cercana playa en la que tomó asiento para contemplar el mar y plantearse una vez más qué clase de criatura había engendrado.

Se sentía confuso; confuso y terriblemente desorientado, puesto que había llegado a la amarga conclusión de que la situación se le escapaba de las manos y no parecía existir forma humana de conseguir que aquella chiquilla antaño divertida y casi absurda volviera a la normalidad.

¿En qué se estaba convirtiendo?

A menudo se pasaba las noches repitiéndose una y otra vez esa misma pregunta sin encontrar respuestas convincentes, y en lo más profundo de su alma le atemorizaba la metamorfosis que se había producido en un ser que tan sólo meses atrás se le antojaba incapaz de causar daño a una mosca.

Cerró los ojos y volvió a su mente la helada forma en que Celeste se aplicaba a la tarea de confeccionar un tosco nudo corredizo con el que ahorcar a un ser humano, y le asaltó un leve estremecimiento al recordar la sorprendente calma con que efectuó todos y cada uno de sus movimientos.

Sus manos no temblaron, su ánimo no desfalleció, y ni siquiera pareció conmoverle la mirada de espanto conque el reo observaba la cuerda.

Incluso él, que había sufrido todas las penas del infierno y había vivido al borde de la locura por culpa de Hernando Pedrárias, hubiera dudado un instante a la hora de ajusticiarle, mientras que la antaño dulce Celeste, apenas algo más que una niña en edad de pensar en hermosos vestidos y atractivos muchachos, ni tan siquiera había parpadeado en el momento en que el agonizante capitán Tiradentes se orinó patas abajo.

Evocó el tétrico golpear de esos orines contra el polvoriento suelo del sucio galpón y llegó a la conclusión de que habría de pasar mucho tiempo antes de que tan macabra escena se borrara definitivamente de su memoria.

Una hora más tarde abrigó el de igual modo convencimiento de que jamás conseguiría dormir en paz sabiendo que aquel desgraciado continuaba balanceándose colgado de una viga, por lo que buscó una pala y se encaminó a la enorme cabaña.

Llegó tarde; Gaspar Reuter se encontraba sentado en uno de los desvencijados escalones del porche contemplando la tumba que se alzaba a sus pies, mientras fumaba pensativo una larga y estilizada cachimba.

Se acomodó a su lado.

–¿Por qué lo ha hecho? –quiso saber al cabo de unos minutos.

El otro se limitó a encogerse de hombros.

–¿Qué más da? –replicó al fin.

–Tiene que existir una razón –señaló.

–La mayor parte de las cosas que he hecho, las he hecho sin razones válidas –fue la respuesta–. Y así me ha ido.

–¿Cómo es que un hombre educado, un auténtico caballero inglés sin duda alguna, puede acabar como cazador de cimarrones en una perdida isla del Caribe?

–Ser educado no te convierte en caballero. Ni siquiera inglés –adujo el otro–. O al menos no garantiza serlo eternamente. Cuando un plebeyo comienza a caer se detiene muy pronto, puesto que el camino que tiene que recorrer suele ser corto. Sin embargo, cuando un *gentleman* se precipita al vacío acostumbra a llegar más lejos que nadie.

–Entiendo... ¿Buscará a los hombres que mi hija le ha pedido?

El otro asintió:

–Los buscaré.

–¿Cree que existen?

–Eso depende de lo que se pretenda de ellos. Hoy en día en Jamaica son muchos los que no tienen muy claro cuál puede ser su futuro. Si como el coronel Buchanan asegura, éste ha dejado de ser un santuario, y la piratería, el juego y la prostitución ya no son consideradas «honradas formas de ganarse la vida» sino que se han convertido en algo denostado, habremos pasado sin transición de la noche al día, y son mayoría los que, como murciélagos, se sentirán deslumbrados por la luz del sol. En tan sólo tres minutos el cambio ha sido demasiado grande. Yo diría que excesivo.

–¿Y nos podremos fiar de esa gente?

–Aprendí, hace ya muchos años, a no fiarme de nadie. ¿Por qué iban a cambiar las cosas a ese respecto?

Durante un largo instante ambos se limitaron a observar a una familia de ruidosos papagayos que discutía en la rama de un cercano samán, y fue al fin el propio Miguel Heredia quien comentó, como si hablara consigo mismo, más que con su acompañante:

–Me preocupa mi hija. La muerte de su hermano parece haberla trastornado. De niña le adoraba, pasó años confiando en volver a encontrarle, y cuando al fin lo consiguió, fue para perderlo definitivamente.

–Perder a quienes más amamos constituye la dura forja en la que se suele moldear nuestro carácter –replicó calmosamente el inglés–. Lo sé por experiencia. El dolor es el único fuego capaz de poner el alma al rojo vivo, y lo más triste es que jamás podemos saber qué aspecto adquirirá si se la golpea en ese instante. Yo opté por hundirme en la degradación, mientras que su hija parece optar por lanzarse a una aventura impropia de su edad y su sexo. –Se volvió a mirarle–. ¿Qué es lo que pretende exactamente?

–No estoy seguro.

–¿Para qué quiere a esos hombres?

El otro le miró a lo más profundo de los ojos, pareció convencerle lo que veía y por último inquirió:

–¿Guardará el secreto?

–Tiene la palabra de lo que queda en mí de caballero.

–Me basta. –Miguel Heredia hizo una corta pausa, pero sin pensárselo mucho, añadió–: Pretende armar un barco con el que combatir la trata de esclavos.

El otro se puso muy lentamente en pie, recorrió un par de veces el espacio despejado de maleza que se abría ante el galpón, y tras meditar sobre lo que acababa de oír, sentenció:

–No cabe duda de que está más loca de lo que imaginaba. El tráfico de esclavos se ha convertido en el principal impulsor de estos tiempos, ya que sin negros estas tierras jamás progresarán y sus infinitas riquezas se perderían para siempre. El trasiego de esclavos desde África es como un río más caudaloso que el Amazonas, y pretender detenerlo es como soñar con detener el caudal de ese mismo Amazonas sin más ayuda que un cubo agujereado.

–Aun así, piensa intentarlo.

–Perecerá en la aventura.

–Por desgracia hace tiempo que tengo la sensación de que la vida no es algo que aprecie en exceso.

–Ésa es una enfermedad que se le pasará con el tiempo –puntualizó Gaspar Reuter–. Parece un contrasentido, pero cuanto más ajado es el pellejo, más cariño le cobramos. Tiene más miedo una vieja a la que apenas le quedan un par de años de aliento, que veinte jóvenes a los que les aguarda una larga existencia.

–No parece un hombre que, pese a la edad, le tenga miedo a nada.

–Hay algo a lo que sí temo –admitió el otro–. A continuar hundiéndome en la podredumbre de este oficio deleznable. Cuando vago por las montañas buscando un rastro me siento como perro de caza prostituido. Hay ocasiones en las que me veo obligado a hurgar en los excrementos para intentar averiguar qué delantera me lleva un fugitivo, y le aseguro que en esos momentos me asalta un deseo casi incontenible de sacar un arma y volarme la cabeza.

–Ahora tiene la ocasión de cambiar de oficio. Únase a nosotros.

Su interlocutor pareció desconcertarse, regresó a tomar asiento a su lado, e inquirió, como si no diera crédito a lo que acababan de decirle:

–¿Me está pidiendo que deje de ser cazador de esclavos, para convertirme de la noche a la mañana en su libertador? ¿Se da cuenta de lo absurdo de la propuesta?

–Más absurdo se me antoja que un caballero inglés vague por esas montañas revolviendo mierda.

–Razón no le falta.

–¿Entonces?

La pregunta quedó flotando en el aire, puesto que sin decidirse a contestarla, el prognático pelirrojo se encaminó a su montura que aguardaba al otro lado del claro, montó en ella sin aparente esfuerzo, y se limitó a comentar a modo de despedida:

–Le tendré al corriente.

Se esfumó entre los arbustos como si la negra

yegua tuviese la virtud de atravesar la más espesa selva sin agitar siquiera el ramaje, y Miguel Heredia permaneció unos minutos en el mismo lugar antes de decidirse a pronunciar una corta oración por el alma del difunto capitán Tiradentes.

Cuando se aproximaba al umbral de la casa, su hija salió a recibirle propinándole un sonoro beso en la mejilla al tiempo que exclamaba alborozada:

–¡Tenemos barco!

–¿Seguro?

–De Graaf me ha comunicado su oferta y la he aceptado. –Exhibió con gesto triunfal una negra y agujereada bandera que ocultaba a la espalda–. Me la envía para que me haga un cojín.

–Me gustaría poder decirte que me siento tan feliz como tú, pero no estoy en absoluto seguro. Sigo opinando que es una locura.

–Cuando Sebastián vivía, opinabas lo contrario: entonces se te antojó una idea magnífica.

–Sebastián era un hombre de mar; un auténtico capitán capaz de mantener a raya a toda una tripulación de resabiados piratas, o de llevar su barco adonde pretendía sin el menor titubeo... ¿Pero qué sabes tú sobre el arte de navegar? ¿Y cómo vamos a conseguir un buen capitán o tan siquiera un piloto que no nos suba a las rocas durante la primera singladura?

Por toda respuesta, la muchacha se encaminó a un enorme canterano que ocupaba gran parte de la pared del fondo de la estancia, abrió uno de sus cajones y dejó a la vista que se encontraba atestado de esmeraldas.

–¡Con esto! –replicó–. Y con las cartas de crédito, y todo el oro que hemos enterrado por los alrededores. Somos ricos, padre. ¡Inmensamente ricos! Y lo primero que aprendí cuando aún no levantaba un metro del suelo es que con dinero se puede comprar cuanto se desea. Recuerda que mi propia madre se vendió.

–Nunca he querido recordarlo, y lo que lamento es que tú te esfuerces en hacerlo. Tu madre se vendió, pero no todo el mundo es igual.

–Eso está por demostrar –fue la respuesta–. De momento, lo que necesito comprar son buenos marinos.

Buenos marinos sobraban por aquel tiempo en Jamaica, y en cuanto corrió la voz de que el fastuoso galeón de Laurent de Graaf tenía un nuevo armador que buscaba tripulación, docenas de hombres se agolparon en la playa a la espera de recibir el correspondiente permiso para subir a bordo.

Su sorpresa no tenía límite, no obstante, cuando al atravesar el umbral de la enorme camareta del capitán –que su antiguo propietario había decorado con un gusto más propio de un recargado burdel parisino que de una nave pirata–, se enfrentaban al hecho de que quien ocupaba el gigantesco sillón tallado en madera de ébano y marfil con provocativas figuras de ninfas ligeras de ropa, era la agraciada jovencita de enormes ojos inquisitivos y gesto adusto que se había hecho famosa por haber conseguido extraer de un barco semihundido una prodigiosa fortuna en forma de enormes barras de plata.

Celeste Heredia, a cuya derecha se sentaba casi siempre su padre, y a su izquierda en ocasiones Gaspar Reuter, se limitaba a indicar con un gesto al recién llegado que se acomodara en una silla situada al otro lado de la amplia mesa, y tras observarle en silencio unos instantes solía comenzar por interrogarle sobre sus pasadas actividades.

–Cuanto digas jamás saldrá de esta estancia –puntualizaba de inmediato–. Pero puedes estar seguro de que si mientes y llego a descubrirlo, colgarás del palo mayor en cuanto estemos en alta mar. ¿Lo has entendido?

–Está muy claro, señora.

–En ese caso, medita muy bien las respuestas –añadía–. ¿Has navegado alguna vez a bordo de un barco pirata, corsario, negrero o filibustero?

–Sí, señora.

–En ese caso, puedes marcharte.

Si la respuesta resultaba negativa, el interrogatorio continuaba durante largo rato, y tras tomar rápidas notas en un grueso cuaderno, los despedía a todos con idénticas palabras:

–Dentro de una semana sabrás si has sido seleccionado.

La rutinaria ceremonia tan sólo varió de forma notable el día en que un hombrecillo diminuto, cuyo sonoro vozarrón contrastaba de forma harto desconcertante con su frágil apariencia, replicó con absoluta naturalidad que, pese a que durante los tres últimos años se había dedicado al poco honorable oficio de jugador de ventaja, su verdadera profesión era la de capitán de navío de la escuadra veneciana.

–¿Por qué abandonasteis el mar?

–Porque al recalar en Port-Royal descubrí que éste era mi verdadero mundo. –Hizo una corta pausa–. Pero Port-Royal ya no existe.

–¿Desertasteis?

–Ésa no es la palabra exacta, señora. Cuando un capitán se considera tan enfermo como para no estar capacitado para el cargo, uno de sus privilegios estriba en ceder voluntariamente el mando al primer oficial. Eso fue lo que hice.

–¿Y cuál era vuestra enfermedad?

–El juego. Me obsesionaba.

–¿Ya no?

–El juego obsesiona cuando existe la posibilidad de ganar o perder. Pero en cuanto te conviertes en profesional y te consta que a la larga siempre ganas, acaba por aburrir.

–¿Conserváis vuestra capacidad de mando?

–Confío en ello. –El hombrecillo hizo una leve pausa–. De hecho estoy seguro, aunque os advierto que soy un capitán duro y exigente. A bordo de mi barco la disciplina era tan férrea como a bordo de cualquier navío veneciano. Más aún, podría añadir.

–¿Habéis navegado por las costas africanas?

–He navegado por todas las costas y todos los mares del mundo, pero admito que, en lo que se refiere al Caribe, no me vendría mal un buen piloto.

Apenas había abandonado la camareta, Celeste Heredia se volvió alternativamente a su padre y a Gaspar Reuter.

–¿Y bien? –quiso saber.

–Parece la persona idónea –admitió el inglés–. Y si es la mitad de buen capitán que jugador, no tendremos problemas. Su fama con las cartas es ya legendaria, y no he conocido hombre más frío e imperturbable. Se puede pasar horas perdiendo en silencio, pero de pronto, en tres manos, despluma a sus contrincantes.

–¿Hace trampas?

–En Port-Royal, a todo el que hacía trampas lo enterraban hasta el cuello en la arena de la playa para que se lo comieran los cangrejos. Y él sigue vivo.

–Eso puede que tan sólo sea la demostración de que es más listo que los demás ventajistas.

–Un punto a su favor –reconoció Miguel Heredia–. Con prohibir el juego a bordo se acaba el problema.

–La tripulación necesita jugar –le hizo notar su hija–. Con frecuencia suele ser su única expansión. Lo mejor que se me ocurre es prohibirlo entre la oficialidad.

–¿Prohibiréis también el ron?

La muchacha observó de arriba abajo al inglés, que era quien había hecho la pregunta.

–¿Os preocupa?

–¿De qué serviría negarlo? Una buena jarra de ron a la puesta del sol aclara la negrura de la noche.

–Pero oscurece el entendimiento. Mi hermano me enseñó que a bordo siempre debe existir una carga de ron, pero sólo conviene distribuirlo en ocasiones especiales. –Hizo una pausa–. ¡Bien! Estamos de acuerdo en que el pequeñajo podría ser el capitán que necesitamos. Por cierto –añadió–, ¿cómo se llama?

–Buenarrivo. Arrigo Buenarrivo.

–¿Buenarrivo? –Se sorprendió Celeste Heredia–. ¿Estáis de broma? ¿Un capitán de barco que se llama Buenarrivo? No cabe duda de que nació predestinado.

–Por lo que tengo oído, pertenece a una vieja estirpe de marinos venecianos, pero en la isla se le conoce más bien por su apodo de Tresreyes.

–¿Y a qué se debe?

–A que en cierta ocasión ganó todo un prostíbulo con más de veinte pupilas ligando tres reyes uno tras otro.

Una hora más tarde y a solas con su hija, Miguel Heredia no pudo por menos que lamentarse.

–¿Cómo puedes pensar en organizar una tripulación a base de cazadores de esclavos, jugadores de ventaja, dueños de prostíbulos y toda la basura que el mundo quiso arrojar a la ciudad más pecaminosa que ha existido? ¡Es cosa de locos!

–Loca estaría si intentara contratar escribanos, seminaristas u honrados padres de familia –le hizo notar Celeste–. Me esfuerzo por elegir lo mejor entre tanta escoria, pero no se me pueden pedir milagros. Éstos son los mimbres de que dispongo para confeccionar mi cesto.

–¿Y qué necesidad tienes de ese cesto?

Por toda respuesta su hija le tomó del brazo y le obligó a aproximarse al gigantesco ventanal de popa para indicar con un ademán de cabeza al medio centenar de negros que se afanaban bajo un sol de justicia en la dura tarea de desescombrar lo poco que quedaba de la vieja Port-Royal.

–¡Ésa es mi necesidad! –dijo–. Conseguir que algún día esos desgraciados tengan derecho a permanecer a la sombra al mediodía. ¡No es justo! –añadió–. No es justo que les obliguen a derretirse al sol mientras nos limitamos a mirarles.

–Si tanto te preocupan, cómpralos y ponlos en libertad.

–Ni siquiera yo tengo suficiente dinero como para comprar todos los esclavos de esta isla –le hizo notar la muchacha–. Y aunque lo tuviera, al día siguiente traerían más y más, y más, puesto que mientras exista quien los compre, siempre habrá quien los venda. ¡No! –insistió convencida–. El problema de la Trata no se resolverá nunca en su punto de destino, sino en su lugar de origen.

–Yo te entiendo, hija –respondió alguien que cada día se sentía más agobiado por el peso de cuanto se le estaba viniendo encima–. Entiendo qué es lo que pretendes, y admiro tu entereza, pero me preocupa la magnitud de la empresa que pretendes encarar. ¡Aún eres casi una niña!

–¡Gracias a Dios! –exclamó ella tomando asiento en el borde del inmenso lecho que el libidinoso De Graaf compartiera hasta con tres y cuatro barraganas al mismo tiempo–. Si no lo fuera, ni tan siquiera se me pasaría por la mente fletar este barco. Pero no te preocupes; el hecho de ser joven no significa necesariamente que sea alocada. Medito muy bien cada paso.

–No lo meditaste en exceso a la hora de ahorcar al capitán Tiradentes –observó su padre–. Sigo pensando que fue una muerte inútil.

–Con frecuencia resultan inútiles las vidas, no las muertes. No creo que aquel malnacido aportara nunca nada bueno a nadie.

Se alzó del lecho, fue de nuevo hasta el ventanal, contempló el mar que nacía al otro lado de la lengua de tierra en que antaño se alzó Port-Royal, y sin volverse a mirar a su padre comentó:

–Es hora de que te plantees seriamente si estás dispuesto a ayudarme sin ningún tipo de reservas, o si continúas manteniendo dudas respecto a lo que pretendo. Me consta que ésta va a ser una guerra difícil y sin esperanzas de victoria, pero aun así pienso iniciarla puesto que, tal como fray Anselmo solía decir, lo que importa no es tocar a Dios, sino avanzar hacia su luz. –Tomó ahora asiento en el alféizar del ventanal, y enmarcada por el cielo y el mar a sus espaldas, con su rostro aniñado y los pies balanceándose en el aire, más parecía una chicuela traviesa hablando de organizar una divertida merienda campestre que una decidida mujer a punto de emprender una absurda cruzada–. Tendrías que haber conocido a fray Anselmo –musitó muy por lo bajo–. Tendrías que haberle escuchado como yo le escuché durante años, para llegar al convencimiento de que esas pobres criaturas son tan hijas del Señor como nosotros y poseen un alma tan inmortal y tan digna de ser salvada como la nuestra.

–Puede que tengas razón –admitió Miguel Heredia un tanto desconcertado por el nuevo giro que tomaba la conversación–. Nunca me lo he planteado seriamente, pero no tengo por qué negar que posean un alma inmortal si así te place. Lo que no acepto es que, al tiempo que hablas de fray Anselmo y de Dios, ahorques a un hombre.

–La muerte de aquel canalla no tiene nada que ver con esto –repuso ella–. Fue una simple venganza, y si un día el Señor me pide cuentas responderé por ello. Pero ahora ese dolor y esa ira se han calmado, y lo único que importa es el futuro.

–¿Qué futuro? No veo el más mínimo futuro en todo esto.

–¿Cómo que no? –fue la casi escandalizada respuesta–. Cada ser humano que salvemos de la esclavitud es ya de por sí un futuro. No el nuestro, desde luego, pero sí el suyo. Y cada vez que un negro alcance la libertad, habrá otros que entiendan que tal libertad es posible, y a su vez luchen por ella. Alguien tiene que empezar a hacer algo más que hablar, y cuanto más pienso en ello más me convenzo de que tal vez el Señor me eligió para semejante tarea.

–¡Dios santo! Una iluminada –fingió horrorizarse su padre–. ¿Eso es lo que pretendes: convertirte en una iluminada por la Luz del Señor, dispuesta a alzarse en armas?

–Existe una gran diferencia entre ser una «iluminada» y cruzarse de brazos –puntualizó quisquillosa su hija–. Para fray Anselmo, el padre Las Casas fue un fanático que a la larga causó más daño que provecho con sus proclamas a favor de los indígenas, pero lo prefería a los miles de sacerdotes que aceptan en cómplice silencio las infinitas iniquidades que se cometen a diario con negros, indios y mestizos. Si me equivoco al hacerme a la mar para combatir a los negreros, la importancia de mi error es mínima frente al que perpetran cuantos no hacen nada al respecto. La omisión puede llegar a ser mucho más culpable que la acción.

–Jamás te había oído hablar con tanto apasionamiento –dijo, cada vez más perplejo, Miguel Heredia–. Ni siquiera tenía la más mínima idea de que ésta fuera tu forma de pensar.

–Será porque nunca nos habíamos detenido a hablar sobre ello, o será porque cuanto ha acontecido en los últimos tiempos ha hecho que surja a la luz algo que llevaba en mi interior sin yo misma tomar conciencia. A menudo es necesaria una sacudida para que el árbol deje caer sus frutos, y no cabe duda de que, como sacudida, el terremoto ha sido de lo más eficaz.

Antes de que su padre pudiera replicar sonaron unos discretos golpes en la puerta, y cuando Celeste abrió se enfrentó a la gigantesca figura del carpintero mayor, un torvo vascofrancés al que nadie conocía por más apelativo que el de Gabacho, y que tras llevarse la mano al ala del enorme sombrero de paja del que jamás se desprendía, señaló escuetamente y con un acento infernal:

–Encontré palo mesana. Muy bueno.

–¿Dónde?

–Bricbarca portuguesa embarrancada.

–¿El *Botafumeiro*? –El hombretón asintió con un casi imperceptible ademán de cabeza y Celeste Heredia no pudo por menos que volverse a su padre para comentar con intención–: Ironías de la vida; el barco de ese cerdo nos resolverá un grave problema.

–Se encaró de nuevo al francés–. ¿Qué necesitas? –quiso saber.

–Veinte hombres y permiso, coronel.

–Cuenta con ello. ¿Cómo va el resto?

–En dos semanas navegamos.

No exageraba, puesto que estaba al mando de un auténtico ejército de operarios que trabajaban desde el amanecer a media mañana, y desde media tarde hasta que cerraba la noche, por lo que el antaño fastuoso galeón iba recuperando a ojos vista su perdida prestancia y su reconocida capacidad de maniobra, ya que al propio tiempo docenas de hombres y mujeres trabajaban de igual modo en tierra firme confeccionando juegos de velas, reparando cordajes y poniendo a punto los cañones.

La fama de la inusual generosidad con que la joven recompensaba a su gente había corrido como reguero de pólvora de un extremo a otro de la isla, y no quedaba nadie en ella, en unos momentos en los que el terremoto había destruido la mayor parte de sus fuentes de riqueza, que no quisiera aprovechar semejante coyuntura.

Se había alzado una especie de improvisado campamento de tiendas de lona, justo frente al punto en que se encontraba fondeado el navío, y en cuanto caía la noche se encendían grandes hogueras, comenzaban a rasguear las guitarras, y la mayor parte de las prostitutas que había conseguido sobrevivir a la catástrofe se esforzaba por recuperar el tiempo perdido.

Incluso se presentaron a bordo varios músicos ofreciéndose para recomponer la fenecida orquesta del capitán De Graaf, pero a todos los despidió Celeste con idénticas palabras:

–No son flautistas lo que necesito, sino hombres dispuestos a jugarse la vida en mar abierto.

Esto no es ya ni un barco pirata, ni un burdel flotante.

Una mañana le pidió no obstante al inglés Reuter que le buscara a la mejor bordadora de la isla, y cuando la tuvo delante, le espetó sin más preámbulos:

–Te daré cincuenta doblones si me bordas una bandera y guardas el secreto del dibujo. Pero te advierto que, si te vas de la lengua, haré que te la corten de cuajo.

A la buena mujer se le abrieron los ojos como platos, dudó un momento, pero casi de inmediato replicó con voz temblorosa:

–Señora... por cincuenta doblones me llevo a la tumba, no un secreto, sino cien. ¿Cuándo empiezo?

–Ahora mismo. Te encerrarás en el camarote del primer oficial y no saldrás de él hasta que hayas concluido tu trabajo.

–¿Cuál es el dibujo?

–Mañana lo verás.

Cuatro días más tarde, el mismísimo Laurent de Graaf pidió permiso para subir a bordo, y tras revisar con ojo crítico el trabajo de herreros y carpinteros tomó asiento junto a Celeste, que le aguardaba a la sombra de la toldilla del alcázar de popa.

–¡Felicidades! –dijo–. No cabe duda de que estás llevando a cabo un gran trabajo. Ni yo lo hubiera hecho mejor.

–¿Acaso lo dudabas?

–¡En absoluto! –contestó el holandés con su deslumbrante sonrisa de seductor profesional–. Basta con hablar contigo una sola vez para imaginar de lo que eres capaz... –Le dirigió la más provocativa de sus miradas–. ¡Lástima que seas tan joven! –añadió.

–El problema no está en mi edad, sino en la tuya –fue la burlona respuesta–. Y ya te advertí que no me atraen los hombres guapos. –Extendió la mano y le golpeó con afecto el antebrazo–. ¿Qué piensas hacer ahora que te obligan a ser honrado?

–Aún no estoy muy seguro –respondió él con sinceridad–. Pero tras liquidar a mi gente me ha quedado lo justo como para montar un buen prostíbulo en París. –Le guiñó un ojo–. Podría llamarlo «Port-Royal». ¿Qué te parece la idea?

–Mala. Es como si un niño montara una fábrica de caramelos.

–Los caramelos se gastan cuando los chupas –rió él–. Las putas no.

–Aunque así sea –replicó la muchacha–. Sería muy triste que el último gran pirata del Caribe, superviviente de una estirpe temida y respetada, acabara sus días como «palanganero» de lupanar. Lo quieras o no, tú sigues siendo el Gran Laurent de Graaf, y te debes un respeto.

–¿Hablas de respeto cuando asientas tus posaderas sobre mi bandera? ¡No me hagas reír!

Ella le dirigió una mirada cómplice en la que podía leerse que le había tomado auténtico afecto a alguien que se disponía a iniciar ya la última gran singladura de su vida.

–Te voy a hacer una promesa que probablemente alegrará tu sucia alma morbosa –murmuró inclinándose para hablarle al oído pese a que resultaba evidente que nadie podía oírles–. El día que mis posaderas ya no sean tan honradas como para sentarse sobre tu bandera, tiraré el cojín al mar.

El holandés abrió mucho los ojos para inquirir, cómicamente esperanzado:

–¿Esta noche?

–No, lo siento –contestó con tranquilidad–. No podrá ser esta noche, ni probablemente este año.

–¡Lástima! –se lamentó el otro–. Mi «nurse», francesa, por cierto, me enseñó, demostrándomelo de un modo harto convincente, que perder la virginidad a temprana edad aviva el espíritu y ensancha los horizontes.

–Yo creo más bien que lo que ensancha es otra cosa –rió ella–. Y de momento me place como está, aunque debo admitir que, hasta el presente, eres quien más cerca ha estado de conseguir que mi espíritu «se avive». Eres un hombre realmente encantador y me agradaría conservar siempre ese recuerdo.

–Tú también eres un encanto de criatura, aunque por ahí anden diciendo que eres más dura que el pedernal. ¿Sabes cómo te llaman? –Ante el mudo gesto de negación añadió vocalizando de forma casi excesiva–: La Dama de Plata.

–¿La Dama de Plata? –repitió la muchacha, como si meditara sobre ello–. Si quieres que te diga la verdad, no me disgusta. Y resulta apropiado: no todo el mundo consigue sacar del mar una fortuna en barras de plata.

–A ese respecto hay algo que me gustaría preguntarte, y te doy mi palabra de que guardaré siempre el secreto. ¿Era ésa la plata que según cuentan usaba como lastre de su barco Mombars *el Exterminador*?

Celeste Heredia se limitó a encogerse de hombros como eludiendo comprometerse.

–Es posible –replicó.

–¿Y cómo llegó al *Jacaré*? –quiso saber su interlocutor.

–Es una larga historia. Una larga historia de astucia y heroísmo.

–Me cuesta admitir que un jebeque como el *Jacaré*, que cuando fondeaba junto a nosotros apenas se distinguía, pudiera hundir al barco de Mombars, que incluso a mí me superaba en potencia de fuego.

–¿Conoces la historia de David y Goliat? –El holandés asintió–. Pues mi hermano era como David, pero sin honda. No la necesitaba porque era el pirata más astuto que ha navegado jamás por estos mares. –Hizo un gesto hacia su espalda para añadir–: He pedido que monten seis cañones de treinta y dos libras a popa; tres en la cubierta superior y tres bajo mi camareta. –Le miró a los ojos–. ¿Sabes por qué? Una noche, fondeados ahí, justo enfrente, mi hermano me señaló tu barco y me dijo: «Es el más hermoso que existe, pero también el más vulnerable; tiene el culo de cristal.»

–¿El culo de cristal? –repitió el pirata, evidentemente ofendido–. ¿Qué quieres decir con eso?

–Que el «espejo de popa» de este barco es sin duda el más bello que nadie haya diseñado: una auténtica obra de arte cuyo problema estriba en que tan sólo monta dos míseras culebrinas. El *Jacaré* habría sido capaz de mantenerse tres horas sobre tu estela lanzándote andanada tras andanada sin que hubieras conseguido revolverte ni disparar uno solo de tus cañones de gran calibre. Maniobras con tanta lentitud que un buen capitán puede predecir con minutos de antelación hacia qué banda tienes previsto virar.

–¡Yo jamás le he ofrecido la popa al enemigo! –masculló el indignado Laurent de Graaf–. Huir no es mi estilo.

–Lo malo de la popa, como del culo, no es que la ofrezcas, sino que te la cojan sin permiso –puntualizó humorísticamente la descarada jovencita–. Tu único defecto como el de todo buen capitán pirata se basa en el hecho de que estás convencido de que siempre serás el que ataque. Pero ¿qué fue lo que ocurrió en Maracaibo...? –añadió con manifiesta mala intención–. Que en cuanto llegaste a la conclusión de que no podías vencer y tuviste que virar en redondo, encontraste vientos de través, y tardaste casi una hora en ponerte fuera de tiro. –Hizo un amplio gesto indicando cuanto le rodeaba–. El resultado está a la vista.

–¿Quién te lo ha contado?

Celeste Heredia abrió las manos como si aquélla se le antojase la pregunta más estúpida del mundo.

–¡El barco! –replicó con naturalidad–. ¡Fíjate en los impactos! Casi todos entran por la popa, y eso quiere decir que tenías las baterías enemigas a la espalda. Suerte tuviste que tan sólo te quebraran el palo de mesana. Un metro a estribor y el impacto te parte el mástil de la mayor, con lo que dudo que hubieras conseguido escapar con vida.

El veterano capitán De Graaf, «perro de mar» curtido en cien combates y que había surcado todos los mares conocidos bajo todos los elementos conocidos, observó en silencio, y con mal disimulada admiración a la desconcertante chicuela que tomaba asiento sobre la que había sido su gloriosa bandera.

–¡Mierda! –exclamó al fin–. ¿De dónde coño has salido?

–Del de mi madre.

–Lo supongo, pero me cuesta aceptar que alguien que asegura que ni siquiera sabe aún lo que es un hombre, razone de esa forma.

–¿Y qué tiene que ver la cama con la lógica? –quiso saber ella–. Por lo que tengo entendido, en la cama todo resulta de lo más instintivo y menos lógico. Pero tanto mi tutor como mi hermano eran hombres que sabían pensar, y me enseñaron que el sentido común es el arma más poderosa de que disponemos los humanos. Yo lo aplico, aunque desde luego no por ello desprecio los cañones.

–¡Por mil demonios! –fue la brusca respuesta–. Me saca de quicio imaginar que formaríamos una pareja indestructible.

–Ninguna pareja resulta indestructible, ya que por definición puede partirse en dos –le hizo notar ella–. Lo único realmente indestructible es el espíritu humano, capaz de ser aplastado mil veces y volver a erguirse otras mil.

Ya en tierra, el malhumorado Laurent de Graaf se tropezó con Miguel Heredia Ximénez, que venía al frente del grupo que cargaba a hombros el largo y pesado mástil del *Botafumeiro*, y alzando la mano con gesto imperativo le obligó a detenerse para inquirir con casi agresiva brusquedad:

–Dígame... ¿qué demonios se siente teniendo una hija como la suya?

El margariteño le observó unos instantes antes de replicar muy seriamente:

–Desconcierto.

–¡Ah, bueno...! –repuso el holandés lanzando un cómico suspiro de alivio–. Entonces no es sólo cosa mía.

Cuando pintores, calafateadores y fumigadores tomaron por asalto el galeón con el fin de dejarlo listo para hacerse a la mar, el hedor que producía una confusa mezcla de pintura, brea y toda clase de pestilentes hierbajos que se quemaban en las sentinas para intentar expulsar a ratas y cucarachas, obligó a Celeste y Miguel Heredia a regresar a la casa de Caballos Blancos, donde el medio centenar de esclavos que trabajaban en la plantación les recibieron con expresión compungida.

–¿Qué ocurre? –quiso saber la muchacha encarándose de inmediato al cocinero; un gordo y sudoroso senegalés que antiguamente siempre sonreía y ahora se movía por el amplio comedor como alma en pena–. ¿A qué vienen esas caras?

–Dicen que los amos se van y que nos venderán a Mr. Klein –replicó quejumbroso el hombretón–. Y Mr. Klein abusa del látigo.

–Pero ¿qué tontería? –se sorprendió Celeste volviéndose inquisitivamente hacia su padre–. ¿Tú has dicho algo de irnos? –Ante la muda negativa, alzó el rostro hacia el afligido gordinflón–. Si nos vamos, será para volver, puesto que ésta es la única casa que tenemos. Y nadie va a venderos –concluyó–. De eso puedes estar seguro.

El pobre hombre salió como alma que lleva el diablo dispuesto a hacer correr la buena nueva por toda la plantación, y al advertir cómo llamaba uno tras otro a los esclavos que de inmediato daban claras muestras de entusiasmo, Miguel Heredia se volvió hacia su hija.

–Habrá que hacer algo al respecto –dijo–. Lo cierto es que nos vamos y no tenemos seguridad de volver. ¿Qué le ocurrirá a esta gente si pasa el tiempo y no regresamos? No me extrañaría que Klein o cualquier otro acabara por apoderarse de ellos, porque aquí un negro sin dueño es como un coco en mitad del camino; el primero que pasa se lo queda.

–Podríamos concederles la libertad, aunque me temo que si no estamos aquí para protegerles, a los quince días los acusarán de cualquier delito, los meterán en la cárcel y los venderán al primero que pague la fianza.

Miguel Heredia no acertó a responder, puesto que era consciente de que su hija tenía razón. En Jamaica los blancos no aceptaban que ningún negro libre trabajara por su cuenta, ya que, según ellos, permitirlo constituía un mal ejemplo para el resto de los esclavos, y refrendaba un principio que se negaban en redondo a admitir: la aceptación de la más remota posibilidad de igualar en cualquier aspecto al negro con el blanco.

De hecho, las leyes concedían a todos los esclavos un incuestionable derecho a conseguir su libertad, bien fuera pagándosela, o por expreso deseo de su dueño, pero en la práctica raramente se llevaba a cabo. Era cosa sabida que las autoridades se las ingeniaban para conseguir que de una forma u otra los libertos acabaran siempre entre rejas, lo cual concedía a cualquier plantador de azúcar la posibilidad de convertirlo en siervo por el sencillo procedimiento de pagar la mísera fianza que señalaba la ley.

Y a decir verdad nadie se sentía capacitado para delimitar la estrecha línea que diferenciaba las condiciones de vida de un «siervo» de las de un auténtico esclavo.

Para justificar tan flagrante infamia las autoridades se limitaban a señalar que no se podía consentir que «delincuentes habituales» se dedicaran a vagabundear por la isla fuera de control, ni mucho menos tuvieran que ser eternamente alimentados por el resto de la «sociedad».

Por todo ello, Celeste Heredia tenía conciencia de que permitirse el capricho de conceder la carta de libertad a sus esclavos no les garantizaba a éstos dicha libertad, por lo que una vez más decidió pedir consejo al banquero Hafner, que era sin lugar a dudas el hombre que mejor conocía los intrincados vericuetos legales de la colonia.

–Si se marcha de Jamaica, y por cualquier razón no vuelve, sus negros acabarán indefectiblemente en manos de Stanley Klein, que es, a mi modo de ver, el tratante más brutal e inescrupuloso que haya pisado jamás esta isla de tratantes brutales e inescrupulosos. –El banquero se complació en hacer una larga pausa como si le divirtiera mantener por unos segundos más el interés de su interlocutora–. Sin embargo –añadió–, creo que existe una pequeña triquiñuela legal a la que podríamos acogernos.

–¿Y es...?

–Que venda sus esclavos a una empresa.

–¿Una empresa? –se sorprendió Celeste Heredia–. ¿Qué clase de empresa?

–Una empresa azucarera con base en Londres. De ese modo, no sería necesaria su presencia física en la isla.

Bastaría con la de un representante legal, y ése puede ser mi banco. De hecho, ya representamos a varias.

–¿Y cuál me aconseja?

–Ninguna. –El astuto banquero sonrió con intención–. Mi consejo es que la constituya personalmente. De ese modo, aunque muera, sus esclavos continuarán perteneciendo a sus herederos legales.

–Si mi padre y yo muriésemos, no dejaríamos herederos.

–Ante la ley siempre existe un heredero mientras no se demuestra lo contrario –fue la irónica respuesta–. Un tío, un sobrino, un primo lejano, ¿quién sabe? Determinarlo llevaría años, y mientras tanto sus esclavos morirán de viejos bajo la protección del banco.

–¿El banco haría eso por nosotros?

–¡Naturalmente! –replicó el otro–. Es parte de nuestro trabajo, y estoy seguro de que esta plantación puede producir más de ochenta toneladas de azúcar anuales. Con ello basta y sobra para mantener a los esclavos, pagar nuestros honorarios e incluso generar un pequeño capital. Lo único que necesita es un administrador de plena confianza que trate a sus negros como seres humanos «casi libres».

–¿Puede encargarse de buscármelo?

–Creo que tendría la persona apropiada si no le importara que fuese una mujer.

–No me importa en absoluto.

–En ese caso, se la enviaré mañana. Pero no se deje llevar por las apariencias. Confíe en mí.

Al atardecer del día siguiente un diminuto carruaje se detuvo ante la verja y de él descendió una elegante dama de exquisitos ademanes, largas y cuidadas manos y un levísimo acento extranjero que se complacía en remarcar.

–¡Buenas tardes! –dijo–. Me llamo Dominique Martell y me envía Mr. Hafner.

La invitaron a tomar asiento en la butaca más cómoda del porche, le sirvieron té en la más delicada de sus vajillas, y tras unas leves frases intrascendentes en las que se refirió sobre todo a la extraordinaria belleza del lugar, la recién llegada señaló muy cortésmente:

–Por lo que tengo entendido, podrían estar interesados en mis servicios.

–Confiamos en ello –admitió Celeste–. ¿Tiene alguna experiencia en la administración de ingenios azucareros?

–Ni la más mínima.

–¿Y en la de destilerías de ron?

–Tampoco.

–¿Cuál es en ese caso su experiencia?

–Administré durante doce años, con increíble éxito, y permitido sea decirlo con absoluta modestia, el acreditado prostíbulo de madame Dominique.

–¿Un prostíbulo? –se asombró Miguel Heredia–. ¿El famoso Madame Dominique?

–¡Exactamente! El mejor de Port-Royal. El que se alzaba justo frente a la taberna de Los Mil Jacobinos. ¿Lo recuerda?

–Lo veía al pasar... –se limitó a replicar el aludido sin querer comprometerse–. Pero tengo entendido que, en efecto, era el mejor de la isla.

–Pues me entristece no haberle tenido entre mis clientes –puntualizó ella–. De ese modo podría constatar que en mi casa todo funcionaba a la perfección. Por desgracia, me fui de vacaciones a Marsella y al regresar me he encontrado con la triste realidad de que de cuanto levanté con años de esfuerzo, no queda ya más que el letrero.

–Lo lamento muchísimo. ¿Y no ha pensado en reconstruirlo?

La elegantísima madame Dominique le dirigió una mirada de soslayo en la que podía leerse una delicada ironía.

–Todo tiene su tiempo –suspiró–. Y por desgracia, del lugar de donde saqué el dinero para construir aquel palacio, no creo que se obtenga ya ni para levantar una choza. Ni tampoco estoy en edad de lidiar con muchachitas alocadas, aunque le aseguro que sí creo estarlo para administrar de un modo honrado y eficaz un lugar como éste.

–Ante todo –le hizo notar Celeste–, debe quedar muy claro que nuestra principal condición a la hora de elegir a un administrador, es la exigencia de que trate a los esclavos con respeto y dignidad.

–Ya me lo advirtió Ferdinand.

–De hecho, consideramos a nuestros esclavos hombres libres, pero supongo que está al tanto de los problemas que se le presentan a un negro libre en Jamaica.

–¡Mejor que nadie! Tuve una pupila de color capaz de ganarse la libertad en una semana de trabajo, pero resultaba inútil. En cuanto se establecía por su cuenta la encerraban, lo que me obligaba a correr a pagar la fianza antes de que lo hiciera ese cerdo de Klein o cualquier salvaje que abusaría de ella hasta matarla. ¡Es duro ser negro en estos tiempos! –concluyó convencida–. ¡Muy, muy duro!

–¿Y cómo podemos tener la plena seguridad de que tratará a los nuestros tal como deseamos? –quiso saber la demasiado a menudo pragmática Celeste.

–¡Querida...! –comenzó la ex celestina esbozando apenas una leve sonrisa–. La vida me ha enseñado que existen pocas cosas en las que confiar. Ni siquiera de la tierra que tenemos bajo los pies, visto que, en cuanto te descuidas, tiembla. Pero sí puede estar razonablemente segura de que si me ofrece la oportunidad de acabar mis días en este paraíso, sin problemas económicos, y sin tener que lidiar a diario con putas y borrachos a cambio únicamente del compromiso de tratar a sus negros como a seres humanos, no seré tan estúpida como para dedicarme a darles patadas en el culo.

–Parece lógico.

–Lo es. –La elegante dama abrió bruscamente su abanico, lo agitó repetidas veces, observó con detenimiento a sus interlocutores, y por último, cambiando levemente el tono de voz, añadió–: Y si les sirve de algo, les diré que soy de las pocas personas que saben cómo tratar a Stanley Klein.

–¿Le conoce íntimamente? –se interesó con cierta morbosidad Miguel Heredia.

–¡Demasiado! –fue la expresiva respuesta–. Es un hombre prepotente, ambicioso y grosero que parece capaz de comerse al mundo. Sin embargo, hay algo que raramente consigue comerse, puesto que toda su energía se diluye a la altura de la cintura. –Agitó apenas la cabeza como si tal pensamiento le asqueara, para continuar–: Y eso es lo que le hace más peligroso, porque sabe que en realidad no es más que un gigantón fofo, resentido y acomplejado al que una de mis chicas le espetó en cierta ocasión que si tuviera el pene tan grande como la nariz dejaría de odiar al mundo. –Chasqueó la lengua–. Le pegó un puñetazo, pero más tarde se emborrachó y acudió a llorar a mi regazo tratando de hacerme comprender lo que significaba «ser dueño de miles de esclavos, pero no ser dueño ni de la décima parte de sus fantásticos atributos masculinos». Les aseguro que por un momento me dio pena, pero lo cierto es que es un cerdo.

–¿Conseguiría mantenerle lejos de nuestra gente?
Madame Dominique asintió convencida.
–Lo conseguiría a poco que su gente colaborase.
Tres días más tarde, Miguel Heredia ordenó al casi medio centenar de trabajadores de la hacienda que tomaran asiento a la sombra de los frondosos samanes que se alzaban frente al porche lateral de la casa, y tras observarlos uno por uno, tratando de recordar sus nombres, les expuso lo más claramente que pudo cuál era la situación y cuáles las decisiones que habían tomado al respecto.
–Si os comportáis con sensatez –concluyó–, viviréis aquí, trabajaréis sin agobios, y recibiréis un salario justo que tendréis que gastar sin levantar sospechas, de forma tal que cuando necesitéis algo se lo comunicaréis a madame Dominique, que lo mandará traer de Kingston. –Les apuntó amenazadoramente con el dedo–. Pero el que intente vagar por ahí gastándose la paga en ron y alardeando de que es libre, estará poniendo en peligro a los demás y por lo tanto será vendido como esclavo.
–¿Significa eso que somos libres, pero que en realidad pueden vendernos? –quiso saber un individuo achaparrado cuyo rostro aparecía surcado por infinidad de pequeñas cicatrices que determinaban en qué perdida tribu había nacido allá en su África natal.
–Significa que es una libertad que tenéis que ganaros día a día, y que de hecho tan sólo tiene dos enemigos: vosotros mismos, y el ron.
Tan clara alusión no resultaba en absoluto gratuita, puesto que la necesidad de emborracharse para olvidar por unas horas las terribles condiciones en que se veían obligados a vivir, solía constituir el mayor problema a que se enfrentaban la mayoría de los esclavos de las destilerías jamaicanas, y de todos re-

sultaba sobradamente conocido que alcohol y prudencia siempre se han comportado como enemigos irreconciliables.

Las soportables condiciones de trabajo de los negros en la Hacienda de los Caballos Blancos no resultaban en absoluto equiparables a la inhumana forma de explotación a que se veían sometidos la mayor parte de los de su raza en el resto de la isla, pero ello no impedía que entre algunos de sus miembros estuviera muy firmemente arraigado el temible vicio de la bebida.

Era cosa sabida que, si bien dos de cada diez individuos que abandonaban África en los buques negreros jamás llegaban a su destino en el Nuevo Mundo por culpa de las terroríficas condiciones del viaje, y otro más acostumbraba a morir al poco tiempo de poner el pie en tierra víctima de las enfermedades, otros dos solían quitarse la vida en el mismo momento en que abrigaban la convicción de que jamás regresarían a sus hogares.

A nadie debe sorprender, a la vista de ello, que de los millones de africanos que se trasladaron a América durante los casi tres siglos que duró la Trata, más de la mitad murieran antes de que nadie pudiera aprovechar su potencial de trabajo.

Pero aun así se trataba del mejor negocio que haya existido en siglos.

Por ello, no fue de extrañar que días más tarde, y en el momento en que Celeste abandonaba las oficinas de Ferdinand Hafner en Kingston, un enorme gordinflón al que parecían proteger cuatro malencarados guardaespaldas, se interpusiera en su camino.

–¿Podría dedicarme unos minutos? –inquirió más en tono de perentoria exigencia que de súplica–. Hay algo sobre lo que deberíamos hablar.

–¿Hablar? –se sorprendió la muchacha sin intentar disimular su desagrado–. ¿Sobre qué?

–Sobre su hacienda –fue la rápida respuesta–. Tengo entendido que abandona la isla y me gustaría comprársela.

–El que vaya a emprender un viaje no significa que abandone la isla definitivamente –le hizo notar Celeste esforzándose por mantener la calma–. Y desde luego, no tengo la más mínima intención de vender ni mi casa, ni mis esclavos, ni mi hacienda.

–Sin embargo… –señaló en tono amenazador el gigante, cuya prominente y aplastada nariz le colgaba sobre la boca dándole la extraña apariencia de un pato de cara ancha y ojos saltones– le convendría desprenderse de los esclavos para evitarse problemas.

–¿A qué clase de problemas se refiere?

–A los que acostumbran dar esos malditos negros que el diablo confunda –puntualizó en idéntico tono el hombretón–. Me han llegado rumores de que no sabe tratarlos.

–El modo en que yo trate a mi gente es cosa mía, ¿no le parece? –sentenció Celeste, que continuaba esforzándose por mantener la calma, aunque resultaba evidente que era algo que cada vez le exigía mayor esfuerzo.

–No, señorita, se equivoca –replicó Stanley Klein alzando mucho la voz, no tanto para que le escuchasen cuantos se encontraran a su alrededor, sino porque parecía algo connatural en él la necesidad de llamar la atención–. El modo en que alguien trate a los negros es algo que nos atañe a todos, puesto que cualquier mal ejemplo nos perjudica. No me agrada tener que pagar a cazadores que busquen a mis esclavos por esas montañas del infierno.

–Pues a mí jamás se me ha escapado ninguno –le

hizo notar ella–. Y le repito que mi forma de actuar es cosa mía, y no hay ley que me lo impida.

–¡No...! –replicó el otro con brusquedad–. Estoy de acuerdo en que no hay ley que se lo impida, pero yo sí se lo puedo impedir, de modo que le aconsejo que medite mi propuesta y se deje de tonterías. Le pagaré un precio justo.

–¿Y si no acepto?

–Tendrá que atenerse a las consecuencias. Y le advierto que pueden resultar desagradables.

Celeste Heredia se tomó unos instantes para reflexionar; observó a su interlocutor, al que apenas le llegaba al pecho, y por último hizo un leve gesto de asentimiento.

–¡De acuerdo! –dijo–. Me lo pensaré, y le prometo que antes de dos semanas conocerá mi decisión.

–¡Buena chica! –replicó el otro con una leve sonrisa de triunfo–. Espero sus noticias.

–Las tendrá –fue la enigmática respuesta–. No dude que muy pronto recibirá mi mensaje.

De regreso al galeón, al que se podría considerar ya casi dispuesto para hacerse a la mar, Celeste se enfrentó al sorprendente hecho de que la hermosa sirena, de larga melena y enormes pechos que configuraba el mascarón de proa había sido pintada de color plata, y cuando quiso saber las razones de tan absurda decisión la respuesta resultó aún más desconcertante.

–Ya que se va a llamar *La Dama de Plata* es lógico que su mascarón parezca de plata –sentenció el osado pintor.

–¿Y quién ha dicho que se vaya a llamar así?

–Es lo lógico... ¿O no?

–Había decidido que se llamara *Sebastián*.

–Le va más *La Dama de Plata*.

–La verdad es que razón tienen –admitió convencido Miguel Heredia–. *La Dama de Plata* le va que ni pintado. Y debes admitir que el mascarón ha quedado precioso.

–¡Bonito es! –reconoció casi a regañadientes su hija–. Pero aceptar ese nombre significa tanto como aceptar el apodo.

–Los apodos raramente se aceptan, pequeña –fue la respuesta–. Por lo general, se imponen.

Optaron por posponer la decisión dado que a la mañana siguiente debía dar comienzo la difícil tarea de seleccionar a la tripulación, para lo cual convocaron en primer lugar al veneciano Arrigo Buenarrivo con el fin de ponerle al corriente de cuál sería la auténtica misión del poderoso navío.

–¿Poner coto al tráfico de esclavos...? –repitió el hombrecillo en el colmo de la estupefacción–. Jamás se me habría ocurrido. –Observó a padre e hija como si se tratara de extraterrestres–. ¿Y qué esperan obtener con eso? –quiso saber.

–Sólo eso: poner coto al tráfico de esclavos.

–¿Y cuánto pagarán esos esclavos por su libertad?

–Nada. Los esclavos no tienen dinero.

–¿Nada? –repitió el otro cada vez más confuso–. ¿Y dónde se encuentra en ese caso el beneficio?

–Mi padre y yo no pretendemos obtener beneficios –le hizo notar Celeste–. Somos ya bastante ricos.

Se diría que el diminuto capitán necesitaba tiempo para conseguir que tan absurda idea se abriera paso hasta lo más profundo de su mente, y tras ponerse en pie y pasear con las manos a la espalda por la amplia camareta de recargadísima decoración, inquirió de nuevo:

–¿O sea que lo único que tenemos que hacer es interceptar buques negreros y liberar a los esclavos?

–¿Le parece poco?

–Me parece, cuanto menos, pintoresco –puntualizó–. Todo barco tiene una misión que cumplir, pero arriesgarse por esos mares de Dios con todos los peligros que ello trae aparejado, por el simple placer de concederle la libertad a unos negros a los que ni siquiera se conoce, se me antoja disparatado.

–Puede que lo sea –admitió la muchacha con naturalidad–. Pero como comprenderá no nos parecía lógico ofrecerle el mando de una nave sin ponerle al corriente de su misión.

–Lo entiendo y lo agradezco.

–¿Y bien?

Arrigo Buenarrivo tomó asiento de nuevo y observó con especial detenimiento a la frágil mujer que le había hecho la pregunta, como si confiara en que de un momento a otro una fuerza oculta le fuese a revelar de forma milagrosa si era cierto que estaba o no completamente loca.

Por último, lanzó un resoplido y su ronco vozarrón pareció surgir de la más profunda de las cavernas al exclamar con acritud:

–¡Por todos los demonios! Soy un buen marino que suele ir allí donde su armador le ordena, siempre que ello no infrinja la ley. Pero de lo que no estoy seguro es de si existe alguna ley que prohíba liberar esclavos en alta mar.

–Es de suponer que no –fue la respuesta–. De hecho el tráfico de esclavos está siendo «consentido» pero no ha sido «oficialmente» aceptado por ningún país civilizado.

–En ese caso es de suponer que no se nos podría acusar de piratería...

–Es de suponer... –admitió Miguel Heredia.

–Pero ¿no están seguros?

–No.

–Curioso, ¿no les parece? Gente inmensamente rica que se lanza a la aventura de hacer el bien sin tener la seguridad de si les pueden ahorcar o no por ello. –Lanzó un nuevo gruñido–. ¿De verdad no están locos?

–Todo es cuestión de opiniones –observó Celeste–. ¿Acepta el mando?

El veneciano meditó de nuevo, pero en esta ocasión apenas le llevó un par de minutos.

–Lo acepto –gruñó al fin.

–Entonces, más vale que nos dediquemos de lleno a seleccionar a la tripulación, aunque no les pondremos al corriente de cuáles son nuestras intenciones hasta que nos encontremos en alta mar. Al que no esté de acuerdo lo desembarcaremos más tarde en Margarita.

–¿Margarita? –se sorprendió el veneciano–. ¿Y por qué Margarita?

–Tenemos algo que hacer allí, aunque será cuestión de un par de días. ¿Algún problema?

–Sólo uno –contestó–. Recuerden que este barco perteneció a Laurent de Graaf, y cualquier buen marino lo reconocería a diez millas de distancia. Cuanto menos naveguemos por el Caribe, mejor.

–Lo tendremos en cuenta.

La selección final de los hombres no resultó en absoluto difícil, ya que se podía escoger entre más de veinte candidatos para cada plaza dado que los escasos navíos que poco a poco iban llegando a la isla tenían la mayor parte de su dotación completa, y como era ya cosa sabida que la tranquila bahía había dejado de ser considerada santuario para piratas y corsarios, resultaba de igual modo harto difícil que se armaran navíos dispuestos a lanzarse al mar en busca de botín.

Como a nadie se le ocultaba que el mundo al que la mayoría de ellos estaban acostumbrados tenía visos de cambiar a toda prisa, la altiva y espléndida *Dama de Plata* parecía constituir la última oportunidad de aferrarse a un glorioso pasado de acción, riquezas y aventuras, pese a que nadie supiera a ciencia cierta cuál era la auténtica misión o el destino final del poderoso galeón.

Astutamente, Celeste había dejado correr la voz de que su oculta intención era poner rumbo a las remotas regiones australes del Pacífico, donde se rumoreaba que existían vastísimas tierras ignotas en las que el oro y la plata abundaban aún más de lo que lo hicieran tiempo atrás en México o Perú.

Al reclamo de tan atractivo espejismo los marinos continuaban acudiendo como moscas a la miel, y uno de los primeros que pidió permiso para subir a bordo y suplicar que le permitieran embarcar, fue el mismísimo Silvino Peixe, el tímido gaviero portugués que una mañana viniera a confesarles el trágico fin que habían tenido los desgraciados tripulantes del *Jacaré*.

–Me consta que haber navegado a bordo del *Botafumeiro* no constituye una buena carta de recomendación –admitió–. Pero deben tener en cuenta que demasiado a menudo los de nuestro oficio no tenemos mucho donde elegir. Les juro que nunca he sido pirata, asesino o ladrón. Tan sólo soy un simple marino que quiere hacer bien su trabajo.

–No necesitas disculparte –dijo Celeste–. Demostraste mucho valor al contar lo que sabías y de no ser por ti jamás hubiera sospechado cuál había sido el terrible final de los hombres de mi hermano –sonrió con innegable amargura–. No niego que tal vez hubiera sido mejor ignorarlo, pero al menos sirvió para que el culpable recibiera su castigo.

–¿Conseguisteis encontrar al capitán Tiradentes? –inquirió vivamente interesado el buen hombre.

–Lo conseguí.

–¿Y...?

–Jamás volverá a arrancarle un dientes a nadie. De eso puedes estar seguro.

El portugués no pudo evitar lanzar un hondo suspiro de alivio.

–Me quitáis un gran peso de encima –dijo–. Perdonad la expresión, pero es que ese «coño e su madre» siempre fue como una pesadilla. –Su tono cambió para volver a mostrarse humilde–. ¿Me daréis ese trabajo?

–Estás admitido.

–Os juro que nunca os arrepentiréis, señora. Nunca.

Parecidas muestras de agradecimiento daban todos aquellos a los que el capitán Buenarrivo concedía el visto bueno, para lo cual solía bastarle con ordenarles que treparan a lo alto del palo mayor para observar cómo se movían por los marchapiés, y cómo aferraban o largaban el velamen a un simple toque de silbato del contramaestre.

–Lo que ahora importa es elegir bien a gavieros y juaneteros, pues de ellos depende la seguridad de la nave en los momentos de peligro. –Acostumbraba señalar–. Al resto de los hombres se les puede ir enseñando el oficio, pero los que tienen que subir allá arriba, o saben, o se estrellan.

Tres largos días llevó elegir a los ciento noventa hombres más idóneos, y otros tres abastecer de agua y víveres la nave, por lo que a media mañana del domingo siguiente el veneciano pareció darse por satisfecho.

–Me faltan un tercer oficial, un jefe de artilleros

y, sobre todo, un buen piloto de estas aguas, pero admito que con lo que tengo puedo hacerme a la mar. –Lanzó uno de sus peculiares resoplidos–. Por lo que a mí respecta, tan sólo espero la orden de zarpar.

No se movía una hoja y el calor había sido asfixiante desde primeras horas de la mañana, pero al atardecer del día siguiente dos largos botes con diez remeros cada uno comenzaron a remolcar al gigantesco galeón con el fin de sacarlo de la tranquila bahía en busca de la leve brisa que comenzaría a soplar mar afuera en cuanto el sol rozara la línea del horizonte.

A la sombra de la toldilla del alcázar de popa, unos metros tras el capitán Buenarrivo, que permanecía atento a cada detalle de la delicada maniobra, Celeste y Miguel Heredia agitaban la mano despidiéndose de madame Dominique, el coronel Buchanan y Ferdinand Hafner que les deseaban buen viaje desde tierra, pero al cruzar la barra que separaba la inmensa laguna del mar abierto, la muchacha no pudo por menos que evocar con nostalgia aquel otro día, apenas un año atrás, en que junto a su hermano Sebastián distinguiera por primera vez las hermosas edificaciones de Port-Royal, maravillada por el hecho de que pudiese existir una ciudad tan prodigiosa enclavada en un emplazamiento tan perfecto.

Ahora su hermano estaba muerto, y de la ciudad no quedaban más que cascotes y ruinas.

A dos millas de la costa, se ordenó izar los botes, se largó el trapo a la espera del viento, y tras comprobar que cada hombre se encontraba en su puesto, el veneciano se volvió a Celeste para inquirir:

–¿Rumbo?

–Sur-suroeste. Quiero anclar frente a Black River al amanecer.

Fue una noche tranquila, de suave brisa cálida, que traía olor a tierra húmeda, y en la que la mayoría de los tripulantes disfrutaron del indescriptible placer que significaba regresar a la libertad del mar después de tantos meses de sentirse prisioneros en una isla que había perdido de golpe todo su encanto pasando a convertirse en una especie de presidio insoportable.

Al desaparecer Port-Royal con sus alegres prostitutas, sus tabernas y su descarado encanto, Jamaica no era ya más que un lugar caliente y húmedo notable solamente por el tamaño y la agresividad de sus mosquitos. El simple hecho de saberse a salvo de tan abominable plaga bastaba para satisfacer a cuantos se apresuraron a subir sus «coys» a cubierta para colgarlos de palo a palo y dormir a pierna suelta bajo un cielo cuajado de estrellas.

Tal vez la mayoría se preguntaba cuánto duraría aquel viaje y a qué remotísimo lugar les conduciría tan especial singladura, pero como eran hombres que habían elegido tiempo atrás la aventura como única forma de vida, el simple hecho de embarcar en una nave cuyo destino final desconocían se les antojaba ya de por sí una hermosa posibilidad.

De tanto en tanto se volvían a observar a la muchacha –ahora enfundada en holgadas ropas masculinas– que tenía en sus manos los destinos del poderoso galeón, y aunque más de uno sentía una especie de comezón en la boca del estómago por saberse a las órdenes de una aparentemente frágil mujer, la mayoría era de la opinión de que la Dama de Plata había dado claras muestras de tener más redaños que el más fajado de los viejos capitanes piratas.

Corrían mil rumores sobre su corta vida y su oscuro pasado, pero lo único que se sabía a ciencia cierta era que había navegado junto a su hermano, el mítico capitán Jacaré Jack, que había sido capaz de acabar con el mismísimo Mombars *el Exterminador*, y ese simple hecho constituía de por sí una magnífica carta de presentación.

Al amanecer del día siguiente las anclas se dejaron caer a poco más de media milla de Black River, y la primera claridad del alba les permitió distinguir la lujosa y recargada mansión de Stanley Klein, la enorme plantación que se perdía de vista en la distancia, y el blanco edificio del ingenio de azúcar que se alzaba sobre un altożano a no más de doscientos metros de la playa.

Celeste Heredia estudió con ayuda de un largo catalejo el conjunto de la hacienda, y sin volverse, ordenó al capitán, que se encontraba a sus espaldas:

–Que abran portas.

Sonó un silbato.

–¡Abrir portas!

–Andanada de aviso.

–¡Andanada de aviso!

Retumbaron cinco cañones y casi de inmediato en la orilla de la playa se concentraron docenas de figuras humanas que observaban, entre temerosas y sorprendidas, al poderoso navío que les amenazaba desde mar abierto.

La muchacha concentró sobre ellas su catalejo, y cuando no le cupo duda de que al frente se encontraba el gigantesco traficante de esclavos de cara de sapo, sonrió apenas.

–Ha llegado la hora de remitir nuestra respuesta a Mr. Klein –musitó apenas, y con un leve gesto de la mano indicó el edificio del ingenio–. ¡Que lo vuelen! –ordenó–. Pero que no toquen la casa.

Los artilleros se tomaron su tiempo, apuntaron con sumo cuidado, aguardaron un instante, y cuando sonó el silbato prendieron fuego a las mechas. Diez pesadas granadas de treinta y dos libras cada una surcaron el aire, y seis de ellas fueron a impactar directamente sobre el blanco elegido, que a los pocos minutos no era más que un montón de ruinas envueltas en una nube de polvo.

Durante un corto período de tiempo observaron cómo blancos y negros corrían desalentados por la playa, y al fin Celeste Heredia plegó calmosamente el catalejo al tiempo que señalaba:

–Con eso basta. Supongo que nuestro buen amigo Klein habrá entendido el mensaje. Rumbo a Margarita.

El veneciano se volvió hacia su primer oficial, y sin apenas inmutarse ordenó en tono mesurado:

–¡Cerrar portas, levar anclas, izar trinquete y mayor, caña a estribor!

Lógicamente, los rumores corrieron de inmediato de proa a popa, y todos, desde quienes faenaban en lo alto de las vergas a cuantos preparaban el rancho en la cocina, se preguntaron qué significado había tenido aquella inusual acción, y qué se podía esperar de una mujer que ordenaba volar un ingenio azucarero que debía costar una pequeña fortuna con la misma naturalidad con que hubiera pedido que le podaran los rosales del jardín.

A la hora del almuerzo, y mientras presidía una

mesa a la que se sentaban el capitán Buenarrivo, su primer oficial, Miguel Heredia y Gaspar Reuter, Celeste comentó, como si el hecho careciera de importancia:

–Cuatro cañones fallaron un blanco fijo y relativamente próximo. No quiero que vuelva a suceder.

–Será tenido en cuenta.

La muchacha se volvió hacia el veneciano que se sentaba a su izquierda.

–Confío en ello. Y ahora creo que ha llegado el momento de que le explique a la tripulación el objetivo de nuestra empresa. Pero quiero que quede muy claro que quien no quiera continuar a bordo recibirá un mes de paga y será desembarcado en Margarita sin el más mínimo reproche.

Esa misma tarde el capitán convocó a la totalidad de la dotación sobre cubierta, y aferrado a la baranda del alcázar les expuso, lo más concisamente que supo, las razones por las que se encontraban a bordo.

Al concluir se hizo un largo silencio, y fue ése el momento en que Celeste Heredia aprovechó para hacer su aparición, surgiendo de su camareta para encararse a quienes permanecían expectantes.

–Hay algo más que debéis saber –dijo–. Aparte de la paga que se ha acordado con cada cual, concederé un premio de un doblón de oro a repartir entre todos por cada esclavo que consigamos liberar.

Se oyó un leve rumor de aprobación, y una voz anónima inquirió desde las últimas filas:

–¿Cuántos esclavos suelen viajar a bordo de un buque negrero?

–Entre quinientos y mil.

–¿Significa eso que estáis dispuesta a repartir casi mil doblones cada vez que capturemos una de esas naves?

–Eso he dicho.

–¿Y qué obtendréis con ello?

La muchacha recorrió con la vista aquellos incrédulos rostros curtidos por el sol y el viento, esbozó apenas una leve sonrisa, y por último replicó:

–Aquel que no sea capaz de entenderlo no merece que se lo explique. Que se limite a obedecer, o que desembarque en Margarita.

Dio media vuelta para desaparecer de nuevo en su camareta y, como cabía imaginar, los rumores se dispararon nuevamente, por lo que tanto en cubierta como en el comedor y los sollados las discusiones giraron durante días sobre el hecho de que se encontraban a bordo del barco de una extraña mujer que probablemente estaba loca.

–Loca o cuerda –fue por último la casi unánime opinión–, lo cierto es que parece muy capaz de cumplir sus promesas, y éste es, hoy por hoy, el mejor barco que navega por los siete mares.

Se aplicaron por tanto a la tarea de trabajar lo mejor que sabían –que era mucho– y fue así como una semana más tarde el vigía de cofa anunció a media mañana que se avistaba tierra en el horizonte.

Al día siguiente fondearon en el corazón mismo de la bahía de Juan Griego, aunque a prudente distancia de los pesados cañones del fortín de La Galera, y tras ordenar que lanzaran una falúa al mar, Celeste le pidió a Gaspar Reuter que bajara a tierra y le rogara al capitán Sancho Mendaña que tuviera a bien subir a bordo.

–Decidle que soy yo quien se lo pide: la «pequeña» Celeste Heredia.

Dos horas más tarde el bigotudo militar margariteño trepaba por la escala, abrazaba emocionado a padre e hija, y tenía que hacer un supremo esfuerzo para evitar que se le escaparan las lágrimas al tener noticias de que su buen amigo Sebastián había muerto.

–Lo siento en el alma –dijo–. Le vi nacer, le vi crecer y le quería como a un hijo.

Poco más tarde, Miguel y Celeste Heredia le pusieron al corriente de cuanto había ocurrido desde el día en que abandonaron Margarita, y tras encender su vieja y pesada cachimba, el comandante del fortín de La Galera sacudió la cabeza en un vano intento por demostrar la magnitud de su asombro.

–No cabe duda de que el destino está más loco que el más loco de los seres humanos –masculló–. ¿Quién me iba a decir que aquella mocosa que correteaba semidesnuda bajo mi ventana acabaría por convertirse en una de las mujeres más ricas de las que se haya oído hablar? ¿Y quién me iba a decir que aquel otro mocoso acabaría con el Exterminador, al que todos los barcos de todas las armadas habían perseguido inútilmente durante años? ¿Cómo lo consiguió?

–A base de astucia.

–¡No me sorprende! Era el rapaz más endiabladamente enredador que he conocido. ¡Le echaré de menos!

–Siempre hablaba de ti como del mejor amigo que había tenido, y le dolió que amenazaras con ahorcarle si volvía a poner el pie en la isla.

–Se había convertido en un pirata, y mi deber siempre ha sido ahorcar a los piratas, por muy amigos que sean.

–Lo sabía, y creo que por ello no te lo tenía en cuenta. Aseguraba que para evitarte problemas le bastaba con mantenerse a tres metros de la orilla. Pero no hemos venido hasta aquí para hablar de

Sebastián –le hizo notar la muchacha con la más encantadora de sus sonrisas–. Hemos venido a pedirte que te unas a nosotros.

–¿Unirme a vosotros? –se asombró el siempre adusto capitán Mendaña, levemente desconcertado–. ¿Para hacer qué?

–Liberar esclavos.

–¿Tal como hiciera tu hermano con el *Four Roses*?

–¡Exactamente!

–¡Absurda locura!

–Casi todas las locuras suelen ser absurdas –puntualizó Miguel Heredia que casi siempre prefería mantenerse al margen de las conversaciones e intervenía tan sólo en momentos muy concretos–. Pero lo cierto es que necesitamos a un artillero de tu experiencia. La mayoría de nuestros hombres son excelentes marinos, pero su puntería deja mucho que desear.

–¿Me estás pidiendo que abandone mi puesto?

–Te estoy pidiendo que renuncies a él –le aclaró el otro–. Sabes bien que nunca ascenderás, por lo que dentro de un par de años te obligarán a licenciarte. ¿Qué futuro te espera con un retiro miserable que a menudo ni siquiera se paga?

–Muy negro, desde luego. Ya lo tengo asumido.

–¡Cámbialo entonces! Déjalo todo y únete a nosotros. Al fin y al cabo siempre nos has considerado tu única familia.

–Eso también es cierto –admitió el militar sin la menor inflexión en la voz–. Y, mirándolo bien, poco o nada tengo que agradecerles, ni al ejército, ni a la corona. Hace años que se olvidaron de mí.

–¿Entonces?

El otro se tomó unos instantes, observó a través

del amplio ventanal de popa la rojiza silueta del amazacotado fortín de La Galera, en el que había malvivido durante las últimas tres décadas sin que sus superiores se dignaran reconocer ni sus esfuerzos ni sus innegables sacrificios, y por último lanzó un escupitajo al mar.

–¡Qué diablos! –exclamó–. Aquí ya no me espera más que morirme de asco, y siempre soñé con conocer África. –Se volvió a quienes le observaban expectantes para añadir con entusiasmo–: Necesitaré un par de horas para recoger mis cosas y redactar una carta de renuncia.

–Tómate el tiempo que quieras.

El ya decidido y animoso militar se puso en pie de un salto, dispuesto a encaminarse a la puerta, pero antes de alcanzarla pareció tener una idea.

–No nos vendría mal media docena de margariteños de toda confianza –dijo–. Chicos a los que he visto nacer, y por los que pondría la mano en el fuego porque sirvieron a mis órdenes. La mayoría son buenos artilleros y en la isla se está pasando mucha hambre últimamente.

–¡Tráetelos!

–En ese caso, necesitaré al menos seis horas para localizarlos.

–No hay problema.

A la caída de la tarde el ya ex comandante del fortín de La Galera, capitán Sancho Mendaña, regresó con sus escasas pertenencias personales y cinco chicarrones que treparon a bordo para permanecer como embobados ante el poderoso armamento del gigantesco galeón del famoso pirata Laurent de Graaf, del que venían oyendo hablar casi desde que tenían uso de razón.

La mayoría de ellos conocía de igual modo gran parte de la azarosa historia de los Heredia, y como

Miguel había sido vecino o amigo de sus padres, de inmediato se enfrascaron con él en una animada charla aprovechando que se levaban anclas, se largaba el trapo, y la altiva *Dama de Plata* ponía proa a levante, iniciando de ese modo su larga singladura hacia las lejanas y casi míticas costas africanas.

Pero los vientos eran contrarios.

Los alisios que comenzaban a soplar a mediados de septiembre al norte de las islas Canarias, se dirigían directamente hacia el sur del océano Atlántico para girar luego al oeste a la altura de las islas de Cabo Verde, empopando de ese modo las naves hacia las costas del Nuevo Mundo en una ruta de sobra conocida por todo buen marino.

El capitán Buenarrivo, al que sin lugar a dudas cabría clasificar entre los mejores de su tiempo, tenía por ello plena conciencia de que a mediados de noviembre le costaría un gran esfuerzo avanzar con un pesado galeón de difícil maniobrabilidad en contra de tales vientos, pero de igual modo tenía plena conciencia de que eran esos mismos vientos los que los negreros intentarían aprovechar para efectuar lo más rápidamente posible su nefasta travesía del océano.

–Vendrán de cara –dijo–. En esta época del año nos llegarán de frente, y de ese modo lo único que tendremos que hacer será interceptarlos.

No obstante sabía que su gran problema se centraba en la terrible dificultad que representaba cruzar el amplio canal que separaba las islas de Granada y Tobago con unos vientos de proa que parecían dispuestos a no amainar un instante, por lo que se vio obligado a enfilar hacia el norte, para virar en redondo cuando se encontraban casi a la vista de las Barbados y ceñir cuanto daba de sí el velamen confiando en alcanzar las costas de la Guayana.

–Echo de menos el *Jacaré* –comentó en cierta ocasión Miguel Heredia al observar los continuos esfuerzos y los peligrosos equilibrios que se veían obligados a realizar en las vergas los gavieros–. Le bastaba una simple brisa para tumbarse a sotavento y avanzar cortando el mar como una flecha.

El veneciano, que parecía escuchar sin prestar atención, ya que permanecía siempre atento a cuanto ocurría a bordo de su nave, se volvió un instante para responder con una levísima sonrisa:

–Recuerdo al *Jacaré*. Era una hermosa nave, veloz y maniobrable, pero existen pocos barcos que puedan enfrentarse a éste en un combate en mar abierto. A veces creo que ni el mismísimo *Cagafuego*, el buque insignia de la flota española, tendría nada que hacer en un mano a mano frente a nosotros.

–Confío en no tener que comprobarlo.

–También yo, pero, si ocurriese, apostaría por *La Dama de Plata*.

–Creí que ya jamás apostaba.

El otro dejó escapar una leve carcajada.

–Y sigo sin hacerlo cuando estoy seguro de ganar, pero en este caso es distinto y se trataría sin lugar a dudas de una terrorífica batalla.

Por si llegaba a darse el caso de que algún día tuviera lugar tan terrorífica batalla, los hombres del galeón habían comenzado su preparación a las órdenes del capitán Mendaña, que pese a ser un artillero de tierra firme, acostumbrado a disparar contra barcos y no desde barcos, demostró de inmediato que conocía a conciencia su oficio, y que los muchachos que habían servido a sus órdenes sabían de igual modo cuánto se podía saber sobre cañones.

Acostumbrados a las viejas piezas casi prehistóricas del fortín, el moderno y potente armamento del galeón se les antojaba un prodigio de técnica, por lo que resultaba raro el día en el que no dedicasen al menos tres horas a las prácticas de tiro.

A bordo de *La Dama de Plata* todo el mundo tenía plena conciencia de que, a la hora del combate, tanto o más riesgo ofrecían los cañones propios que los del enemigo, puesto que una mala limpieza del ánima tras cada disparo, un exceso de carga, o la combustión accidental de la pólvora, propiciaban demasiado a menudo que una pieza reventase, destrozando a sus sirvientes y provocando un violento incendio tanto más peligroso cuanto más cerca de la línea de flotación tuviera lugar.

–Una granada enemiga puede matar, desarbolar e incluso abrir una vía de agua de difícil acceso para los carpinteros –solía argumentar el capitán Mendaña a sus hombres–. Pero un incendio en mitad del fragor de una batalla puede enviar a un barco a pique en un abrir y cerrar de ojos.

Debido a ello, la santabárbara se encontraba emplazada en el corazón del navío, bajo la tercera cubierta, y en una bodega protegida con gruesas planchas de cobre a la que no se podía acceder más que por una estrecha escalera o una diminuta trampilla por la que dos hombres iban alcanzando a los grumetes los sacos de pólvora destinados a cada cañón.

Desde allí, dichos grumetes corrían desalentadamente por pasillos y escaleras hasta el emplazamiento del arma, entregaban en mano la pólvora al cabo de carga y regresaban por una ruta diferente con el fin de no correr el riesgo de tropezar con quien corriera en sentido contrario.

Constituía en verdad un espectáculo admirable aquel continuo trajín de idas y venidas, voces de mando, llamadas de atención y violentas explosiones a las que seguía un humo negro y ocre, pero tal como aseguraba muy seriamente Sancho Mendaña, «cortando cojones se aprende a capar».

Si por alguna razón, ¡Dios no lo quisiese!, se diera el caso de tener que plantarle cara al *Cagafuego* o cualquiera de los enormes buques de guerra ingleses, holandeses o portugueses, se verían obligados a enfrentarse a una experimentada tripulación que les triplicaría en número, y cuya «infantería de marina» se bastaría y sobraría para aniquilarles en caso de abordaje.

La única forma válida de evitar dicho abordaje se centraba en una clara superioridad artillera, y eso, tratándose de navíos de similar tonelaje y armamento, tan sólo podía conseguirse a base de buena puntería.

Como experto artillero de baterías de costa, Mendaña concentró a sus hombres en prácticas de fuego a base de «balas encadenadas», práctica que por lo general despreciaban los artilleros navales, ya que las tan denostadas y aborrecidas granadas estaban constituidas por una gran bola de hierro que en el momento de salir del cañón se dividía en dos, quedando ambas partes unidas entre sí por una larga y gruesa cadena.

Avanzaba entonces girando locamente una mitad sobre la otra, para, al alcanzar la nave enemiga, partir por dos a quien encontrase en su camino o enredarse en los aparejos destrozando los cabos y rasgando las velas de forma tal que en poco tiempo provocaba un auténtico caos en la maniobrabilidad del navío.

A los marinos de pura cepa les repugnaba utilizar una vil artimaña impropia de auténticos lobos de mar, orgullosos de su estirpe, pero el bigotudo militar margariteño argumentaba –y con razón– que había momentos en la vida en que ésta dependía únicamente de la ausencia de absurdos sentimentalismos.

–Si las cosas se ponen difíciles, las balas encadenadas pueden convertirse en nuestra tabla de salvación, y os prometo que tan sólo las utilizaremos en caso de extrema necesidad –puntualizó a la hora de vencer reticencias–. Pero debemos tener la seguridad de que están ahí y que, si el enemigo nos supera en número o armamento, sabemos cómo usarlas.

–¡Es una canallada! –se lamentó el primer oficial.

–Más canallada se me antoja el hecho de que cuatrocientos hombres te aborden y te pasen a cuchillo –fue la agria respuesta.

Lógicamente Celeste se abstenía de intervenir en semejantes discusiones, aunque compartía la opinión de que convenía mantener a los hombres en constante actividad, ya que ésa constituía la mejor forma de evitar un aburrimiento y una desidia que a menudo se convertían en su principal enemigo durante las largas travesías.

Debido a ello, en cuanto una de las barricas de agua se vaciaba, ordenaba a los carpinteros que la transformaran en una tosca balsa provista de una vela, que se arrojaba al mar. Al tiempo, enviaba a gavieros y juaneteros a los mástiles para que el navío girara ampliamente en torno al rústico blanco sobre el que los artilleros tenían ocasión de practicar su puntería.

Exigía de igual modo que los horarios a bordo se cumplieran a rajatabla, siempre a toque de campana y con la rigidez propia de un buque de guerra británico, por lo que a medida que *La Dama de Plata* se iba alejando de las costas del Nuevo Mundo cada tripulante tenía más claro cuál era su misión en una nave en la que todo parecía encaminado a que con el tiempo llegase a funcionar con el automatismo de un cronómetro.

Día a día se hacía patente que Celeste no era únicamente una muchacha firme y decidida que se había propuesto llevar a cabo una misión tan difícil como inútil a los ojos de la mayoría, sino que era además –y quizá ante todo– una eficaz organizadora que parecía saber perfectamente y de antemano cómo tenía que comportarse.

Mantenía un sutil distanciamiento con respecto a los hombres –en especial los más jóvenes– aunque ello no significaba que se mostrara altiva, sino que, muy por el contrario, en todo momento resultaba accesible para cuantos pudieran necesitar su ayuda o su consejo.

Sus ropas, masculinas, aunque holgadas y sin la más mínima concesión a la coquetería, y su larga, oscura y hermosa cabellera siempre al viento, parecían querer evidenciar al primer golpe de vista que, sin dejar de considerarse una mujer, su sexo nada tenía que ver con sus obligaciones, y sabía comportarse como una armadora de buques tan experta como hubiera podido llegar a serlo el más grasiento y maloliente comerciante de Lisboa o Liverpool.

La primera gran prueba a que tuvo que someterse en cuanto se refería a su sentido de la justicia a bordo, le vino dada a la semana de haber dejado de avistar las gaviotas de las costas guayanescas, y en el momento en que un joven serviola vino a quejarse por el hecho de que, durante su última guardia, uno de sus compañeros de sollado le había robado el doblón de oro que le correspondiera como «cuota de enganche».

–¡De acuerdo, hijo! –admitió el capitán Buenarrivo, que se encontraba en esos momentos junto a la muchacha en el alcázar de popa–. Admito que hayan podido robarte, pero ten en cuenta que se trata de una acusación muy grave. ¿Tienes idea de quién ha sido?

–Cualquiera de los que duermen en el sollado, ya se lo he dicho –replicó, seguro de sí mismo, el aludido–. Nadie extraño pudo hacerlo, ya que mi puesto de guardia se encuentra justo frente al tambucho de acceso, y por lo tanto lo hubiera visto entrar.

–¿Y cuántos hombres duermen en ese sollado?

–Dieciséis, incluyéndome a mí.

–¿O sea que tenemos que descubrir entre quince sospechosos quién se ha quedado con tu doblón de oro? –masculló el desconcertado veneciano–. Va a resultar muy difícil, ¿no te parece? Y sobre todo va a crear muy mal ambiente entre tus compañeros.

–Ya lo he pensado, mi capitán –admitió su interlocutor, que parecía más que dispuesto a recobrar su dinero–. Pero peor ambiente existirá si saben que hay un ladrón pero ignoran quién es.

–Eso es muy cierto, aunque ya me explicarás cómo esperas que me las arregle, puesto que no estoy dispuesto a torturar a quince hombres confiando en que uno de ellos acabe por confesar un delito.

–Lo comprendo –replicó el otro, que daba muestras de una seguridad en sí mismo digna de encomio–. Pero bastará con que les pida que me enseñen su dinero. Yo sabré cuál es el mío.

–¿Acaso lo tienes marcado?

–No exactamente. Pero puedo distinguirlo.

–¿Estás seguro? –intervino Celeste, que había preferido mantenerse hasta ese momento al margen de la discusión–. No me gustaría provocar una situación incómoda por un simple doblón, aunque menos me apetece la idea de tener un ladrón a bordo.

–Creo que lo estoy, señora –fue la respuesta–.

Pero si me equivoco, aceptaré el castigo que quiera imponerme.

–De acuerdo, entonces –aceptó la muchacha–. Que suban esos hombres.

Media hora más tarde, los quince ocupantes del sollado se alineaban en la cubierta de popa bajo la atenta mirada de la mayoría de los tripulantes, y al poco el contramaestre les ordenó que vaciaran sus bolsas y fueran colocando ante ellos todo el dinero de que dispusieran.

Obedecieron sin rechistar y casi de inmediato el serviola se aproximó para ir tomando uno por uno los doblones, estudiarlos muy de cerca y acabar por llevárselos a la nariz, aspirando profundamente.

Al octavo intento, estornudó.

–¡Éste es! –señaló de inmediato.

El capitán Buenarrivo se aproximó, tomó el doblón, lo inspeccionó con infinito cuidado y al fin señaló:

–No noto ninguna diferencia con cualquier otro.

–¡Huélalo con fuerza!

El veneciano obedeció y de inmediato estornudó a su vez.

–¿Lo ve?

–¿Qué es lo que tengo que ver?

–Que estornuda. Yo guardo siempre mi dinero en una bolsa con pimienta molida, y hasta que no se soba mucho, quienquiera que lo huela, estornuda. –El serviola indicó con el dedo el doblón y añadió en un tono que no admitía réplica–: ¡Es el mío!

Celeste Heredia tomó la moneda, la olió y de inmediato se vio obligada a estornudar, por lo que dejó escapar una leve sonrisa:

–¡Muy astuto, no cabe duda! –observó divertida al muchacho–. ¿Cómo te llamas? –quiso saber.

–Jeremías, señora. Jeremías Centeno.

–¿Y conoces muchos trucos de éstos?

–Algunos, señora. Mi abuelo era un hombre muy listo.

–Será cuestión de tenerlo en cuenta –repuso ella para volverse luego al supuesto ladrón, que aparecía lívido y con los ojos casi fuera de las órbitas–. ¿Tienes algo que alegar? –quiso saber.

–Nada, señora –fue la casi inaudible respuesta.

–¿Quiere eso decir que admites que lo robaste?

–Sí, señora.

Celeste Heredia se volvió al capitán para inquirir muy seriamente:

–¿Qué castigo se suele aplicar en estos casos?

–Cinco latigazos y quince días a pan y agua en las sentinas –replicó el aludido.

La muchacha meditó largo rato, observó atentamente al acusado y luego alzó la voz para que todos pudieran escucharla con total nitidez.

–No quiero rufianes en mi barco –dijo–. Éste, por ser el primero, recibirá diez latigazos y permanecerá un mes a pan y agua en la sentina. –Alzó el dedo en señal de advertencia–. Pero al próximo se le duplicará el castigo, al tercero se le triplicará, y en el improbable caso de que exista un cuarto, lo mandaré ahorcar. ¿Ha quedado claro?

–¡Muy claro! –replicó el gigantesco contramaestre, un rubicundo sueco que debía medir más de dos metros, hablando en nombre de todos–. ¡Muy, muy claro!

–¡Pues que se cumpla la sentencia y que ojalá no tengamos que volver a pasar por tan triste experiencia!

El reo recibió los diez latigazos sin lanzar ni el más leve lamento, se le condujo a lo más profundo de la nave, donde debería permanecer un mes a oscuras y sin más compañía que ratas y cucarachas, y la normalidad volvió a una nave cuya tripulación pasó los días siguientes alabando la excepcional firmeza con que la en apariencia frágil Dama de Plata había sabido conducir tan delicado asunto.

–¡Los tiene bien puestos! –fue el comentario general–. ¡Magníficamente bien puestos!

Una semana más tarde, y en el amanecer de un día gris y plomizo, el vigía de cofa lanzó al fin el tan esperado alarido: «¡Barco a la vista!», por lo que de inmediato cuantos se encontraban libres de servicio corrieron a otear el horizonte aguardando a que el capitán decidiese, con ayuda de su largo catalejo, qué clase de navío era el que se aproximaba.

–Una carraca de poco más de seiscientas toneladas –dijo al fin–. Con demasiada carga y poco armamento. –Hizo una corta pausa y al fin asintió con un ligero ademán de la cabeza–. Un negrero, sin duda.

Lo era, en efecto, ya que se trataba de la *María Bernarda*, una vieja, hedionda y cochambrosa carraca que en sus orígenes debió de pertenecer a la armada española, y que alzó bandera blanca y se mantuvo al pairo en cuanto recibió el primer disparo de aviso, puesto que quedaba claro que ninguna resistencia podía ofrecer con su docena escasa de herrumbrosos cañones de pacotilla, frente al evidente poderío del altivo galeón.

Antes de iniciar la delicada maniobra de abordaje, Celeste penetró en su camareta para regresar con la bandera que había mandado bordar en Jamaica, y que fue izada hasta lo más alto del palo mayor, donde se desplegó ante la expectante mirada de doscientos pares de ojos.

Era enorme, de un color verde muy claro, y en el

centro aparecía bordada en negro una gruesa cadena con uno de sus grilletes roto.

En el momento en que *La Dama de Plata* consiguió arbolearse al buque negrero, su capitán, un marsellés semidesnudo y rapado al cero, que intentaba librarse de ese modo –al igual que la práctica totalidad de sus hombres– de la plaga de piojos, pulgas y garrapatas que al parecer infestaba su mísera embarcación, inquirió en su idioma, al tiempo que hacía un despectivo gesto hacia la extraña enseña:

–¿Qué diablos significa?

–Significa que todos los esclavos que se encuentren a bordo son libres –replicó el veneciano en un francés casi perfecto.

–¿Con qué derecho? –quiso saber el otro.

Arrigo Buenarrivo hizo un significativo gesto hacia el más próximo de sus cañones.

–¿Basta con ése? –inquirió socarrón.

–Basta y sobra...

–En ese caso, subid a bordo.

Tendieron una pasarela, el rapado la cruzó con habilidad, y Buenarrivo le precedió al comedor de oficiales, donde Celeste aguardaba en compañía de su padre, Gaspar Reuter y Sancho Mendaña.

–¡Rayos! –exclamó el marsellés mostrando una amplia y casi burlona sonrisa–. ¡Una mujer blanca y hermosa! ¡Menudo lujo!

Le bastó con una severa mirada de los oscuros ojos, para llegar a la conclusión de que aquella «mujer blanca y hermosa» no era en absoluto un lujo, sino más bien la persona que parecía llevar la voz cantante en el impresionante navío que le había apresado, por lo que su actitud cambió de forma radical, para inquirir en un tono de evidente preocupación:

–¿Se puede saber a qué viene todo esto y qué es lo que pretende?

–Liberar a los esclavos, quemar tu barco y probablemente ahorcarte –replicó la muchacha en un tono de voz que no dejaba resquicio a la duda–. Lo último dependerá exclusivamente de tu actitud.

–¿Qué es lo que tengo que hacer? –se apresuró a inquirir sumisamente el rapado, dispuesto a no ofrecer la más mínima resistencia.

–Cooperar.

–¿Cómo?

–En primer lugar, aclarando la titularidad del barco, el puerto de embarque de los esclavos, su número, y su punto de destino.

–La *María Bernarda* pertenece a monsieur François Diderot, de El Havre. El puerto de embarque de los esclavos fue Abidjan, zarpamos de allí con poco más de setecientos negros, aunque unos noventa han muerto, y se supone que nuestro destino final es la isla de Martinica.

–¿Cuántos viajes has hecho como capitán negrero?

–Éste es el tercero, aunque había decidido renunciar porque las condiciones son infernales. Si quieren un consejo, apártense de ese barco, porque lo invaden tal cantidad de ratas, cucarachas, piojos y parásitos de todo tipo que nada más rozarlo se pueden infectar. ¡No es vida! –mascculló como para sí–. La verdad es que no es vida por mucho que paguen.

La muchacha le observó largamente y por último asintió convencida:

–Seguiré tu consejo, porque lo cierto es que ni el hedor se soporta –dijo–. Regresa a bordo y manténte al pairo esperando órdenes. –Le apuntó con el dedo–. Y deja en libertad a los esclavos ahora mismo.

–Si los dejo en libertad nos cortarán la yugular, aunque sea a mordiscos. Llevan más de un mes en esas bodegas y están a punto de volverse locos.

–Espero que conserven la calma al ver que estamos cerca y podemos hundirlos. Explícales la nueva situación y que respiren un poco de aire puro. –Hizo un despectivo gesto con la cabeza al añadir–: Y ahora vete, porque no te soporto.

El otro abandonó la estancia para saltar de inmediato a su barco, al tiempo que el capitán Buenarrivo puntualizaba:

–Tiene toda la razón. No podemos enviar a nuestros hombres al *María Bernarda* si no queremos que regresen comidos de piojos, garrapatas y quizá algo peor. Ese barco es como una inmensa mierda flotante. ¿Qué vamos a hacer con él?

–¿Qué posibilidades tenemos de hacerle regresar a África? –quiso saber Celeste.

El veneciano la observó estupefacto:

–¿A África en época de alisios y con esa basura de aparejos? –inquirió–. ¡Ni la más remota! El viaje podría durar meses, aunque lo más probable es que no llegara nunca.

–Lo mejor que podríamos hacer es lo que hizo tu hermano –intervino en ese momento Miguel Heredia Ximénez, que cada día tomaba menos parte en las decisiones de su hija–. En poco más de una semana podemos desembarcar a toda esa gente en la desembocadura del Orinoco para que se unan a los cimarrones que Sebastián dejó allí.

–¡Pero son africanos! –protestó ella–. Si me embarqué en esta aventura fue para devolverlos a sus hogares, no para abandonarlos en las perdidas selvas de un continente casi desconocido.

–Peor no podrán estar –intervino con su eterna

flema británica Gaspar Reuter–. En África los esclavizaron, y lo más probable es que en cuanto estuvieran de nuevo en sus casas fueran cazados y revendidos.

–Repito que, a mi modo de ver, volver atrás resulta imposible –señaló tercamente el veneciano–. Lamento insistir, pero ese barco nunca avanzaría contra el viento. Casi ningún buque negrero puede hacerlo.

Resultaba evidente que sabía muy bien de lo que hablaba, y es que a decir verdad cualquier marino, por inexperto que fuera, tenía muy claro que las naves destinadas a transportar esclavos estaban concebidas o habían sido adaptadas con el exclusivo fin de admitir la mayor cantidad posible de carga utilizando la menor cantidad de tripulantes imaginable.

Pese a ofrecer magníficos salarios, no resultaba en absoluto tarea fácil encontrar hombres dispuestos a embarcarse en una de aquellas infernales aventuras «negreras», y debido a ello se hacía necesario simplificar al máximo la maniobrabilidad de unas embarcaciones, que se veían obligadas a navegar la mayor parte del tiempo con vientos de popa.

El itinerario lógico de un buque «negrero» seguía casi siempre las mismas rutas durante las mismas épocas del año, partiendo de Europa rumbo al sur a finales de agosto, para alcanzar en poco más de un mes el golfo de Guinea, donde cambiaba su carga de telas, armas, pólvora, espejos y baratijas por esclavos, y ya con las bodegas repletas de negros estibados hombro contra hombro como si se tratara de ganado y no de seres humanos, encarar la travesía del Atlántico con destino al Caribe aprovechando los vientos alisios que le empujaban directamente hacia las costas de la Guayana o las Antillas.

Una vez entregada la carne humana en su destino final al otro lado del océano, se fregaban y baldeaban una y otra vez las bodegas en un vano intento de librarlas de todo resto de vómitos, excrementos humanos y ejércitos de parásitos, para acabar por atiborrarlas de café, azúcar, ron o cacao, antes de emprender a partir del mes de abril, la ruta que desde las costas de Florida les llevaría, «empopados», de regreso a Europa.

Dicho viaje en redondo ofrecía dos notables ventajas: la primera, contar siempre con vientos a favor, y la segunda, triplicar los beneficios económicos a base de vender baratijas, vender más tarde esclavos y vender por último azúcar, café, ron y cacao.

Hacía ya más de medio siglo que en la vieja Europa se había puesto de moda desayunar café con leche y merendar chocolate con dulces, y tan burgueses hábitos, considerados no obstante de máxima elegancia, se extendían como reguero de pólvora entre las clases altas y medias, hasta el punto de que la demanda de productos de ultramar considerados exóticos crecía día tras día, enriqueciendo de forma espectacular a los avispados comerciantes.

Un solo viaje circular que se coronase con éxito multiplicaba por mil la inversión inicial, y como era cosa sabida que incluso la monarquía británica participaba muy directamente en tan próspero negocio, a muy pocos armadores se les pasaba por la mente la idea de que semejante actividad tuviera algo de ilícito o reprochable.

A quienes de tanto en tanto osaban alzar la voz en defensa de los derechos de los negros se les solía responder que éstos se sentían felices e incluso agradecidos por el hecho de que se les permitiera abandonar un continente en el que pasaban infinidad de calamidades y vivían en constantes luchas tribales, para pasar a depender de un «civilizado» colono que les protegía, les cuidaba y les proporcionaba la paz espiritual y el camino hacia Dios que de otro modo jamás hubieran soñado encontrar.

Por todo ello, se hacía necesario aceptar como indiscutible el planteamiento del capitán Buenarrivo, para quien un barco negrero sería siempre como una mula con orejeras que tan sólo podía avanzar en una dirección sin posibilidad alguna de volver sobre sus pasos.

Por otro lado, resultaba evidente que las costas guayanesas se encontraban aún relativamente próximas, mientras que para la *María Bernarda* las de África parecían hallarse en el mismísimo confín del universo.

Al caer la tarde, Celeste Heredia tomó al fin una decisión que venía impuesta por la necesidad. Indicó que se transmitiera al rapado capitán francés la orden de mantener su rumbo original hasta el momento en que avistaran tierra firme.

La Dama de Plata lo escoltaría· en todo momento.

Esa misma noche, y mientras tomaba el fresco tumbada en una hamaca de la toldilla de popa, lugar en el que solía pasar largas horas observando las estrellas, el capitán Sancho Mendaña acudió a acomodarse a su lado para acariciarle la mano con la naturalidad propia de quien la había visto nacer y crecer.

–No te aflijas –pidió–. Estás haciendo lo único que puedes.

–¿Y crees que es suficiente?

–¿Suficiente? –se asombró el bigotudo militar, como si le costara dar crédito a lo que estaba oyendo–. ¡Oh, vamos, pequeña! –exclamó–. Que yo sepa, la esclavitud ha existido desde que el mundo es mundo, y que yo sepa, tú eres la primera persona que sin ser o haber sido esclava, arriesga su vida y su hacienda en favor de esos pobres desgraciados. ¿Qué más quieres?

–Ha habido otros muchos que también se han preocupado por los negros –le hizo notar ella.

–¡Hablando! –fue la seca respuesta–. Curas que pronuncian hermosos sermones, o locos soñadores que lanzan encendidas proclamas a favor de un mundo utópico en el que todos los hombres sean iguales pese al color de su piel. De ésos hay muchos –admitió–. Pero de los que digan «aquí está mi dinero y aquí estoy yo aunque me cueste el pellejo», no conozco ninguno.

–Tal vez se deba a que no disponían de ese dinero –protestó la muchacha.

–Pero sí disponían de un pellejo, y son muy pocos los que lo han arriesgado en favor de los negros.

–Tú lo estás haciendo.

–Porque tú me has empujado –le recordó el otro–. Le has ofrecido un sueño a un viejo solitario que ya no tenía más que pesadillas, y absurdo hubiera sido no sumarme a un sueño que me ha quitado veinte años de encima. –Extrajo de la faltriquera su vieja cachimba y la encendió buscando protegerse del viento aproximándose al pañol que tenía a sus espaldas–. En estos momentos estoy dispuesto a dar mi vida por defender a los negros –continuó al poco–. Pero hasta hace un mes ni tan siquiera les dedicaba un mal pensamiento.

–¿Luego estoy hablando con un converso? –comentó ella, visiblemente divertida.

–No es difícil convertirse en mi situación –respondió el capitán Mendaña–. Pero sí resulta muy difícil entender que una muchacha que tiene ante sí un fastuoso futuro y podría emplear su dinero en comprarse un palacio en el lugar más bello del mundo, renuncie a ello. ¿Qué te empujó a tomar tal decisión?

Celeste Heredia necesitó un cierto tiempo para meditar la respuesta. Observó largamente el oscuro mar en el que apenas se vislumbraban las luces de situación de la *María Bernarda*, que navegaba a un par de millas a babor, y por último inquirió a su vez:

–¿Recuerdas a mi tutor, fray Anselmo de Ávila?

–¡Naturalmente! Un hombre encantador. Y muy inteligente.

–Un sabio, diría yo... –puntualizó la muchacha–. Y casi aseguraría que un santo. Yo era una niña triste, rebelde y amargada que pensaba a menudo en el suicidio como única forma de acabar con una vida que se me antojaba cruel e injusta, pero fray Anselmo me hizo cambiar en muy poco tiempo. Como había pasado gran parte de su vida en Cuba, me aclaró lo que significaban la auténtica injusticia y la crueldad de las plantaciones azucareras en las que había intentado ayudar a los esclavos hasta que sus propietarios consiguieron que el gobernador le deportara «por alentar la rebelión».

–Lo recuerdo –admitió el militar–. Cuando llegó a Margarita nos advirtieron sobre sus ideas revolucionarias, aunque jamás causó problemas.

–Porque en Margarita no hay demasiados esclavos. Y porque nunca los hemos tratado como en Cuba o Puerto Rico. Para nosotros tan sólo son negros un poco más pobres que los blancos, que se juegan la vida pescando perlas por un salario de miseria.

–Y a los que obligan a sumergirse a demasiada profundidad, por lo que se ahogan a docenas –le hizo notar el artillero.

–Eso es muy cierto –dijo ella–. Pero fray Anselmo aseguraba que los negros margariteños se sienten tratados con dignidad, ya que comparten su trabajo con los blancos y viven en una relativa libertad. Sin embargo, en Cuba los tratan como a bestias, les obligan a trabajar dieciocho horas diarias, y duermen encadenados.

–¡Dieciocho horas diarias! –se asombró el otro–. ¡No es posible!

–¡Sí que lo es! –se reafirmó Celeste, que parecía comenzar a excitarse–. Acaban reventados, y la fatiga se les va acumulando hasta el punto de que, cuando sus amos se dan cuenta de que ya no rinden y tratan de darles un descanso, no existe forma humana de recuperarlos. Como en ese caso no son de utilidad, se les abandona a su suerte al borde de los caminos para que mueran de hambre.

–Cuesta admitir que la Corona permita que algo así esté ocurriendo. Las leyes especifican…

–Todos sabemos que «las leyes que se dictan en Sevilla, jamás se cumplen en la otra orilla» –fue la respuesta–. El principal argumento que sustenta la aceptación por parte de la Corona de la Trata de negros, se basa en el hecho de que se supone que liberamos a unos pobres nativos que viven bajo el yugo de unos reyezuelos que los mantienen en el pecado y la ignorancia, para intentar redimirlos con una vida nueva mostrándoles el camino que conduce a Dios y a la verdadera fe, ¿no es cierto?

–Eso dicen.

–En ese caso… ¿por qué únicamente nos preocupamos de redimir a los hombres en edad de rendir al máximo en una plantación de caña de azúcar? De cada diez negros que desembarcan en Cuba, nueve son muchachos de entre quince y veinte años, que además del trabajo, el hambre y la desesperación, se ven obligados a prescindir de las mujeres. La Corona, y la Iglesia que lo consiente, están convirtiendo a unos chicos sanos y sin malicia, que vivían en sus lugares de origen según unas costumbres limpias y naturales, en sucios sodomitas sin derecho a unos hijos, algo que ni siquiera se le niega al más mísero de los animales.

–Jamás se me había ocurrido pensar en que carecieran de mujeres –admitió el militar.

–¡Pues así es! –insistió ella–. Los hacendados llegaron hace tiempo a la conclusión de que resulta mucho más costoso alimentar a «una cría de negro» desde el día en que nace hasta que está en edad de trabajar, que importarla de África ya crecida. Debido a ello, no les interesa que las esclavas queden preñadas, a no ser que sean ellos mismos quienes las preñen. El resultado lógico entre los jóvenes esclavos no es otro que caer en las garras de la homosexualidad, la masturbación y la sodomía.

El capitán Sancho Mendaña, cuya cachimba se había apagado mientras escuchaba con suma atención a su interlocutora, meditó largamente, para acabar agitando la cabeza con un gesto que remarcaba su incredulidad.

–Te observo y me cuesta aceptar que seas aquella chicuela que se aferraba al pantalón de su hermano siguiéndole a todas partes, pero te aseguro que más me cuesta aceptar que ésas fueran las conversaciones que mantenían una educada señorita y un fraile dominico.

–Fray Anselmo jamás juzgó a las personas por su condición social, su sexo o su edad, sino por el contenido de su mente, y puedes estar seguro de que nadie era capaz de profundizar en esas mentes como él. Me conoció siendo una niña desgraciada que no pensaba más que en la forma de vengarse por el mal que le habían hecho, y consiguió convencerme de que en realidad era un ser privilegiado frente a los auténticos sufrimientos del resto de la humanidad.

–Pero hablarte de homosexualidad y masturbación se me antoja excesivo...

–Estoy convencida de que deben existir miles de piadosas damas ante las que ni siquiera se podría pronunciar una de esas palabras, pero a las que tampoco se les pasa por la cabeza que mantener a cien muchachos encadenados entre sí en un minúsculo y hediondo galpón durante toda una vida pueda ser algo inmoral o injusto. Fray Anselmo aseguraba que para tales brujas hipócritas, proporcionarles a esos hombres una mujer era un pecado, pero empujarles día tras día y año tras año hacia el vicio nefando era cumplir con nuestra obligación de «cristianizarlos».

–¡Extraño fraile, vive Dios!

–Extraño por lo justo –señaló ella–. Y como comprenderás, cuando una muchachita triste y solitaria se encuentra con un hombre que le abre los ojos a un mundo tan distinto, hablándole como si se tratara de una persona adulta, o acaba por reaccionar como yo hice, o está muerta. –Le sonrió con dulzura–. ¿Contesta eso a tu pregunta?

–¡Desde luego! –dijo el margariteño dispuesto a regresar a la hamaca que había tendido bajo las estrellas en el castillete de popa–. Aunque quizá, más que responder a mi pregunta, lo que hace es convertirla en estúpida.

Al cuarto día de desesperante navegación siguiendo la estela de la hedionda *María Bernarda*, cuyas fláccidas velas parecían incapaces de enamorar al viento y tan sólo se dejaba impulsar por una suave corriente que la empujaba cansinamente hacia el oeste, comenzaron a hacer su aparición gaviotas y alcatraces que anunciaban la presencia de una costa cercana, aunque en el momento en que todos los ojos se concentraban en intentar distinguirla para dar término a tan fastidiosa travesía, el portugués Silvino Peixe, que se encontraba de vigía en la cofa, anunció bruscamente:

–¡Barco a la vista! ¡Allá...! ¡Por la amura de babor!

La Dama de Plata permitió que la *María Bernarda* continuara su desesperante marcha sin variar ni un ápice su rumbo, con el fin de poner proa al punto en que, desdibujada por la densa calima, se distinguía la imprecisa silueta de una oscura embarcación.

Pero más que una embarcación, cabría asegurar que lo que flotaba mansamente sobre las tranquilas aguas era el putrefacto cadáver de «algo» que debió ser muchos años atrás un buque negrero de casi mil toneladas de desplazamiento, macizo y poderoso, pero que ofrecía ahora un aspecto deplorable, con las velas raídas, las vergas astilladas, y los obenques flotando a los costados como fláccidos rejos de una gigantesca medusa, en tan triste estado de desolación y abandono que estremecía tan sólo mirarlo.

Pero sobre todo, ¡sobre todo!, lo que obligó a que un nudo de terror atenazara las gargantas de hasta el último de los presentes, fue el hecho de que al girar en torno a la mísera nave, lo poco que quedaba de la vela mayor se apartó muy lentamente hasta que al fin permitió distinguir el harapo a modo de bandera que colgaba del mástil.

¡Dios santo!

Más que una bandera propiamente dicha se le podría considerar un pedazo de trapo descolorido y tiñoso; parte quizá de una vieja camisa o una ancha falda de matrona, pero fuera cual fuera su tamaño o su origen, tan sólo una cosa importaba en ella...

¡Era amarilla!

¡Santo Dios!

¡Era amarilla!

–¡La Virgen nos proteja! –clamaron cien voces al unísono–. ¡Es amarilla!

¡La Peste!

La Peste; la palabra innombrable a bordo de un navío.

El terror que obligaba a sudar frío a los hombres más valientes.

El espanto sin forma.

La muerte sin remedio.

¡La Peste!

–¡Caña a estribor! –gritó en el acto el veneciano–. ¡Vira en redondo!

–¡Caña a estribor! –repitió como un eco su segundo tras hacer sonar histéricamente su silbato–. ¡Viramos en redondo!

Mostraron la popa avergonzados, mientras todos los ojos se clavaban en las imprecisas formas humanas que a bordo de la macabra nave alzaban los brazos clamando ayuda a un poderoso galeón que huía como perro apaleado ante quienes evidentemente carecían de fuerzas ni para apretar el gatillo de un mosquete.

A través del mayor de los catalejos, Celeste Heredia se esforzó por distinguir al medio centenar de figuras que desde la cubierta de la agonizante nave les hacían señas, pero al poco su vista recayó en la confusa masa gris que pululaba por barandillas, cubiertas y botabaras, pese a lo cual se tomó algún tiempo antes de dar crédito a sus ojos.

¡Ratas!

–¡Mirad eso! –exclamó estupefacta–. ¡O yo estoy loca o son ratas!

Buenarrivo fue el primero en colocar el ojo en el visor y al poco su ronco vozarrón resonó más profundo que nunca.

–¡Tenéis razón! –admitió–. ¡Son ratas! Cientos, ¡tal vez miles de ratas!

Meditó unos instantes y al poco se volvió a su segundo:

–¡La nave al pairo! –ordenó.

Resonó una vez más el silbato reclamando atención:

–¡Arriad el trapo! ¡La nave al pairo!

–¿Y eso...? –quiso saber de inmediato Miguel Heredia–. Deberíamos alejarnos. Se trata de la peste.

–Razón de más para no huir –admitió en tono adusto el capitán–. Se trata de la peste. Pasado el primer momento de pánico, nuestra obligación es asumir que ese barco lleva consigo la plaga más terrible que el ser humano haya conocido. Si consigue alcanzar tierra firme, causará un mal incalculable. –Hizo una significativa pausa, para concluir casi en susurros–: No podemos permitirlo.

–¿Acaso pretendéis decir...? –aventuró Celeste Heredia sin decidirse a continuar una frase cuya sola idea le amedrentaba.

–¡Exactamente, señora! –contestó en tono pesaroso el veneciano–. El viento y las corrientes les arrojarán contra la costa en tres o cuatro días, con lo que esos hombres y esas ratas llevarán la muerte y la destrucción hasta el último confín del continente.

–¿Y acaso pretendéis...?

–¿Hundirlo...? –El diminuto hombrecillo asintió con el ceño fruncido–. Como capitán no lo dudaría un solo instante. –Hizo una corta pausa–. Pero en este caso la decisión es vuestra.

–¡Pero es que hay supervivientes...!

–¡No, señora! ¡No hay supervivientes! –le contradijo el otro–. De momento tan sólo hay «muertos vivientes» que se resisten a expirar, pero que portan los miasmas del mal y los portarán allá donde vayan. Existe una ley no escrita en el mar, señora; la más cruel probablemente, pero también la más humana para cuantos, lejos de él, no tienen culpa de que existan «negreros» que transporten su carga en tan inhumanas condiciones.

–¿Y es...?

–Que se debe impedir a toda costa que cualquier embarcación sospechosa de llevar la peste a bordo, arribe a puerto.

–¿Y «a toda costa» significa...?

–Lo significa todo.

Se habían colocado al pairo de aquella espeluznante nave de muerte de la que no podía distinguirse el nombre ni aun la nacionalidad, a poco menos de una milla a barlovento, para evitar así que la suave brisa les trajera el hedor a cadáver putrefacto, o tal vez los «miasmas» de la peste, y al poco pudieron advertir cómo uno de aquellos desgraciados que agitaban los brazos rogando auxilio se lanzaba de improviso al mar y comenzaba a nadar hacia *La Dama de Plata.*

Era un magnífico nadador, no cabía duda, puesto que avanzaba con brazadas rítmicas y poderosas, consciente de que en ello le iba su última esperanza de salvación, y le observaron estupefactos puesto que ni la presencia de media docena de tiburones cuyas aletas iban y venían en torno a él parecía preocuparle, obsesionado como estaba por alcanzar cuanto antes su meta.

–¿Qué hacemos, señora? –inquirió al poco un veneciano que parecía otro hombre de tan inquieto que se mostraba.

–Nada.

–No puedo permitir que suba a bordo.

–Lo comprendo capitán, pero no haremos nada. –El hermoso y a menudo risueño rostro de Celeste Heredia semejaba en esta ocasión una máscara de alabastro, blanca, firme, pero con un tenso rictus de amargura en los labios.

–¡Dios me perdone! –musitó al poco–. Pero jamás pude imaginar que algún día desearía que un tiburón devorase a un hombre en mi presencia. –Alzó el rostro hacia Gaspar Reuter, que asistía a la escena impávido y silencioso–. ¿Por qué no le atacan? –quiso saber.

–Tal vez presientan que lleva la muerte dentro. A menudo las bestias poseen un sexto sentido que nos está negado a los hombres.

–¿Incluso los peces?

–¡Son tantas las cosas que ignoramos de los peces...!

Hasta el último hombre de la tripulación se inclinó sobre la borda observando los progresos del nadador, y un rumor de inquietud recorrió la cubierta en cuanto la tripulación abrigó la certeza de que era muy capaz de llegar hasta ellos.

–¡Mátelo, capitán! –aulló una voz anónima–. ¡Mátelo, por favor!

–¡Salva de aviso! –ordenó el veneciano.

Retumbó una culebrina, y casi al instante el nadador se detuvo a poco más de cien metros de distancia para alzar de nuevo los brazos y gritar suplicante:

–¡Socorro! ¡Ayúdenme, por favor!

–¡Lo siento, hijo! –replicó haciendo bocina con las manos Buenarrivo–. ¡No podemos ayudarte! ¡Se trata de la peste!

–¡Pero yo estoy sano! –aulló el pobre hombre–. ¡Completamente sano! ¿Es que no lo ve?

–¡Te repito que lo siento, pero no podemos correr riesgos! –Se volvió a su segundo para ordenar en tono pesaroso–. ¡Alejémonos de aquí!

En esta ocasión el oficial ni siquiera hizo sonar su silbato, limitándose a mover levemente la cabeza, con lo que el timonel viró a estribor, media docena de hombres tensaron los foques y *La Dama de Plata* inició muy poco a poco su andadura huyendo del nadador que había reanudado su esfuerzo y les perseguía como un perro a su presa.

Resultaba sorprendente advertir cómo uno de los buques de línea mejor dotados de su tiempo corría aterrorizado ante un único perseguidor desnudo y desarmado, pero ello se explicaba por el hecho de que en la memoria de la mayoría de sus casi doscientos tripulantes se mantenían frescos los recuerdos de cuantas historias habían oído contar sobre una plaga que tiempo atrás había llevado a la tumba a tres de cada cuatro habitantes de Europa.

Hombres rudos, que habían demostrado amar la guerra, no temer a la muerte, o ser capaces de convivir amigablemente con el hambre, temblaban sin embargo como niños ante la sola mención de la palabra «peste» y por lo tanto no era de extrañar que, para ellos, en aquel desesperado nadador solitario se concretasen las más tenebrosas pesadillas de sus mentes, sin que se sintieran aliviados hasta que a sus espaldas no se distinguió ni tan siquiera el más leve rastro de su perseguidor, que había desaparecido, tal vez devorado por los tiburones, o tal vez derrotado por la desolación y la fatiga.

Tan sólo entonces Buenarrivo se volvió hacia Celeste Heredia.

–¿Y bien…? –quiso saber.

La muchacha se estremeció levemente al advertir que docenas de ojos se concentraban sobre ella, deseando descubrir un leve asomo de debilidad en su férreo carácter.

Meditó con las manos cruzadas sobre el halda y la barbilla inclinada sobre el pecho, lanzó un hondo suspiro, y por último señaló:

–Si nos encontramos en el mar debemos cumplir sus leyes, aunque no hayan sido escritas. –Alzó el rostro hacia su padre–. No contaba con tener que enfrentarme a una situación tan amarga, pero supongo que llegarán otras igualmente difíciles y mi obligación también será afrontarlas. –Se volvió al veneciano para añadir, sin que la voz le temblara–: ¡Que lo hundan!

Buenarrivo se dispuso a transmitir la orden, pero

el capitán Sancho Mendaña le colocó la mano en el antebrazo y comentó serenamente:

–¡Yo me ocupo! Procuraré que sea un trabajo limpio y rápido.

–¿Babor o estribor?

–Estribor.

Diez minutos después el gigantesco galeón se aproximó muy lentamente al buque negrero, siempre por barlovento, y pese a que desde su cubierta, e incluso encaramados en las escalas y los palos, un puñado de hombres clamaban solicitando compasión, cuarenta cañones dispararon al unísono gruesas granadas que fueron a impactar sobre una carcomida estructura obligándola a saltar en pedazos para comenzar a arder y escorarse de inmediato.

Docenas de hombres, algunos ya destrozados, y millares de ratas, se arrojaron de inmediato al mar, y los tiburones, hasta ese momento indiferentes, iniciaron un furioso festín que probablemente se habría de prolongar hasta las primeras horas de la noche.

La muerte fue mil veces muerte, puesto que fue muerte por plaga, por fuego, por agua, por el ataque de feroces bestias sanguinarias, y por la desesperación de quienes sabían que tenían la obligación de perecer puesto que nadie en este mundo deseaba que viviesen.

Celeste Heredia se puso muy lentamente en pie, se aproximó a la baranda que separaba el castillo de popa de las cubiertas, y cuando abrigó la certeza de que todos los hombres la observaban, comentó con voz trémula:

–Aquellos que alguna vez hayan creído en algo, que me acompañen en una plegaria por el alma de esos infelices. Bien sabe Dios que hubiera preferido salvarlos, pero sabe también que no debíamos hacerlo.

Hasta el último y más incrédulo de los tripulantes de *La Dama de Plata* inclinó la frente, y cada uno en su idioma le rogó a su dios que intercediera allá arriba por quienes se hundían lentamente en lo más profundo del océano.

Oscurecía ya cuando se colocaron de nuevo a la altura del *María Bernarda*, y al poco el rapado capitán hizo su aparición en lo más alto del castillo de popa para inquirir a gritos:

–¿Qué ha ocurrido?

La respuesta del capitán Buenarrivo fue seca y concluyente:

–¡La Peste!

Pudieron advertir cómo el negrero hacía ostensiblemente la señal de la cruz para desaparecer de inmediato en su camareta y no volver a mostrarse hasta que tres días más tarde ambas naves lanzaron sus anclas frente a la desembocadura del caño Manamo, una de las infinitas bocas por las que el caudaloso Orinoco desemboca en el golfo de Paria.

Era un punto muy próximo a aquel en que, casi dos años antes, Sebastián Heredia desembarcara a los esclavos del *Four Roses*.

Celeste reunió a su «plana mayor» en el comedor de oficiales con el fin de estudiar el plan de desembarco, no sin antes suplicar a Gaspar Reuter:

–Baja a tierra y trata de ponerte en contacto con un negro llamado Moisés, a quien mi hermano dejó al mando de los libertos. Necesitamos su colaboración. –Se volvió al capitán Mendaña–: Tú te ocuparás de que los esclavos del *María Bernarda* lleguen sanos y salvos a la playa. Al concluir, que le peguen fuego al barco.

–¿Y la tripulación?

–Atravesar esos pantanos y esas selvas procurando escapar de la venganza de los «cimarrones» no les vendrá nada mal. Sabrán lo que es sentirse acosados.

–¿Les proporciono armas?

–Un machete por cabeza.

Fue curioso de ver cómo casi una veintena de hombres blancos totalmente rapados y vistiendo únicamente un raído pantalón, se agolpaban en la playa, incrédulos ante la idea de que tenían que internarse en la jungla que se abría a sus espaldas con el fin de alcanzar, no sabían cómo ni cuándo, algún remoto villorrio mínimamente civilizado de algún punto escondido de la inmensidad de aquel nuevo continente inexplorado.

Tenían plena conciencia de que sus posibilidades de sobrevivir eran más bien escasas, y por lo tanto remolonearon a la hora de emprender tan incierta y peligrosa aventura, hasta que advirtieron cómo, del que había sido su barco, comenzaban a desembarcar todos aquellos a quienes habían mantenido encadenados durante meses, y que a medida que iban creciendo en número se les iban aproximando con la evidente intención de tomar justa venganza del mal que se les había causado.

Desde el alcázar de popa de su nave, Celeste los observó con ayuda del gran catalejo hasta que, al fin, uno tras otro se internaron definitivamente en la maleza.

–¡Que el diablo les guíe! –mascullo para sí–. Y que les haga padecer al menos la décima parte de lo que han hecho padecer a tantos inocentes.

No les volvió a dedicar ni un pensamiento, pues le constaba que, por cruel que fuera su destino, se lo tenían sobradamente merecido.

Había cambiado mucho Celeste desde que murió su hermano: había cambiado hasta el punto de que a menudo se sorprendía ante su propia transformación, y se preguntaba adónde había ido a parar aquella contagiosa alegría y aquel eterno buen humor que antaño le acompañaba incluso en los momentos más difíciles.

«¡No es tiempo de risas!», se decía cada vez que pensaba en ello. «No es tiempo de risas, ni lo será mientras existan tantos millones de seres que sufren de este modo.»

Seis días más tarde Gaspar Reuter regresó a bordo en compañía de un negro gigantesco.

–Yo soy Moisés –dijo–. ¿Es cierto que eres la hermana del capitán Jacaré Jack?

–Lo es.

El hombretón se arrodilló de inmediato, le besó respetuosamente la mano y con la cabeza aún inclinada señaló:

–Tu hermano me concedió la libertad, pero yo siempre me consideraré su siervo más fiel, y por lo tanto lo soy tuyo ahora. ¿En qué puedo servirte?

–No he venido a buscar tu servidumbre, sino tu colaboración como hombre libre. Ésos son tus hermanos. ¡Ayúdales a abrirse camino en estas nuevas tierras!

El hombretón asintió sin vacilar:

–Lo haré, aunque te advierto que no resultará en absoluto sencillo. Los soldados nos persiguen y los nativos nos acosan. Sobrevivir aquí es muy duro, aunque admito que muchísimo menos que hacerlo siendo esclavos.

–Enséñales a ser libres.

–Eso se aprende rápido –fue la respuesta–. Más trabajo cuesta aprender a vivir sin mujeres. Algunos de mis hombres se empeñan en secuestrar nativas, aunque yo trato de hacerles ver que actuando de ese modo nos convertimos en esclavistas y por lo tanto no tenemos derecho a exigir nuestra propia libertad.

–Es una situación difícil, no cabe duda –admitió ella–. Y por desgracia un problema para el que no puedo ofrecerte soluciones. No estoy en condiciones de devolveros a África.

–Nadie quiere volver a África. Allí, pronto o tarde volverían a esclavizarnos.

La muchacha hizo un leve gesto con la cabeza indicando una marca a fuego que el gigante lucía por encima de la tetilla izquierda y que representaba burdamente una especie de corona con la letra «N» debajo.

–¿Qué significa eso? –quiso saber–. Lo he visto en un gran número de cautivos.

–Es el hierro del Rey del Níger –contestó el otro con naturalidad–. Lo primero que hace cuando sus hombres capturan a un esclavo es marcarlo a fuego.

–¡Bárbaro!

–El Rey del Níger es el más bárbaro entre los bárbaros, señora, y el culpable de que la mayoría de nosotros nos encontremos aquí.

–¿A qué tribu pertenece?

–A todas y a ninguna. Es un sucio mulato, hijo de esclava negra y traficante blanco; un maldito renegado que ha conseguido crear un auténtico imperio en el corazón del continente. Aseguran que cuando el demonio se aburre de asar condenados, acude a visitarle para aprender nuevas formas de hacer sufrir a la gente.

–Sea como sea está lejos y ya no puede causaros daño –le hizo notar ella–. Te confío a esas pobres gentes, y procura tratarlos como te hubiera gustado que te trataran al desembarcar en un nuevo mundo. Están perdidos y asustados, y tú ya tienes experiencia de lo que eso significa.

Cuando el negro Moisés hubo desembarcado,

Gaspar Reuter, que había sido testigo de la escena sin tan siquiera dignarse a abrir la boca, indicó con un amplio ademán la espesa selva que circundaba la quieta bahía, y las bandadas de ibis rojos que en estos momentos volaban en busca de sus nidos en tierra firme, para comentar con su casi enervante calma habitual:

–Empiezo a tener la impresión de que no solucionaremos nada dedicándonos a liberar esclavos africanos en un continente que desconocen. He visto cómo viven, he hablado con ellos, y te aseguro que muchos se preguntan si el precio que tienen que pagar por esa libertad no resulta excesivo.

–¡Pero ese hombre asegura...!

–No todos son como él –le interrumpió el inglés–. Moisés es fuerte y decidido, y como jefe dispone de una esposa que incluso le ha dado un hijo. Pero he visto a muchos jóvenes al borde de la desesperación que pronto o tarde buscarán mujeres donde sea, lo cual acabará provocando una guerra en la que los nativos llevarán siempre ventajas. No... –insistió convencido–. La solución no es traerlos aquí, sino dejarlos en África.

–¿Aun a riesgo de que vuelvan a ser capturados y revendidos?

–Tendríamos que enseñarles a defenderse –sugirió el otro–. Por lo menos allí están en su tierra.

Celeste tardó en responder, absorta como estaba en la contemplación de un hermoso crepúsculo que le recordaba, por la abundancia de ibis, alcatraces y pelícanos, a aquellos otros de su infancia en Margarita, y por último, y sin volverse a mirarle, inquirió en un susurro:

–Dime una cosa, Gaspar... ¿Crees que estoy loca?

–¡Naturalmente!

–En ese caso, ¿por qué te has embarcado en esta aventura?

–Porque también yo lo estoy –replicó el otro con absoluta convicción–. Y porque tal vez de este modo consiga hacerme perdonar.

–¿Perdonar qué...?

–Mis muchos pecados.

La Dama de Plata se volvió a observarle con extraña atención y por último agitó la cabeza negativamente:

–No creo que seas hombre de muchos pecados –dijo–. Creo más bien que eres hombre de uno solo, pero tan grande, que llevas toda una vida arrepintiéndote.

–Es posible... –admitió el otro con una leve sonrisa–. Pero resulta evidente que los pequeños pecados se olvidan. Los grandes no.

–¿Y cuál es el tuyo? –quiso saber ella–. Desde que te conozco vienes prometiendo que algún día me contarás tu historia, pero jamás lo has hecho. ¿Por qué?

–Quizá se deba a que a los ingleses nos acostumbran desde la infancia a que hablar de uno mismo denota una pésima educación.

–Pero yo no soy inglesa, y me gustaría saber la razón por la que alguien a quien he concedido toda mi confianza, se comporta como tú lo haces.

–¿Realmente me has concedido tu confianza?

–Mi padre y tú sois los únicos testigos de la muerte del capitán Tiradentes. ¿No es esa prueba suficiente?

–Probablemente.

–¿Entonces...?

El otro la observó como si estuviese sopesando los pros y los contras antes de decidirse a relatar unos hechos que habían acontecido hacía ya muchos años. Por último, tras hacer un leve gesto de asentimiento, se acodó en la baranda, de espaldas al mar, y se rascó pensativamente la pronunciadísima barbilla antes de comenzar:

–Soy hijo único, y mi madre murió a poco de yo nacer –dijo–. Mi padre, lord Robert Kindersley, siempre demostró ser un buen hombre, recto y severo, que se ocupó plenamente de mi bienestar y educación hasta que ingresé en el ejército. –Hizo una pausa, como si necesitara tomar fuerzas o aliento para continuar con su relato aunque su voz no cambió en absoluto de tono–. Años más tarde, siendo ya teniente, regresé de un viaje a Italia, y a poco de poner pie en Londres, conocí a una mujer fascinante, Carolaine, con la que viví un mes de amor loco, pero que inesperadamente se esfumó como si se la hubiera tragado la tierra...

Ahora sí que pareció necesitar un valor especial para no interrumpir su relato, y tras dar un pequeño salto para tomar asiento en la baranda, se mordió los labios en un ademán que repetía a menudo.

–¡Me sentí desolado! –musitó apenas, como avergonzado por el hecho de admitirlo–. Hundido en la desesperación y desolado. La busqué por todas partes pero resultó inútil, y al fin, infeliz y desmoralizado, decidí volver a casa, a intentar olvidar mis cuitas en compañía de mi padre. –Chasqueó la lengua como si le costara admitir la realidad–. Le encontré más feliz que nunca porque se había vuelto a casar... –La miró a los ojos–. Y adivina quién era su mujer...

–¿Carolaine...? –inquirió Celeste casi temerosa.

–¡Exactamente! –contestó con rapidez–. Imagina mi asombro y mi desconcierto, puesto que ella fingió no conocerme, y yo, por respeto a mi padre, opté por guardar de igual modo silencio.

–¡Qué casualidad!

–De casualidad, nada –le contradijo el inglés–. Con el tiempo descubrí que todo había sido perfectamente meditado. Carolaine comprendió muy pronto que, a su edad, mi padre nunca la dejaría embarazada, y que la única forma de asegurarse para siempre su futuro pasaba por darle un hijo. Por esa razón me buscó en Londres, me sedujo, y permaneció a mi lado hasta que se convenció de que se había quedado encinta.

–Pero ¿por qué precisamente tú? –fue la lógica pregunta–. ¿Por qué no cualquier otro?

Gaspar Reuter sonrió con ironía al tiempo que se golpeaba repetidamente con el dedo el pronunciadísimo mentón.

–¡Por esto! La barbilla prognática, los ojos muy azules, el pelo rojizo y el cutis pecoso son rasgos predominantes en mi familia desde hace más de trescientos años, y mi padre hubiera dudado seriamente de su joven esposa si le hubiera dado un hijo que no ofreciera «el sello Kindersley». –Sonrió con amargura–. Y ése era un sello que únicamente yo podía proporcionarle.

–¡Hija de puta...!

–Tú lo has dicho. La muy hija de puta lo había calculado con matemática precisión. Pero no acaba ahí la cosa.

–¿Qué ocurrió?

–Un año más tarde, ya nacido el niño y sin que mi padre abrigara la más mínima duda sobre la sangre que corría por sus venas, aunque ni remotamente sospechara que esa sangre le había llegado a través de mí, Carolaine me mandó llamar con la aparente intención de pedirme perdón y conseguir algún tipo de acuerdo que facilitara la convivencia familiar. Acudí a la cita, pero apenas había penetrado en sus aposentos, comenzó a gritar pidiendo auxilio, se rasgó el vestido, se golpeó contra la pared, y cuando llegaron los criados me acusó de haber intentado violarla.

–¡Maldita bruja! ¡No puedo creerte!

–¡Pues créeme tú, ya que mi padre no lo hizo! ¡La creyó a ella, ordenó que me echaran de casa, me desheredó y no quiso volver a verme nunca!

–¡Dios bendito! ¡Pero esa mujer es un monstruo!

–¡Y que lo digas! Dos años más tarde mi padre murió en extrañas circunstancias y Carolaine se apoderó de todos los bienes de la familia Kindersley, ya que su hijo era el único heredero legal.

–Y tú, ¿qué hiciste?

Gaspar Reuter se tomó de nuevo un largo tiempo para replicar, saltó de su asiento, se volvió a observar las sombras que se iban apoderando del mundo, y sin mirarla, como si él mismo se negara a admitir lo que iba a decir, musitó:

–Una noche volví al castillo en el que me había criado y del que por lo tanto conocía todos los recovecos, me introduje sigilosamente por las caballerizas, llegué a sus aposentos, la saqué a rastras, y la ahorqué del viejo roble bajo el que mi padre solía sentarse a leer.

–¡Santo cielo! Es una barbaridad, pero se lo había ganado a pulso...

–¡Supongo que sí...! Aunque nunca he sabido si hice bien o mal al tomarme la justicia por mi mano. Lloraba, pataleaba y suplicaba mientras los criados observaban la escena sin decidirse a intervenir, porque en el fondo comprendían lo justas que eran mis razones. Cuando todo hubo acabado, le pedí a mi vieja ama de cría que se ocupara del niño, ya que era mi hijo, y por lo tanto un Kindersley con pleno derecho al título y la fortuna familiar, me cambié el nombre, y me embarqué rumbo a Jamaica. –Lanzó un hondo suspiro–. De eso hace ya más de veinte años.

–Es una triste historia –repuso la muchacha–. Cruel, triste y amarga. ¿Qué ha sido de tu hijo?

–Por lo que sé de él, vive rico, feliz y sin problemas, aunque odia a muerte al «hermanastro» que asesinó a su madre, sin saber que en realidad se trata de su padre.

–¿Nunca se te ha pasado por la cabeza la idea de volver y contarle la verdad?

–¿Y qué obtendría con ello? ¿Que en lugar de odiarme a mí odiara a su madre? Se considera hijo legítimo de un noble anciano y una virtuosa muchacha que defendió su honor de los lascivos ataques de un pariente vicioso. ¿Crees que es justo que averigüe que en realidad es hijo ilegítimo de un asesino confeso y una malvada sin escrúpulos? ¡No! –negó convencido–. Yo no lo creo justo, ni creo que eso contribuyese a hacerle más feliz.

–¿Y no te importa que te odie?

–En absoluto, puesto que sé muy bien que las razones de su odio son erróneas. Y yo le quiero. Al fin y al cabo, es mi hijo.

–Triste resulta saber que tu propio hijo te odia sin razón. ¿Has tenido algún otro?

–No, que yo sepa. Como comprenderás, tras semejante experiencia mi concepto de las mujeres deja mucho que desear.

–No todas son así.

–¡No, desde luego! –admitió el inglés–. Como contrapartida, estás tú, y supongo que habrá otras de igual modo dignas de respeto, pero por lo que a mí se refiere prefiero mantenerme al margen.

–¿Me permites una última pregunta? –añadió ella.

–¡Si es la última...!

–¡Lo será! –Hizo una cortísima pausa, e inquirió con manifiesto interés–: ¿La amabas aún en el momento de ahorcarla?

–La odiaba –fue la seca respuesta–. Pero lo que sí puedo decirte es que, si el deseo es una forma de amar, en ese momento hubiera dado cuanto me quedaba de vida por pasar una sola noche en sus brazos.

Pareció dar por concluida la conversación musitando una banal disculpa sobre urgentes obligaciones, y Celeste le observó mientras descendía hacia la cubierta principal, preguntándose qué clase de sentimientos anidarían en el alma de alguien que se había visto obligado a ejecutar a una mujer que tanto significara en su existencia.

Recorrió luego con la mirada a las docenas de hombres que iban y venían preparando la nave para una noche que se aproximaba ya como un aguilucho de negras alas, y trató de hacerse una idea de cuántos de ellos arrastrarían una historia de igual modo desdichada, puesto que la dotación de *La Dama de Plata* se encontraba conformada por seres de las más diversas razas, procedencias y nacionalidades, que por una u otra oscura razón habían acabado por recalar en la ciudad más viciosa del mundo, y bajo cuyas ruinas había quedado enterrada la mayor parte de cuanto alguna vez poseyeron.

Buscavidas, proxenetas, jugadores, ladrones y algún que otro pirata que había conseguido superar la criba impuesta por Celeste conformaban un grupo harto importante dentro del conjunto de honrados marinos o simples aventureros que se habían sumado a la empresa, y eran aquéllas unas gentes de las que se podía esperar cualquier cosa –en lo bueno y en lo malo– y a la que había que mantener bajo una férrea disciplina si no se quería correr el riesgo de que el enorme navío acabara por convertirse en un gigantesco manicomio.

Con más de mil toneladas de desplazamiento, cinco pisos superpuestos, e incluso siete si se contaban el alcázar de popa y la toldilla, las diferentes cubiertas, sollados y bodegas de la enorme embarcación ofrecían tal cantidad de recovecos, cubículos y escondrijos, que resultaba del todo imposible controlarlos, o diferenciar aquel en el que se estaba librando una inocente partida de dados, de aquel otro en el que tal vez se conspiraba con intención de tomar por la fuerza el mando de la nave para dedicarla nuevamente a la rapiña.

Era cosa sabida que «los buenos tiempos» de la piratería caribeña habían desaparecido junto a los restos de Port-Royal, pero también era cosa sabida que el casi desconocido océano Pacífico ofrecía un hermoso futuro a quien tuviese el coraje de adentrarse en una infinita extensión de agua que ocupaba casi la tercera parte del planeta, para aguardar allí el paso de las abarrotadas naves que hacían la ruta desde las costas de México, Perú y Panamá hasta las de la China, Japón y Filipinas, en un continuo y arriesgado trasiego de oro, plata, perlas, sedas, especias y porcelanas, tan importante o más que el de cien años atrás entre España y las Antillas.

El océano Austral constituía un auténtico misterio para los navegantes de finales del siglo XVII, entre los que se murmuraba que existía todo un continente inexplorado allá en las antípodas, y debían ser muchos los amantes del riesgo que sin duda opinaban que dedicar un barco tan hermoso como *La Dama de Plata* a merodear por dichas aguas debía resultar sin duda mucho más productivo que dedicarlo a la ingrata tarea de liberar esclavos.

–Hay que estar muy atento –repetía una y otra vez el capitán Buenarrivo a la hora de la cena en el amplio comedor de oficiales–. «Orejas largas y ojo avizor» al más leve rumor de rebelión, porque este galeón es un pastel demasiado apetitoso y a más de uno de esos malditos «mascalzones» les encantaría zampárselo.

–De momento no parece que haya el más mínimo síntoma de agitación –le hacía notar Sancho Mendaña, que solía estar en relación muy directa con el conjunto de la marinería dado que dedicaba largas horas a las prácticas de tiro.

–«De aguas tranquilas nacen los huracanes» –replicaba el otro con su ronco vozarrón que retumbaba en la amplia estancia como un trueno–. «Capitán que se duerme, se lo lleva la corriente.»

–¿Capitán o camarón?

–¡Qué más da capitán que camarón! –replicaba en tono impaciente el veneciano–. Lo que importa es mantener la disciplina, y al primero que se agite pasarlo por la quilla. –Por último acostumbraba a sonreír bajando mucho la voz, para concluir–: Por más que lo hayamos fumigado y desinfectado, este barco continúa apestando a pirata.

—Hay que estar muy alerta —repuso muy [illegible]
ca el capitán Buenaventura la hora de la cena en el
amplio comedor de oficiales—. Oye, [illegible] que
ahora le añadan los granos de reserva, porque este
guiso es un pastel demasiado apetitoso y no es
uno de los malditos «mascalzones» les apetece
zampárselo.

—De momento no parece que haya el más mínimo síntoma de agitación —le hacía notar Sancho Menchaca, que solía estar en relación muy directa con el conjunto de la marinería dado que dedicaba largo tiempo a sus procesos de ocio.

—De aguas revueltas nacen los huracanes —replicaba el otro con su tono severo, que retumbaba en la amplia estancia como un trueno—. ¿Y aquí, quien se duerme, se lo lleva la corriente.

—¿Capitán o camarón?

—¿Qué más da capitán que camarón? —replicaba en tono impaciente el veterano—. Lo que importa es mantener la disciplina, y el primero que se salte pasarlo por la quilla. —Por último acostumbraba a apertar bajando mucho la voz, para añadir—: Por más que lo hayamos limpiado y desinfectado, este barco continúa apestando a pirata.

Desembarcada la totalidad de los esclavos y hundida la *María Bernarda* con todo su cargamento de pulgas, chinches y piojos, nada más quedaba por hacer en aquellas aguas y tras mantener largas sesiones de consulta con sus principales colaboradores, Celeste Heredia ordenó levar anclas para poner proa a las costas africanas.

Fue aquél, sin lugar a dudas, un viaje en exceso largo y pesado, con vientos de levante que les obligaban a virar y ceñir una y otra vez, y con agobiantes calmas que solían prolongarse durante toda una semana, pero al fin, perdida ya casi la noción del tiempo, consiguieron avistar una costa recta y llana que parecía prolongarse hacia el infinito en dirección sureste y que, cubierta de una vegetación húmeda y densa, en poco se diferenciaba a simple vista de la que habían dejado a sus espaldas.

Parecía encontrarse no obstante casi deshabitada, puesto que desde mar abierto apenas se distinguía un solo poblado digno de tal nombre, y las escasísimas cabañas que de tanto en tanto se alzaban al fondo de diminutas ensenadas ofrecían el triste aspecto de haber sido abandonadas tiempo atrás.

No obstante, un calurosísimo atardecer, y en el

momento de superar un pequeño cabo de escasa altura, se toparon de manos a boca con media docena de piraguas desde las que una veintena de nativas lanzaban sus redes sobre las tranquilas aguas, y que de inmediato emprendieron la huida hacia la playa con tanta desesperación, que podría creerse que más que un barco habían avistado al mismísimo demonio.

Ni tan siquiera se tomaron la molestia de varar sus primitivas embarcaciones saltando a la arena para perderse de vista dando alaridos como si pretendieran avisar a cuantos se encontraran en las proximidades que siguieran idéntico camino.

–¡Dios sea loado! –no pudo evitar exclamar Miguel Heredia–. Esa pobre gente vive aterrorizada.

–¿Cómo vivirías tú si supieras que en cuanto un blanco te pone la mano encima te espera un destino peor que la muerte? –replicó su hija–. Buenarrivo cree que debemos encontrarnos muy cerca del cabo Palmas, lo cual significa que esta zona puede considerarse ya el auténtico nacimiento de *la Costa de los Esclavos*. Lo que no entiendo es que aún quede un solo ser humano por aquí.

Dos días más tarde alcanzaron en efecto el cabo Palmas, desde el que la costa, que continuaba siendo baja y sin accidentes, comenzó no obstante a desviarse en dirección noroeste en lo que constituía el nacimiento del golfo de Guinea; es decir, el corazón mismo de la Trata de negros durante las últimas décadas del mil seiscientos.

Debido a ello, apenas tardaron un par de jornadas en avistar el primer navío negrero; una mugrienta bricbarca de unos cuarenta metros de eslora y doce cañones de mediano calibre por banda, que en esos momentos se encontraba anclada en la desembocadura de un pequeño río, y en plena labor de estibaje, cargando una larga hilera de hombres –algunos de ellos casi niños– unidos entre sí por gruesas cadenas y dogales de hierro.

–¡Abrir portas!

La voz corrió desde el alcázar de popa de *La Dama de Plata* al mascarón de proa, al poco se alzó la enorme bandera azul de las cadenas, y minutos más tarde se dejaba caer el ancla a media milla de distancia, mientras se lanzaba un cañonazo de aviso a la nave negrera para que desistiera de cualquier intención de plantear batalla o emprender la huida.

Celeste Heredia se volvió a Gaspar Reuter, que lo observaba todo con ayuda del catalejo:

–¿Qué opinas? –preguntó.

–Holandeses... Treinta a lo sumo. –Se alzó y agitó la cabeza convencido–. No ofrecerán resistencia.

–Ve a notificarles que tienen tres horas para liberar a los esclavos y ponerse a salvo en las chalupas, porque al oscurecer hundiremos el barco.

–No va a gustarles.

–Lo imagino. Pero cerciórate de que al caer el sol no queda nadie a bordo. No quiero pasar aquí la noche.

A su regreso, el inglés se limitó a sonreír mientras señalaba:

–Tal como era de esperar no les ha gustado tu idea. Opinan que es pura y simple piratería, por lo que han jurado que nos echarán encima al grueso de la armada holandesa –indicó hacia la orilla–. Pero ya están desembarcando a la gente. –Hizo una corta pausa–. Por cierto, la práctica totalidad de esos desgraciados lleva el hierro del Rey del Níger.

–¡Algún día castraré a ese hijo de puta! –fue la casi inaudible respuesta.

–Me gustará estar presente.

A las cinco en punto de la tarde, una larga hilera de ex cautivos se había perdido ya de vista en la espesura mientras el barco aparecía vacío y tres largas chalupas se alejaban bordeando la costa rumbo a poniente, por lo que Celeste se limitó a hacerle una leve seña a Sancho Mendaña, que aguardaba junto a los cañones de babor de la cubierta principal.

–¡Mándalo al infierno! –ordenó.

Bastaron tres impactos para enviar a la ya de por sí maltrecha embarcación al fondo del río, y apenas había desaparecido bajo las aguas cuando un grupo de lugareños surgió de entre la maleza para comenzar a bailar en la orilla, aullando de alegría y saludando con los brazos alzados a sus providenciales salvadores.

–¡Vámonos de aquí!

Levaron anclas y durante los días y semanas que siguieron la escena se repitió de forma casi idéntica en más de una docena de ocasiones. Resultaba evidente que los «tratantes» parecían convencidos de su total impunidad, ya que el escaso armamento de sus naves –no más de media docena de cañones de mediano calibre por banda– parecía más destinado a repeler un posible ataque por parte de los nativos, que a enfrentarse a un buque de guerra auténticamente poderoso.

De los esporádicos interrogatorios a que sometieron a algunos de sus capitanes pudieron deducir que ni siquiera se les pasaba por la mente el que la única finalidad de *La Dama de Plata* fuese un sincero deseo de abolir la esclavitud, puesto que resultaba evidente que en el ánimo de tales capitanes el comercio de negros en poco o nada se diferenciaba del comercio del vino, trigo o ganado.

Los africanos no eran a su modo de ver más que una mercancía abundante y barata en aquellas costas, pero escasa y valiosa a la otra orilla del océano, y aunque en cierto modo resulte difícil aceptarlo, lo cierto es que uno de aquellos tratantes apenas sentía más remordimiento de conciencia que el que pudiera sentir un ganadero actual a la hora de arrear sus vacas rumbo al matadero.

Reconocían que se trataba de un trabajo desagradable, pero como rendía pingües beneficios, y ni siquiera la mismísima Iglesia católica parecía ponerle reparos, no eran ellos los llamados a cuestionarlo.

El que se presentase de pronto alguien alegando –a punta de cañón– que los negros tenían los mismos derechos que los blancos, significaba casi tanto como tratar de convencer a un cazador ártico de que las focas poseen idénticos derechos civiles que los hombres.

Todo ello en el contexto histórico de una época en la que ni siquiera los cristianos blancos disfrutaban de excesivos derechos.

La Dama de Plata se convirtió por lo tanto en el terror de los negreros, y en cuanto los primeros supervivientes de sus ataques llegaron a la isla de Gorea, frente a Dakar, que podría considerarse el principal «mercado» del continente, sus autoridades decidieron que se hacía necesario tomar cartas en el asunto antes de que el temor a la aparición de aquel fantasmal galeón diera al traste con el que estaba considerado el negocio más floreciente del mundo, ya que casi veinte mil esclavos eran transportados cada año a través del Atlántico.

Ordenaron por lo tanto al capitán del más veloz de los navíos que se encontraban fondeados en esos momentos en el puerto que pusiera de inmediato rumbo al norte y anunciara a las autoridades de Francia, Holanda, España, Portugal e Inglaterra que un misterioso galeón de ochenta cañones había conseguido colapsar las rutas «comerciales» a todo lo largo de la costa africana al sur del cabo Palmas. Al propio tiempo enviaron chalupas mar adentro con el fin de prevenir a cuantas naves negreras se encaminaran al sur, instándolas a que desistieran de su empeño si no querían correr el riesgo de verse convertidas en pavesas.

Gracias a ello *La Dama de Plata* patrulló a sus anchas por las aguas del golfo de Guinea durante más de medio año, consiguiendo desbaratar una organización que había llevado más de un siglo crear, e incluso permitiéndose a menudo el lujo de bombardear algunas de las fortificaciones que los negreros habían alzado en islotes próximos a la costa, ya que por aquellos tiempos raro era el hombre blanco que osaba internarse en el corazón del continente.

Y es que, pese a ser conocida desde miles de años antes que América, el África Negra no comenzó a ser realmente explorada por los europeos hasta siglos más tarde, y así como Francisco de Orellana partió del océano Pacífico para descender por el cauce del Amazonas y llegar al Atlántico a mediados del mil quinientos, habrían de pasar casi trescientos años antes de que Livingstone atravesara África de parte a parte.

Los capitanes negreros se limitaban a aguardar en la costa a que los reyezuelos o los mercaderes árabes hicieran su aparición con su cargamento humano, momento en el que se producía el intercambio por telas, collares, armas, pólvora o unas pequeñas conchas provenientes de las playas de las islas del Índico llamadas «cauris», tan extremadamente apreciadas por los nativos, que habían acabado por convertirse en una especie de moneda de «curso legal» en la mayor parte de la región subsahariana.

En las profundas ensenadas, o preferentemente en las desembocaduras de los ríos, se establecía entonces un auténtico mercado en el que la única mercancía verdaderamente importante era «la madera de ébano», que alcanzaba su máximo precio cuando lo que se ofrecían eran hombres jóvenes y fuertes de las razas ashanti o mandingo.

El continuo patrullaje del galeón había acabado, no obstante, por poner momentáneamente coto a la Trata, lo cual no pasó en absoluto desapercibido a los habitantes de la región, que acabaron por acostumbrarse a su presencia, saludando su aparición con entusiasmo, e incluso osando aproximarse a sus costados conscientes de que no iban a ser capturados como antaño.

Más tarde incluso comenzaron a ofrecerles regalos en forma de alimentos y pequeños objetos, hasta que al fin, una calurosísima mañana en que la nave se encontraba fondeada a la altura del cabo Tres Puntas, hizo su aparición en el horizonte una enorme canoa en cuya proa se distinguía la altísima y delgada figura de un hombre de penetrantes ojos y poblada barba blanca, que vestía una especie de descolorida sotana que apenas le cubría las rodillas, y al que una enorme y profunda cicatriz le cruzaba el rostro del mentón a la frente, desfigurándole levemente la boca.

Pidió de inmediato permiso para subir a bordo y desde el primer momento se mostró sorprendido y feliz al descubrir que quien había emprendido tan eficaz cruzada contra la trata de negros era una compatriota.

–Me llamo Pedro Barba, aunque por aquí todos me llaman «padre Barbas» y nací en Pamplona –se presentó–. No imaginan la alegría que significa para mí hablar castellano después de tantos años.

–¿Y qué hace por estas tierras? –quiso saber Celeste, un tanto desconcertada por la extraña apariencia de un individuo que más parecía un auténtico salvaje que un cura navarro.

–Lo mismo que ustedes, pero con mucho menos éxito –fue la rápida respuesta–. Durante años intenté seguir las huellas del venerado «Apóstol de los Negros», el Beato Padre Pedro María Claver, pero al fin llegué a la conclusión de que con consolar a los esclavos cuando llegaban a puerto no bastaba. Por eso decidí colgar los hábitos para combatir el mal en su raíz.

–¿Qué hábitos?

–¿Qué importa eso? –replicó el recién llegado con acritud–. Los colgué, y basta. Mi conciencia me impedía continuar prestando obediencia a una iglesia que no condenaba de modo inequívoco este tráfico inicuo excomulgando de manera fulminante a todo el que tuviera la más mínima relación con la esclavitud.

–¿Y ha conseguido algún resultado?

–Sobrevivir, que ya es bastante –contestó el otro con una amarga sonrisa–. Me veo obligado a vagar por esas selvas de Dios acompañado por una docena de fieles nativos, pero admito que es más el tiempo que pasamos huyendo de mis enemigos que tratando de hacer amigos.

–¿Y quiénes son sus enemigos? –preguntó el capitán Sancho Mendaña.

–Pregunte más bien quiénes no lo son, y me resultará más corta la respuesta –replicó el recién llegado, que lo observaba todo a su alrededor como si le costara aceptar que se encontraba en el lujoso comedor de un inmenso galeón, y que le estaban sirviendo auténtico vino en una jarra de plata–. Capitanes negreros, mercaderes árabes y jefezuelos indígenas me buscan para colgarme del árbol más alto. Pero quien con más ahínco me persigue es el Rey del Níger. –Se agarró por los pelos como si él mismo se alzara en vilo–. Ofrece cien guineas a quien le lleve mi cabeza.

–¿Por qué?

–Mi gente y yo hemos desarrollado una especial habilidad para introducirnos de noche en sus campamentos y liberar esclavos –explicó con un innegable tono de orgullo en la voz–. Calculo que habremos ayudado a escapar a más de mil.

Relató a continuación cómo había pasado los ocho últimos años merodeando por las costas del golfo de Guinea sin confiar más que en el puñado de incondicionales que tripulaban la canoa, aunque apenas dedicó más de un minuto a relatar cómo un guerrero de Benín había pagado con la vida el machetazo con que le desfiguró la cara.

–Esa gente es muy salvaje –mascculló–. Caníbales convencidos. A Benín la llaman la «Ciudad de la Sangre», y puedo jurar que no sentí el menor remordimiento a la hora de rebanarle el gaznate a aquel mastuerzo.

–¿Cómo es África por dentro? –preguntó Celeste.

–Un paraíso y un infierno –fue la seca respuesta–. El paraíso de los animales, al que los seres humanos han convertido en una sucursal del averno. Tan hermosa que hace llorar de agradecimiento al Creador, y tan cruel que también obliga a llorar, pero de ira e impotencia.

–¿Piensa quedarse mucho tiempo?

–Hasta que me maten, puesto que éste es el único lugar en el que en realidad me necesitan. El Señor ya tiene demasiados aduladores que le alaban a todas horas, y le conviene que de tanto en tanto alguien como yo le maldiga por permitir que ocurran cosas como las que aquí ocurren. –Observó uno por uno a los presentes que se sentaban en torno a la amplia mesa, e inquirió–: ¿Tienen idea de cuántos de esos desgraciados mueren porque se les infectan las quemaduras que les producen al marcarlos a fuego? Uno de cada veinte, y sin embargo el Rey del Níger no renuncia a esa práctica porque considera que es la única forma que existe de reconocer a sus esclavos.

–¿Lo conoce personalmente?

–Lo vi una vez, montado en un caballo blanco bajo un inmenso parasol rojo, y con tanto oro colgándole del cuello que deslumbraba. Durante casi un minuto le tuve en el punto de mira, pero comprendí que se encontraba fuera de tiro. –Lanzó un hondo suspiro–. Ése fue el día que con más violencia maldije al Señor, puesto que le rogué que me lo aproximara cien metros pero no me escuchó.

–Tal vez debió pensar que, si le disparaba, su escolta le mataría.

–¿Y qué valor tiene mi vida frente a la de tantos miles de hombres a los que les habría ahorrado terribles sufrimientos? El día que vean a un guerrero ashanti contener la respiración hasta morir, porque es la única forma que tiene de volver a ser libre, comprenderá hasta qué punto la esclavitud se convierte en el más insoportable de los castigos.

–¿Que contienen la respiración hasta morir? –se asombró Gaspar Reuter–. ¡Imposible!

–No para un ashanti –replicó el navarro, seguro de lo que decía–. De pronto se quedan muy quietos, cierran los ojos concentrándose, y si no les golpeas con fuerza, al poco inclinan la cabeza sobre el pecho y mueren.

–¡Santo cielo!

–Como esclavos, son los más valiosos por su fuerza y resistencia, pero cuando eligen morir no hay forma humana de impedírselo. Por eso hay que «cazarlos» muy jóvenes, ya que los que aún no tienen mujer e hijos se resignan. Pero cuando uno de ellos ha formado ya su familia, o se juega la vida tratando de escapar, o se suicida.

–¿Cómo consiguió llegar hasta el Rey del Níger? –quiso saber Celeste, que parecía obsesionada por la figura de un hombre del que venía oyendo hablar desde meses atrás.

–No fue mérito mío –admitió el ex sacerdote–. Normalmente vive en una especie de fortaleza a la que nadie consigue aproximarse, pero tropecé con él por casualidad en una de sus escasas salidas, cerca de Okene, que es el punto más lejano al que he llegado.

–¿Es cierto, como dicen, que el Níger es un brazo del Nilo que se ha desviado hacia el sur?

–Lo ignoro, aunque lo dudo. Me han contado que, aguas arriba, el Níger atraviesa el desierto, pero en cierta ocasión atrapé a un mercader que juraba haber llegado a la costa siguiendo su cauce desde Tombuctú, y por lo que sé, Tombuctú está al oeste, mientras que el Nilo queda al este. –Se encogió de hombros–. A mi buen entender, este continente es mucho mayor de lo que la gente imagina.

–¿Y quién puede saber algo más sobre él?

–Los árabes, pero la práctica totalidad de los que llegan hasta aquí son mercaderes de esclavos, por lo que resulta imposible obtener información. Y si te la dan, casi siempre resulta falsa.

Cuantos se encontraban en la recargada estancia hubieran deseado continuar haciendo preguntas sobre África, pero en esos momentos se escucharon unos discretos golpes en la puerta y ésta se abrió para que el contramaestre señalara muy serio:

–Barcos por poniente.

–¡Arriba el trapo y levar anclas! –ordenó de inmediato el capitán Buenarrivo–. Proa a mar adentro. –Se volvió a Celeste–. Es mejor que esperemos lejos de la costa.

La muchacha asintió con un leve gesto de cabeza, y mientras el veneciano abandonaba la estancia, se volvió al Padre Barbas.

–Le ruego que desembarque –dijo–. Si no hay problemas, volveremos en un par de días. ¿Necesita algo? ¿Armas, pólvora, víveres...?

–Me vendrían muy bien –contestó el aludido–. Y ropa decente, si no es mucho pedir. La verdad es que con esta vieja sotana parezco un espantapájaros.

Se apresuraron a bajar a la canoa cuanto había pedido, y de inmediato se desarbolaron de ella para que *La Dama de Plata* pusiera proa a mar abierto, mientras desde el alcázar de popa observaban con atención los dos puntos que habían hecho su aparición en el horizonte y que avanzaban rápidamente.

El diminuto capitán lanzó un hondo suspiro.

–Vienen a por nosotros –dijo–. Y parecen bien armados.

–¿Cuántos cañones?

–Calculo que cincuenta cada uno.

–¿Cree que debemos hacerles frente? –inquirió Celeste.

–Eso depende del viento, del mar, de los errores que comentan y de nuestros propios aciertos. Por separado les superamos en potencia de fuego y probablemente en alcance de tiro, pero si consiguen atacarnos al unísono llevamos las de perder.

–¿Tenemos alguna posibilidad de escapar?

–No por mucho tiempo –reconoció el veneciano–. Para mantener la distancia necesitaremos navegar siempre empopados, y si, como viene ocurriendo casi a diario, a media tarde el viento vira para empujarnos hacia la costa, nos tendrán a su merced.

–¿Qué aconseja entonces?

–Buscar aguas profundas. Ya que no nos ayuda el viento, que nos ayude el mar. Cuanto más altas sean las olas, mejor. Al fin y al cabo, se supone que ellos son los cazadores y nosotros la presa.

Mandó llamar a sus oficiales y durante más de media hora se dedicó a impartir órdenes muy precisas con respecto a todas y cada una de las maniobras que se habían de realizar de allí en adelante. Por último se encerró en su camareta con el capitán Sancho Mendaña, concentrándose en planificar la estrategia artillera si se veían obligados a plantar batalla.

Mientras tanto, los dos navíos –fragatas de poco más de cien metros de eslora aparejadas a la inglesa– iban ganando terreno hasta el punto de que llegó un momento en que consiguieron distinguir con nitidez el color de sus enseñas: la que avanzaba por la banda de estribor era holandesa; la de babor, francesa.

–Eso ayuda –refunfuñó Arrigo Buenarrivo con su ronco vozarrón de ultratumba–. Significa que no están bajo el mismo mando, y cada capitán querrá ser el primero en atacar para demostrar su valor. Mi abuelo siempre decía que la rivalidad entre aliados suele hacer perder más batallas que los méritos del enemigo. –Observó con atención a través de su inseparable catalejo y por último añadió–: El holandés parece más veloz y está mejor armado. Caerá en la trampa.

Durante la hora siguiente, el galeón fingió dedicar todos sus esfuerzos a intentar mantener la distancia que le separaba de sus perseguidores, adentrándose cada vez más en un mar que, lejos ya de la protección del cabo Tres Puntas, se iba agitando a base de grandes y largas olas que llegaban de poniente, hasta el punto que hubo momentos en los que, al encontrarse en lo más profundo del valle de una de tales ondas, desaparecía por completo de la vista.

De inmediato, la nave ascendía hasta la siguiente cresta, y era en esos momentos cuando mejor podían calcular la distancia que habían perdido con respecto a las fragatas, que comenzaban a separarse la una de la otra, pese a que resultaba evidente que la que marchaba en segundo lugar hacia ímprobos esfuerzos por no quedar rezagada.

A bordo de *La Dama de Plata*, que había desplegado ya de forma ostensible su enorme y llamativa bandera de combate, la actividad se había vuelto frenética. Desde los oficiales al último grumete, todos se afanaban como si en la contienda les fuera la vida, y de hecho estaba claro que les iba.

A primera hora de la tarde pudieron distinguir el nombre de la nave holandesa, *Cuxhaven*, y poco después los confusos rasgos de sus tripulantes encaramados en las vergas, que les observaban con expresión ansiosa y seguían su estela por un oscuro mar de cuyo horizonte había desaparecido ya todo rastro de costa.

A los pocos instantes el ronco vozarrón del veneciano tronó sobre las cabezas de la marinería:

–¡Cinco minutos para la maniobra!

Sonó un silbato.

Repicó una campana para que cuantos atendían las baterías bajas permanecieran de igual modo atentos.

Hacía calor, y aunque la brisa del mar se esforzaba por mitigarlo, hasta el último hombre sudaba a chorros.

–¡Tres minutos!

Sonó un silbato.

Repicó una campana.

En pie y firmemente asida a la borda, a no más de tres metros de distancia de su padre, al que se diría como ausente, Celeste Heredia observó con detenimiento a cuantos se encontraban en aquellos momentos sobre la cubierta principal, y le tranquilizó comprobar que, pese a que se mantuvieran en evidente tensión, parecían absolutamente seguros de sí mismos.

Cada uno de ellos sabía muy bien lo que tenía que hacer, y se sintió orgullosa por el hecho de haber contribuido personalmente a elegirlos.

–¡Un minuto!

Sonó un silbato.

Repicó una campana.

Una enorme ola les alzó, como si se tratara de la mano del dios Neptuno, permitiéndoles advertir cómo el altivo mascarón de proa del *Cuxhaven*, un león rampante pintado de rojo, les amenazaba a menos de un cuarto de milla de distancia, antes de que comenzaran a descender hacia el profundo valle de la siguiente ola.

–¡Ahora!

Sonó un silbato.

Repicó una campana.

A velocidad de vértigo, gavieros y juaneteros comenzaron a recoger velamen al tiempo que dos hombres ayudaban al timonel para que el gigantesco galeón virara lo más rápidamente posible hacia estribor, buscando un rumbo casi perpendicular al que había seguido hasta ese instante.

El pesado navío dio un brusco bandazo y por unos instantes pareció que iba a partirse en dos, o voltearse mostrando su quilla al aire, pero cuanto hizo fue ascender nuevamente y de costado hacia la siguiente cresta.

A los pocos instantes se encontraba situado totalmente de través a la dirección del viento y sin más trapo izado que dos foques cuyas drizas habían sido aflojadas, y que ahora flameaban de forma escandalosa.

Incrédulo, el capitán de la fragata holandesa descubrió de improviso que, en lugar de la popa de un pesado galeón que trataba de escapar, lo que tenía ante sus ojos era la banda de estribor, erizada de cañones, de una poderosísima máquina de guerra que no ofrecía más blanco que su «obra viva» y tres descarnados mástiles.

Y para intentar agredirle, el *Cuxhaven* no contaba en esos momentos más que con las dos pequeñas culebrinas de proa, mientras que por su parte ofrecía abiertamente al enemigo un inmenso velamen desplegado que se encontraba justo frente a las portas de cuarenta gruesos cañones que disparaban granadas de treinta y seis libras de peso cada uno.

–¡Fuego!

La voz del capitán Sancho Mendaña retumbó seca y serena, con lo que la batería de cubierta disparó al unísono una andanada de balas de cadena que se fueron abriendo por el aire para girar y girar en dirección a unas anchas lonas que se rasgaron como si fueran de simple papel, pasando a convertirse en mustios jirones casi al primer envite.

Llegó la siguiente onda, el galeón se alzó en el aire y en ese mismo momento la batería de la cubierta central lanzó idéntico mensaje.

Y con la nueva ola, la batería de la cubierta inferior.

Velas, jarcias, obenques, vergas, hombres e incluso el palo de trinquete del *Cuxhaven* volaron por los aires, y cuando la roja cabeza del enorme león cayó como una piedra arrancada de cuajo, resultó evidente que la altiva y veloz fragata holandesa había pasado a convertirse en un pedazo de madera sujeta a los caprichos del océano y totalmente a merced de quien quisiera acudir a rematarla.

–¡Trincar foques, timón a babor, soltad la mayor, izad la mesana!

Sonó un silbato.

Repicó una campana.

La orden se cumplió en un santiamén, con lo que *La Dama de Plata* recuperó su antiguo rumbo y comenzó a ganar velocidad, alejándose hacia levante tras dejar a sus espaldas los dolientes despojos de su primer enemigo.

La nave francesa, consciente de su inferioridad armamentística e impresionada por el giro que habían tomado los acontecimientos en cuestión de minutos, pareció desistir por el momento de su empeño de presentar batalla, optando por aproximarse lo más posible a su aliada con el fin de ofrecerle ayuda.

Al poco, Celeste Heredia se volvió al capitán Buenarrivo.

–¡Magnífico! –exclamó–. Ha sido una maniobra perfecta. Le felicito.

–No me felicite a mí –fue la respuesta–. Felicite a los hombres. Una maniobra así no puede llevarse a cabo si la gente no mantiene la cabeza muy fría. –Sonrió satisfecho–. ¡Son buenos! ¡Muy buenos!

–¿Y qué piensa hacer ahora? –quiso saber la muchacha.

–Tenemos dos opciones… –sentenció el veneciano–. Alejarnos, con lo que les damos la oportunidad de reparar averías y volver a por nosotros más adelante, o virar en redondo para enviarlos a pique de una vez por todas.

–¿Qué harán en ese caso los franceses?

–Se les ofrecen tres opciones... –fue la tranquila respuesta–. Plantar batalla, cosa que dudo, pues saben que con nuestro potencial de tiro los convertiríamos en carnada para peces en cuestión de minutos, salir huyendo, o desplegar bandera de tregua para que les demos tiempo a recoger a los marinos holandeses antes de que hundamos su nave.

–¿Tenemos banderas de señales?

–Naturalmente.

–Ordene que las traigan. Les comunicaremos que tienen una hora para recoger a sus amigos. Al anochecer, hundiremos el *Cuxhaven*.

–¡Pero es un buen barco! –protestó el otro–. ¿Por qué hundirlo? En dos semanas estará como nuevo.

–No somos piratas.

–Pero si lo abandonan, quedarse con él no sería piratería –le hizo notar el veneciano–. «Al amanecer del día siguiente a aquel en el que la totalidad de la tripulación de un navío desembarque sin dejarlo anclado y con la bandera de fondeo izada, dicho navío pasa a ser propiedad del primero que ponga el pie sobre su cubierta y lo reclame.» Ésa es la ley.

–¿Está seguro?

–Más o menos –rió el otro–. Depende de cada país, pero si no recuerdo mal, eso es lo que dictan las leyes venecianas. Y al fin y al cabo, yo soy el capitán, y soy veneciano.

–¿Y es válida esa ley incluso en el caso de que el mismo que le amenaza con hundirle y le obliga al desalojo sea el que ponga el pie en él al día siguiente...?

–Supongo que eso es cuestión de matices –replicó con absoluta calma Buenarrivo, para volverse al poco a Miguel Heredia, que escuchaba en silencio–. ¿Qué opina? ¿Lo hundimos o nos lo quedamos?

–Para destruir siempre hay tiempo –fue la sencilla respuesta–. Y a menudo nos precipitamos a la hora de deshacernos de aquello que más adelante necesitaremos. –Se volvió a su hija para señalar en idéntico tono–. Se trata de un barco magnífico; quédate con él, repáralo, y contarás con dos para tu lucha.

–¿Y de dónde sacaremos una tripulación? –preguntó la muchacha–. A bordo tan sólo tenemos los hombres justos, y el puerto más cercano se encuentra a más de un mes de navegación.

Miguel Heredia hizo un leve gesto hacia el lugar en que se había perdido de vista el cabo Tres Puntas.

–Allí encontrarás todos los hombres que necesites –replicó con una casi imperceptible sonrisa.

Celeste le observó como si no diera crédito a lo que estaba oyendo.

–¿Allí...? –balbuceó al fin–. ¿En África?

–¡Exactamente!

–¿Estás diciéndome que debo entregar un barco como ése a una tripulación de nativos?

–¿Y por qué no? –quiso saber su padre–. Te juegas la vida por concederles la libertad alegando que tienen los mismos derechos que los blancos, pero les niegas el derecho a manejar un simple navío, dudando que puedan hacerlo tan bien como el más estúpido blanco. ¿Por qué?

–Porque no saben nada de navegación.

–Pero se supone que pueden aprender... ¿O no?

–Sí –admitió desconcertada su hija–. Supongo que podrían aprender.

–¿Entonces...? –insistió el margariteño, al que el capitán Buenarrivo observaba con evidente perplejidad–. Si son capaces de alejarse en minúsculas canoas para pasarse toda una noche pescando en mar abierto, quiere decir que son bravos marinos y no le tienen miedo al mar. El resto es mero oficio.

–Razón tiene.

Celeste se volvió al veneciano, que era quien había hecho tal aseveración.

–¿Está seguro?

–No –respondió con sinceridad–. Pero con tal de no perder ese barco sería capaz de enseñar el arte de la navegación a un rebaño de cabras. –Sonrió abiertamente–. Puede que su padre esté en lo cierto; los remeros que venían con ese loco de las barbas parecían muy dispuestos. Con un centenar de ellos y algunos de nuestros hombres pondríamos a esa fragata a caminar.

La muchacha meditó unos instantes, se volvió a observar a los dos navíos que se encontraban ya a más de dos millas de distancia, y por último asintió con un gesto.

–¡De acuerdo! –dijo–. Nos quedamos con el barco.

–¡Atentos a la maniobra! –aulló de inmediato el veneciano–. ¡Caña a babor! ¡Viramos en redondo!

Sonó un silbato y el primer oficial repitió la orden:

–¡Atentos a la maniobra! ¡Caña a babor! ¡Viramos en redondo!

–¡Bandera de tregua!

–¡Bandera de tregua!

Tardaron más de una hora en trazar un amplio círculo para aproximarse desde poniente a las naves que se encontraban al pairo, y que a poco de advertir su maniobra y distinguir la bandera de tregua se apresuraron a su vez a alzar las suyas deponiendo las armas.

El capitán Buenarrivo mandó lanzar una falúa al

mar con la orden de que se aproximara a las fragatas que se encontraban ahora arboleadas y les transmitieran el mensaje de que la tripulación debería abandonar la nave holandesa, haciendo hincapié en el hecho de que la sola intención de hundirla sería interpretada como acto hostil y traería aparejado el fin de la tregua con la consiguiente destrucción de la fragata francesa.

De regreso, la falúa traía consigo al capitán holandés, un muchacho casi imberbe que más parecía un alférez recién embarcado, que alguien sobre cuyas espaldas recaía la pesada responsabilidad de mandar un poderoso buque de línea.

–En realidad yo era el primer oficial –fue su sencilla explicación–. Pero hace tres días mi capitán murió de disentería y mi obligación era obedecer la orden de hundir a los piratas.

–Pero nosotros no somos piratas –le hizo notar Celeste Heredia–. Y se me antoja una increíble imprudencia lanzarse sobre una nave mucho mejor armada careciendo de experiencia.

–Visto el resultado, no me queda más remedio que admitirlo, y daré cuenta por ello a mis superiores –reconoció el muchacho–. Lo más probable es que pase el resto de mi vida en presidio, pero hice lo que creí que debía hacer. –Observó uno por uno al capitán Buenarrivo, Sancho Mendaña, Miguel Heredia y Gaspar Reuter, que le observaban a su vez, y por último se volvió de nuevo a Celeste sin poder ocultar su notable desconcierto–. Lo único que deseo es que me aclaren por qué hacen esto si, como aseguran, no son piratas.

–Estamos en contra de la esclavitud.

–¡Perdón! ¿Qué es lo que ha dicho?

–Que estamos en contra del tráfico de esclavos

–repitió Celeste armándose de paciencia–. Hundiremos cualquier navío negrero que se cruce en nuestro camino, sin tener en cuenta su nacionalidad.

–¡Pero eso es absurdo! –protestó el rubicundo jovenzuelo–. ¡E ilegal! La Trata ha sido aceptada por todas las naciones civilizadas. Incluso se asegura que el mismísimo Santo Padre…

–¿Le ha preguntado alguien su opinión a los esclavos? –le interrumpió Gaspar Reuter–. Porque no creo que ninguna opinión tenga validez frente a la de los propios interesados.

–Los negros están contentos con su suerte –fue la estúpida respuesta–. Se libran de unos reyezuelos crueles, y se les da la oportunidad de encontrar el camino de la fe verdadera.

–En ese caso ¿por qué es necesario encadenarlos, o por qué se suicidan en cuanto se les presenta la más mínima ocasión? –quiso saber el inglés–. Si estuvieran tan contentos como dicen, se subirían a los barcos cantando, y hasta ahora nadie ha visto que así ocurra.

–Eso se debe a que en un principio no saben que les espera una vida mejor.

–Sin embargo –puntualizó el otro–, yo, que he perseguido a centenares de ellos por las selvas jamaicanas, les he visto colgarse de los árboles en cuanto llegaban a la conclusión de que estaban a punto de apresarles nuevamente, lo cual demuestra que tampoco se sentían en absoluto felices con esa «vida mejor». –Se rascó con fruición la roja barba que cubría su prognático mentón, y por último añadió–: Y lo malo no es que existan canallas que trafiquen con negros, sino que otros les ayuden, o que las armadas de países que se consideran a sí mismos «civilizados» envíen sus barcos a defender tan mezquinos intereses.

–Le permitiré regresar a Europa… –intervino Celeste tomando el hilo de las palabras de Gaspar Reuter–. Le dejaré con vida a condición de que aclare a su gobierno que no alzamos bandera negra ni buscamos botín. Lo único que pretendemos es que se ponga fin a este tráfico indigno de unos seres humanos que se consideran hechos a imagen y semejanza del Creador.

–Nadie me creerá –aseguró él–. Me tomarán por loco si voy con semejante historia, y alegarán que lo único que buscan es aumentar el precio de los esclavos interrumpiendo el tráfico normal. En Gorea se asegura que probablemente se encuentran al servicio de Mulay-Alí, que pretende deshacerse de la competencia monopolizando el tráfico desde la captura en el interior del continente hasta la venta al otro lado del océano.

–¿Quién es Mulay-Alí? –quiso saber el capitán Mendaña.

El holandés le observó con una cierta desconfianza, pero al fin replicó, como si estuviera convencido de que sus oyentes ya sabían de quién estaba hablando:

–Mulay-Alí es el Rey del Níger. El mayor traficante de África.

–Tenía entendido que era mulato –puntualizó Celeste–. ¿Cómo es que se llama Mulay-Alí?

–Porque hace años que se convirtió al islamismo. Su verdadero nombre es Jean-Claude Barrière, pero al que se atreve a llamarle así, le despelleja vivo.

–¿Y a quién se le ha ocurrido la estúpida idea de que trabajamos para él? –preguntó Miguel Heredia.

–Supongo que al mismo que se le ocurrió la estúpida idea de que lo único que pretenden es dejar en libertad a los negros –replicó con evidente desparpajo el holandés–. Y al menos la primera versión tiene un cierto sentido, mientras que la segunda se me antoja de todo punto descabellada.

Todos los presentes se observaron y por último Gaspar Reuter optó por encogerse de hombros como dando por hecho de que en el fondo al imberbe muchacho le asistía una incontestable razón.

–Yo en su lugar opinaría lo mismo –admitió con aquella flema británica, que le hacía parecer indiferente a todo–. Y si me hubieran planteado esta cuestión hace un año, ni tan siquiera hubiera dudado un segundo la respuesta. Tal vez lo único que estemos consiguiendo es hacer subir los precios de los esclavos, lo cual en cierto modo beneficia a los traficantes.

–¿Y los barcos que hemos hundido? –inquirió Celeste.

–Los sustituirán por otros –respondió el otro con seguridad.

–¿Y los esclavos que hemos conseguido liberar?

–Volverán a cazarlos –contestó el inglés–. A mí no se me escapaba ninguno.

–¿Pretendes convencerme, una vez más, de que nos hemos enzarzado en una lucha inútil? –quiso saber con innegable tono de desaliento la muchacha.

–Nada que se haga con fe resulta inútil, puesto que al menos sirve para engrandecer el alma, y por lo que a mí respecta me siento muchísimo más feliz liberando negros que capturándolos. –El prognático pareció hablar por primera vez en serio–. Si en verdad consideramos que nuestra forma de actuar es justa, no debe coartarnos que otros hagan mal uso de ella, puesto que eso es algo que ha venido ocurriendo desde que el mundo es mundo. A Jesucristo no le detuvo el hecho de saber que la Iglesia que había fundado como muestra de supremo amor y comprensión, acabaría quemando herejes.

–¿Pretende decir con eso que debemos seguir adelante?

–¡Naturalmente! Tal vez, con un poco de suerte, consigamos que los precios de los esclavos alcancen cifras tan astronómicas que a los plantadores les resulte más rentable pagarle un buen salario a un hombre libre. Al fin y al cabo la Trata no es más que una simple cuestión de mercado: los traficantes existen porque existen compradores, pero si la mercancía que ofrecen deja de ser rentable, los compradores se inhibirán y los traficantes acabarán por desaparecer.

–¡Están locos! –exclamó de improviso el holandés, que había escuchado cuanto allí se decía como si en realidad se encontrara en otra galaxia–. ¿De verdad imaginan que pueden acabar con el negocio más productivo que ha existido sobre la faz de la Tierra? –Negó con la cabeza, convencido–. ¡Esto apenas acaba de comenzar! Ni siquiera se han arañado las costas de un continente en cuyo interior se agolpan millones de indígenas que ahora no hacen más que vagabundear al sol, pero cuya infinita capacidad de trabajo convertirá en sumamente productivo un nuevo mundo que hoy por hoy carece de mano de obra efectiva. –Les observó uno por uno como a una auténtica cuerda de lunáticos–. Intentan ir contra la historia, pero la historia es algo que pasa por encima de cuantos se le oponen.

–La historia la hacen los hombres –sentenció Celeste Heredia calmosamente–. Y si nadie se hubiera opuesto a las tiranías, todos continuaríamos siendo esclavos. Si mis antepasados lucharon para que yo pudiera nacer libre, mi obligación es luchar para que otros también nazcan libres, cualquiera que sea el color de su piel.

–¡Ilusa!

–¡Mira quién habla! –replicó ella esforzándose por contener su latente indignación–. Un payaso que la primera vez que toma el mando de una nave, se lanza sobre otra que le dobla en tonelaje, potencia de fuego y experiencia. –Hizo un significativo gesto con la mano como queriendo indicar que no quería verle más–. Que lo devuelvan al barco francés sin permitirle poner el pie en el suyo. –Luego le apuntó con el dedo y estaba claro que parecía dispuesta a cumplir su amenaza cuando añadió–: Y si al oscurecer se encuentran al alcance de nuestros cañones, los mandaré al fondo del mar sin el más mínimo remordimiento.

El último rayo de sol de la tarde se reflejó sobre el desplegado velamen de la fragata francesa que se alejaba hacia el noroeste, mientras el *Cuxhaven* se limitaba a flotar mansamente, subiendo y bajando con las altas olas que seguían llegando de poniente. El capitán Buenarrivo decidió entonces enviar una patrulla a bordo, no fuera a darse el caso de que los holandeses hubieran preparado alguna trampa que pusiera en peligro la nave.

–Oficialmente no podemos tomar posesión de ella hasta el amanecer, si es que queremos cumplir con las leyes, aunque maldito lo que importan las leyes del mundo «civilizado» en este rincón del planeta. –Se volvió al segundo oficial–. Pero deseo que se destaque muy bien en el diario de a bordo, que en la fecha de hoy nos limitamos a revisar el *Cuxhaven*, pero que con fecha de mañana lo reclamaremos. –Se volvió a Celeste que escuchaba atenta–: Mañana el barco será suyo, aunque tendrá que repartir entre la tripulación un tercio de su coste estimado. Es la ley –sonrió divertido–. ¿Qué nombre piensa ponerle?

–*Sebastián.*

–¡De acuerdo! Que avisen al carpintero para que

comience a tallar las tablas con el nuevo nombre, y que los vigías estén atentos para intentar recuperar la cabeza de león. No es de buen augurio que un mascarón de proa navegue decapitado.

–No la busque –le atajó de inmediato la muchacha–. Quiero que el carpintero talle una cabeza de jacaré.

–¿Pretende exhibir como mascarón de proa un león con cabeza de jacaré? –se asombró el veneciano–. ¡Eso sí que será curioso!

–¿Acaso el símbolo de Venecia no es un león con alas? –inquirió ella–. ¡Puestos a imaginar, qué más da una cosa que otra...!

–¡También es verdad!

Con la primera luz del día lanzaron los cabos al bauprés de la fragata con el fin de remolcarla lentamente, y acabar por fondearla en la desembocadura de un riachuelo que iba a morir a poco más de diez millas del cabo Tres Puntas, con lo que apenas dos horas más tarde, el esquelético Padre Barbas pedía nuevamente permiso para subir a bordo.

Lo primero que hizo al poner el pie sobre cubierta fue estrechar calurosamente las manos de cuantos le salían al paso.

–¡Fantástico! –repetía una y otra vez, como un chicuelo fascinado–. ¡Fantástico! Les han dado en todos los hocicos a esos hijos de perra. ¡Dios, qué victoria! ¡Qué victoria! ¿Qué piensan hacer con el barco?

–Ponerlo a hundir barcos negreros, pero para conseguirlo necesitaremos tripulantes –le hizo notar Celeste–. ¿Cree que podrá proporcionárnoslos?

–¿Nativos?

–¿Qué otros si no?

Una amplia sonrisa, a la que la profunda cicatriz

casi convertía en mueca, se extendió por el desfigurado rostro del navarro, que tomó la mano de la muchacha para besarla con inusitada fruición.

–¡Gracias! –dijo–. ¡Un millón de gracias! Le juro que nunca se arrepentirá. Le proporcionaré la mejor tripulación que nadie haya tenido nunca, y le demostraremos al mundo lo que es capaz de hacer un puñado de negros bien entrenados.

Pero no eran negros.

Los tripulantes de *La Dama de Plata* llegaron muy pronto a la sorprendente conclusión de que la práctica totalidad de los voluntarios que acudieron a la llamada del Padre Barbas para servir a bordo de la antigua fragata *Cuxhaven*, transformada ahora en el desafiante navío antiesclavista *Sebastián*, no eran –tal como cabía esperar– jóvenes y vigorosos indígenas dispuestos a luchar por su propia libertad y la de sus hermanos de raza, sino más bien jóvenes y vigorosas nativas dispuestas a morir con el fin de contener la espantosa sangría que llevaba más de un siglo convirtiéndolas en obligadas solteras o viudas prematuras.

Y es que en la castigada Costa de los Esclavos de finales del siglo XVII la mayor parte de los hombres eran capturados para ser vendidos al mejor postor cuando no habían cumplido aún los catorce años, y pasaría más de medio siglo antes de que los plantadores antillanos se mostraran dispuestos a pagar cinco guineas por una mujer, a no ser que se tratase de una auténtica belleza a la que explotar en los burdeles.

Y, como todo capitán negrero tenía la absoluta certeza de que el precio de un muchacho en disposición de cortar caña durante todo el día triplicaba ampliamente ese precio, no dudaba a la hora de seleccionar la mercancía que habría de embarcar en sus atestados navíos, ya que cada kilo de carne humana que atravesase el océano debía rendir el máximo beneficio.

El resultado estaba a la vista, puesto que desde el cabo Palmas a las costas de Calabar podían encontrarse por aquellos tiempos veinte mujeres por cada hombre, y los pocos varones que aún quedaban eran, en su mayor parte, viejos, enfermos o tullidos.

De ahí que, cuando el decidido navarro consiguió al fin que los tambores de las aldeas costeras anunciaran que se buscaban voluntarios para luchar contra los mercaderes de esclavos, comenzaran a surgir de la espesura docenas de mujeres a las que les habían sido arrebatados sus padres, sus esposos o sus hijos, y que por primera vez en sus vidas vislumbraban la remota esperanza de enfrentarse a la terrible lacra que vaciaba de niños y de risas sus aldeas.

De pie sobre cubierta, Celeste Heredia observó desconcertada la larga hilera de pacientes indígenas semidesnudas que aparecían acuclilladas a la orilla del río.

–¿Qué significa eso? –quiso saber–. ¿Cómo se supone que haremos navegar un barco con semejante tripulación?

–Quieren intentarlo –fue la rápida respuesta del Padre Barbas–. Y están desesperadas. Al menos deberíamos concederles la oportunidad de demostrar de lo que son capaces.

La muchacha señaló con un ademán de cabeza a los babeantes marineros que se agolpaban en la cubierta lanzando silbidos y exclamaciones de entusiasmo ante el fastuoso espectáculo que se les brindaba.

–¿Y qué va a pasar en cuanto pongan el pie en

cubierta? –preguntó–. Se supone que esto es un buque de guerra, no un burdel.

–Estúpido sería si imaginara que no va a pasar nada –replicó el barbudo ex jesuita, que a aquellas alturas ya había admitido cuál era su antigua orden religiosa–. Y si he de ser sincero, estoy de acuerdo con que ocurra, puesto que de otro modo éstos serán pueblos condenados a desaparecer por falta de descendencia. Pero lo que en verdad importa es controlar los acontecimientos.

–¿Controlar los acontecimientos? –se escandalizó el capitán Buenarrivo, que asistía a la escena recostado en el mástil de mesana–. ¿Cómo espera que controle a toda una tripulación que hace meses que no toca a una mujer? ¡No pida milagros!

–No pido milagros... –admitió el otro con naturalidad–. Tan sólo sugiero «organización». Si permitimos que cada día una parte de los hombres baje a tierra y se «desfogue», estaremos en condiciones de castigar al que le ponga la mano sobre una mujer cuando se encuentre a bordo.

–¿Y qué clase de castigo sugiere? –intervino con una irónica sonrisa Celeste Heredia–. ¿Castrarlos?

–No es necesario –puntualizó el Padre Barbas–. Bastaría con introducirles el pene en una infusión de ortigas.

–¿Introducirles el pene en una «infusión de ortigas»? –no pudo por menos que repetir el horrorizado Arrigo Buenarrivo, advirtiendo que un escalofrío le recorría la espina dorsal–. ¿Qué diablos quiere decir con eso?

–Se trata de una sana costumbre local –fue la sencilla respuesta–. Cuando un joven guerrero se muestra excesivamente efusivo con las muchachas o molesta a mujeres casadas, el Consejo de Ancianos le calma los ardores sumergiéndole el pene en una infusión a base de ortigas y pimienta verde. Conozco la receta, y puedo garantizar que el reo suele pasar meses sin aproximarse a una mujer...

–¡Pero eso es una barbaridad! –protestó el hombrecillo con un vozarrón más ronco aún que lo habitual–. ¡Qué costumbre tan salvaje!

–Más salvaje se me antoja cortarle el pene a un sodomita y metérselo en la boca hasta que muere, y lo he visto hacer en Europa –puntualizó el navarro–. Sin embargo, la mayoría de estos pueblos aceptan lo que nosotros llamamos «pecado nefando» como un simple capricho de la naturaleza, y al niño «que nace mujer» lo respetan como si se tratase de una auténtica mujer.

–Pues en los barcos de la armada veneciana se les castiga metiéndoles un hierro al rojo allá por donde más pecaban, pero no es cuestión de ponerse a discutir reglas de moralidad. –El diminuto capitán hizo un gesto hacia la atestada cubierta–: Lo cierto es que si pretendemos que esos hombres se mantengan tranquilos, convendría proporcionarles una cierta «expansión», pero de ahí a traer mujeres desnudas a bordo y confiar en que no las arrastren a las cubiertas inferiores, media un abismo.

Se enfrascaron en una larga discusión a la que no tardaron en sumarse Miguel Heredia, Sancho Mendaña y, por supuesto, el inglés Reuter, y como quiera que en más de una ocasión las palabras subieron de tono, al poco advirtieron cómo a bordo de *La Dama de Plata* se había hecho un profundo silencio, ya que la práctica totalidad de su dotación permanecía con la vista clavada en el alcázar de popa, pendiente de una decisión que les afectaba de forma muy directa.

Al rato, la máxima atención se centró en Celeste

Heredia, puesto que al fin y al cabo a nadie le cabía la más mínima duda de que debía ser ella quien pronunciara la última palabra.

Consciente de ello, la muchacha recorrió con la vista los rostros de su «plana mayor», reparó en la ansiedad que brillaba en los ojos de casi doscientos desgraciados, condenados a la castidad más absoluta, y por último asintió dirigiéndose al ex jesuita.

–Que preparen un caldero de esa mágica infusión y que cada hombre introduzca un dedo. Eso les dará una idea de lo que ocurrirá si no acatan las normas. –Alzó la mano como pidiendo calma–. Pero debemos advertir a las mujeres que también ellas sufrirán idéntico castigo, pues no sería justo hacer recaer las culpas sobre una sola de las partes. Dos no fornican si uno no quiere, y lo que debe quedar muy claro es que los violadores serán colgados de una verga.

Al instante, gorros y cepillos de fregar cubiertas volaron por los aires, se escuchó un rugido de entusiasmo, e incluso se gritaron vivas a la salud de quien había emitido un veredicto tan abiertamente favorable a los intereses de la comunidad.

Cuando al fin los ánimos se calmaron, Celeste se limitó a sonreír para musitar apenas:

–Y ahora ha llegado el momento de que conozca a esas mujeres.

Fue la primera vez en que puso el pie en un continente que hasta ese momento se había limitado a contemplar desde la cubierta del galeón ya que si no se había decidido a desembarcar con anterioridad tal vez se debiera a que de alguna forma presentía que corría el riesgo de sumergirse en un universo que acabaría por embrujarla.

Aún revivía, como si acabara de escucharlas, las enseñanzas de su viejo tutor, fray Anselmo de Ávila, quien se entusiasmaba al hablarle de las muy diferentes y extrañas costumbres de los africanos que habían llegado a Cuba, y aún tenía muy presente, de igual modo, su difícil experiencia personal con los esclavos de Jamaica.

El mundo negro le atraía y le atemorizaba al propio tiempo, consciente de su brutal fuerza interior y su desbordante vitalidad, puesto que, pese a que los terratenientes se empeñasen en asegurar que los esclavos ni siquiera tenían alma, a su modo de ver cada uno de aquellos muchachos que cantaban mientras sudaban a mares bajo un sol de fuego, encerraba en su corazón más energía y más amor a la vida que diez blancos.

Y la dulce nostalgia con que en las noches en que les permitían reunirse a la luz de la hoguera contaban viejas historias de sus amados lugares de origen, le había llevado de una forma casi inconsciente a la conclusión de que aquellas lejanas tierras superaban en belleza y misterio a cualesquiera otras del planeta.

Elefantes, leones, gorilas, jirafas, hipopótamos y los tan temidos hombres-leopardo poblaban las canciones y las leyendas de toda una raza que lloraba de desesperación al imaginar que jamás volvería al añorado paraíso en que naciera y del que tan brutalmente la habían arrancado. Y ahora se encontraba allí, en pie sobre una larga falúa, a punto de saltar a un ancho playón desde el que medio centenar de mujeres de las que tantas cosas la separaban la aguardaban, como si en verdad se tratara de una todopoderosa diosa capaz de traer de vuelta a casa a sus hijos, sus esposos o sus padres.

Se observaron en silencio, y le admiró la firmeza y dignidad con que la mayoría de ellas le devolvían la mirada, lo que se le antojaba una prueba evidente de que, por grande que fuera su padecer, aún eran seres libres cuyo espíritu no había sido quebrantado por el látigo, ni había tenido que pasar por la traumática experiencia de una interminable travesía del océano hacinadas como bestias en las bodegas de un hediondo navío.

Le trajeron de inmediato una especie de enorme banqueta hermosamente tallada en madera de caoba reservada sin duda para las ocasiones muy especiales, y que colocaron a la sombra de un copudo mango permitiendo que tomara asiento para permanecer luego largo tiempo en silencio, como si cada uno de los presentes quisiera permitir que los demás pudieran saciar sin prisas la curiosidad que experimentaban.

Era una especie de preconcebido ritual o protocolo del que el ex jesuita navarro parecía tener un profundo conocimiento, puesto que en el momento en que Celeste alzó el rostro como inquiriendo qué era lo que tenía que hacer, se limitó a indicarle con la mano que aguardara sin prisas el devenir de los acontecimientos.

Por último, una agraciada matrona de enormes y firmes pechos, que no vestía más que un collar de cuentas multicolores y una minúscula faja de rafia que apenas le cubría los muslos, comenzó a hablar de forma firme y monótona en un inglés bastante aceptable.

–Como conozco el idioma de los blancos he sido elegida para darte las gracias, ¡oh, gran Dama de Plata!, por todo cuanto estás haciendo por nosotras. Nadie de tu sexo, tu condición o tu raza se había preocupado hasta el presente por los infinitos padecimientos que se están infligiendo a nuestro pueblo, al que se le ha despojado incluso de la condición de seres humanos. –Alzó por primera vez el tono que se volvió casi agresivo–. ¡Y somos seres humanos! –añadió roncamente–. Amamos, odiamos, hablamos, pensamos, sufrimos y lloramos como los blancos, y son tantas las cosas que nos separan de las bestias de la selva y nos igualan a vosotros, que no podemos entender por qué os empeñáis en tratarnos peor que a la más ponzoñosa alimaña. No combatís a nuestros hombres como a dignos enemigos; no, los cazáis, los encadenáis, los humilláis y os los lleváis al otro lado del mar, a trabajar como el mísero búfalo que tira de un arado hasta que revienta. –Lanzó un hondo gemido que fue coreado por la mayoría de cuantas le escuchaban–. ¿Por qué, gran señora? ¿Por qué? Intenta explicarnos tú, como mujer, lo que hasta ahora el buen Padre Barbas no ha conseguido hacernos entender por más que lo ha intentado.

Era aquélla en verdad una pregunta de respuesta harto difícil, en especial cuando había que dársela a unas criaturas que se limitaban a sobrevivir en perfecta armonía con su entorno, motivo por el cual en sus mentes ni siquiera cabía el concepto de ambición llevada al límite de poseer infinitamente más de cuanto en buena lógica pudiera necesitarse a todo lo largo de la más larga de las existencias imaginables.

Celeste Heredia comprendió que aquella calurosa mañana, aquel instante, podía marcar de una forma indeleble su futuro, ya que por primera vez en su vida no se enfrentaba al mundo masculino en que había nacido y se había criado, sino a un mundo nuevo en el que las mujeres se habían convertido, a su pesar, en las únicas dueñas de ese futuro.

De lo que les dijera, y de su capacidad de transmitir la fe que tenía en su propio destino, dependería que semejante destino llegara o no a concretarse algún día.

–Me preguntas por qué el hombre blanco trata al negro peor que a las bestias –musitó al fin–. Y lo único que puedo asegurarte es que, a través de los siglos, y siempre que se ha presentado la ocasión, el hombre blanco ha tratado de igual modo a otros hombres blancos. –Hizo una pausa para que la matrona pudiese traducir sus palabras–. No es cuestión de color de piel; es cuestión de poder, porque los europeos están acostumbrados a dominar, humillar y explotar sea cual sea la raza que se preste a ello. Siempre ha sido así, así seguirá siendo, y ahora la negra es la raza que se le antoja más propicia, dado que es la más resistente al calor y al duro trabajo de los cañaverales.

La matrona, que respondía al curioso nombre de Yadiyadiara, que en el dialecto local venía a significar «Madre de Madres», concluyó de traducir sus palabras al resto de sus compañeras, y por último inquirió:

–¿Pretendes decir con eso que el hecho de que hayamos sabido engendrar hijos fuertes se ha convertido en la causa de nuestra desgracia? ¿Deberían ser nuestros hombres débiles y tullidos para que los blancos no quisieran robárnoslos?

–Allá en América, donde nací, los blancos también acabaron por esclavizar incluso a los tullidos y los débiles, que ahora están muertos. Por eso los explotadores recurren a vuestros hijos. –Celeste las observó casi retadoramente–. Pero lo que tenéis que hacer es demostrar que, al igual que supisteis engendrar hijos fuertes, sabéis defenderlos de quienes pretenden arrebatároslos.

–¿Cómo?

–Luchando como la leona lucha por sus crías.

¿De qué os sirve ser mujeres si no tenéis derecho a tener hombres que os den hijos? –Las miró a los ojos una por una aguardando a ver el efecto que causaban sus palabras, y por último añadió–: Yo también soy mujer, y os aseguro que si imaginara que jamás tendría hijos preferiría morir en este mismo instante.

–¿Y qué podemos hacer? –quiso saber Yadiyadiara–. ¿Cómo enfrentarnos con nuestras manos desnudas a los guerreros de Mulay-Alí, o a los cañones de los barcos?

–Las manos nunca están desnudas cuando la voluntad está armada –fue la respuesta–. Y un arma de nada vale si quien la empuña no tiene fe en su causa. Si tenéis fe, tendréis armas. Si carecéis de ella, ni todos los cañones de mi barco os servirían de nada.

La matrona tradujo una vez más sus palabras, y de inmediato una excitada muchacha de enormes ojos brillantes y cuerpo fibroso comentó algo en tono apasionado, por lo que la intérprete se volvió de nuevo a Celeste, y observó:

–Maleka me recuerda que aún conservamos las lanzas con las que nuestros padres se enfrentaban a las fieras. ¿Crees que deberíamos afilarlas para esgrimirlas contra los hombres de Mulay-Alí?

–Bueno es afilar las lanzas –señaló Celeste–. Pero mejor aún es afilar la astucia, porque quiero suponer que ni a Mulay-Alí ni a los capitanes negreros se les ha cruzado por la mente la idea de que unas asustadas mujeres puedan hacer otra cosa que correr a esconderse en lo más profundo del bosque.

–Son los hombres, los pocos que quedan, los que corren a esconderse al bosque –puntualizó Yadiyadiara.

Celeste hizo una significativa pausa cargada de intención, antes de señalar segura de sí misma:

–En ese caso, debéis ser las mujeres quienes ocupéis su puesto, pero no a base de fuerza, sino de inteligencia. Juntas encontraremos la forma de enfrentarnos a quienes os roban a vuestros maridos y vuestros hijos.

Esa noche, de nuevo a bordo, Miguel Heredia no pudo por menos que encararse con cierta acritud a su hija.

–¿Crees que haces bien al empujar a esas desgraciadas a una guerra sin esperanzas? –quiso saber–. Me asusta la idea de que las estés conduciendo directamente al matadero.

–La mujer que no puede tener los hijos que desee con el hombre que desee, ya va camino del matadero, padre –replicó ella con asombrosa calma–. ¿Te has fijado en sus rostros? Los cubre el velo de la tristeza más amarga, porque presienten que si siguen por este camino, se extinguirán como pueblo. ¿Qué esperanza les queda?

–Siempre habrá otros hombres. Aunque sean de otras tribus u otras razas.

–Pero es que ellas quieren tener hijos de sus propios hombres, de su propia tribu y de su propia raza. ¿Por qué tienen que verse obligadas a que las fecunde un sucio marinero llegado del otro confín del planeta, o un sicario de Mulay-Alí? Desean conservar su propia identidad por mucho que los plantadores de Cuba quieran hacerse ricos a base del ron y del azúcar. Y se me antoja justo.

–Sé muy bien que es justo –admitió su padre–. Pero no sé si es o no es justo que les llenes la cabeza de ideas absurdas. ¿Cómo esperas vencer a los ejércitos de todo un Rey del Níger en su propio terreno? –Golpeó levemente con el pie la gruesa cubierta de maciza caoba–. Este barco es magnífico –añadió–.

De lo mejor que navega por mares y océanos, pero ahí enfrente, en la selva, no nos sirve de nada.

–Lo sé.

–¿Entonces?

–Tengo que pensar. Sebastián afirmaba que las ideas le llegaban siempre cuando estaba pensando y, aunque había quien lo consideraba una perogrullada, he llegado a la conclusión de que tenía razón. Y decía otra cosa en la que también tenía razón: «Dos piensan mejor que uno, y diez mejor que dos.» Así que lo que tenemos que hacer es ponernos todos a pensar en la forma de joder a ese hijo de la gran puta de Mulay-Alí.

–¿Y crees que ése es un lenguaje propio de una señorita?

–Probablemente no –admitió su hija–. Pero sí que es el lenguaje propio de la armadora de un buque acusado de piratería a la que está a punto de venirle la regla.

Miguel Heredia Ximénez torció el gesto, pues sabía por experiencia lo que aquello significaba. Lo había sufrido durante largos años de matrimonio, y resultaba evidente que las dos únicas cosas que Celeste Heredia Matamoros había heredado de su madre eran la fuerza de carácter y las dolorosas menstruaciones.

No en todas las ocasiones, pero sí con harta frecuencia, los tres días que precedían a la molesta visita tenían la virtud de demudar el rostro de la muchacha y agriar hasta límites casi insoportables su personalidad, y pese a que durante ese tiempo acostumbraba a encerrarse en su camareta eludiendo en lo posible los compromisos, era ya cosa sabida que cuando tal ocurría más valía mantenerse a distancia, ya que en lugar de Dama de Plata, se transformaba a decir verdad en una áspera «Dama de Acero».

Resultaban inútiles cuantos esfuerzos hiciera por dominar su irritación y sus bruscos ataques de ira, puesto que cabría asegurar que contra quien más irritada y furiosa se sentía era contra sí misma y contra una incontrolable naturaleza que conseguía desequilibrar a alguien que consideraba –como su hermano le había enseñado– que el equilibrio interior constituía la base de toda acción inteligente.

«Quien se deje arrastrar por las pasiones no debe aspirar al mando de una nave –solía decir Sebastián Heredia–. Y menos aún de una nave pirata. Cuando el peligro te acecha desde todos los puntos, la frialdad es la única aliada que te queda. Si la pierdes, pronto o tarde acabarás siendo carnada.»

Ahora, en aquel momento exacto, Celeste Heredia necesitaba, más que nunca, frialdad para pensar en la mejor forma de enfrentarse a las fuerzas del Rey del Níger sin más ayuda que un puñado de marinos y un inexperto «ejército» de nativas, y ahora, en aquel momento exacto, un dolor sordo y una impalpable sensación de impotencia le nublaban de forma estúpida el cerebro.

Pese a ello, la mañana del segundo día decidió convocar en el comedor de oficiales a sus hombres de confianza –incluyendo ahora al entusiasta Padre Barbas, para hacerles una somera exposición de sus temores y esperanzas.

–Durante casi ocho meses hemos conseguido entorpecer el tráfico de esclavos en este rincón del mundo –comenzó diciendo–. Pero la llegada de esas dos fragatas nos advierte del peligro que corremos. Vendrán otras y luego otras, y debemos aceptar que no estamos en condiciones de vencer a todas las escuadras de todos los países implicados en el tráfico de esclavos.

–Eso lo sabíamos desde un principio –le hizo notar Arrigo Buenarrivo–. Ya advertí que *La Dama de Plata* es un buen barco al que no se puede considerar invencible.

–Me consta –admitió su armadora–. Y por ello tengo muy claro que tan sólo se nos ofrecen dos opciones: o alejarnos por unos meses de aquí o aprovechar que el momento es propicio para asestar un duro golpe a la «trata» en su propio feudo.

–¿Cómo?

–Acabando de una vez por todas con el poder de Mulay-Alí.

–¿Del Rey del Níger? –se asombró Gaspar Reuter–. ¿Pretendes hacernos creer que se te ha pasado por la mente la idea de atacar a esa bestia en tierra firme?

–¿Dónde si no? Raramente abandona su fortaleza, y sus hombres no se aproximan a la costa más que para embarcar esclavos. O le atacamos en su cubil, o lo único que conseguiremos es vencer en escaramuzas sin importancia hasta que al fin caigamos en manos del enemigo.

–Queda otra opción –puntualizó Miguel Heredia–. Olvidar esta inmensa locura y volvernos a casa.

–¿A casa? –repitió su hija–. ¿Qué casa, padre? ¿La de Jamaica? ¿Te apetece la idea de sentarnos en el porche a contemplar cómo los capataces azotan a los esclavos? ¿O acaso te apetece la idea de establecernos en España, donde no tardarían en averiguar quiénes somos y de dónde venimos? ¿Cuánto crees que esperarían para ahorcarnos? Yo ya no tengo más casa que este barco, ni más sueño que luchar por la libertad.

Se hizo un pesado silencio en el que se diría que todos los presentes –exceptuando quizá al ex jesuita– se avergonzaban por el hecho de no compartir con idéntico entusiasmo los sueños de aquella mujer en exceso apasionada.

Al poco, tras ponerse en pie y aproximarse al amplio ventanal que se abría sobre la cercana costa, Sancho Mendaña señaló con un significativo ademán las oscuras copas de los árboles que se perdían de vista –como un nuevo mar– tierra adentro.

–¿Acaso tienes una idea de lo que existe en el interior de esas selvas? –quiso saber–. Es todo un continente, niña; un continente desconocido y misterioso en el que nadie de nuestra raza se ha atrevido a adentrarse hasta el presente. –Lanzó un hondo resoplido–. Mulay-Alí es dueño indiscutible de esas tierras y esos ríos hasta los mismísimos confines del desierto, y tú hablas de atacarle en su propia madriguera. ¡Dios bendito! Aun conociéndote como te conozco, te creía más sensata.

–Hay algo en lo que te equivocas –le hizo notar ella–. Mulay-Alí no es dueño más que del lugar en el que se encuentran sus guerreros. El resto pertenece a cada pueblo, que está asentado allí desde tiempo inmemorial. Y en estos pueblos, hoy por hoy, dominan las mujeres.

–¿Insinúas que todas las mujeres de la región se nos unirían?

–Es lo que están deseando, ya que es la única esperanza que les queda.

–¡Eso es absurdo!

–No tan absurdo –intervino muy serio el Padre Barbas–. Llevo ocho años vagando por esas tierras, y si hasta ahora he logrado salvar el pellejo es porque las mujeres me ayudan. Puede que no sean las mejores luchadoras del mundo, pero sí las más astutas, y ni una hoja se mueve en esas selvas sin que ellas lo sepan.

–Un ejército de espías nunca será un ejército.

–No desestimes a una mujer dispuesta a defender a sus hijos –le advirtió muy seriamente Celeste–. Los están viendo crecer a sabiendas de que muy pronto se los arrancarán de los brazos para esclavizarlos, y las considero muy capaces de sacarle los ojos a quien trate de arrebatárselos. –Negó con brusco ademán de cabeza–. No creo que haya existido jamás un ejército mejor motivado para alcanzar la victoria.

–De nada valen diez buenos motivos frente a un mal cañón.

–No estoy de acuerdo. Y, además, también nosotros tenemos cañones. Y de los buenos.

–Aquí. No en tierra firme.

–Un cañón siempre sigue siendo un cañón.

–¿Acaso pretendes desarmar *La Dama de Plata*?

–No. ¡Desde luego que no! –fue la rápida respuesta–. Podríamos utilizar los cañones del *Cuxhaven*, pero tampoco es ésa mi idea. –Se volvió al ex jesuita–. Por lo que me han contado, la fortaleza de Mulay-Alí se encuentra a orillas del Níger... ¿Es eso cierto?

–Es lo que dicen. Aseguran que ha levantado una auténtica ciudadela en la orilla derecha, aguas arriba.

–¿Es navegable el Níger?

Ahora sí que el silencio del asombro cayó como una losa sobre las cabezas de todos los presentes, que ni por lo más remoto osaron aceptar que lo que parecían insinuar las palabras de la muchacha pudiera ser cierto.

–¡La puta...! –exclamó al fin alguien.

–Pero ¿a quién se le ocurre...?

–A mí. Repito la pregunta: ¿es navegable el Níger?

El siempre decidido y seguro de sí mismo Pedro

Barba, que era a quien iba dirigida en concreto la pregunta, no pudo por menos que encogerse de hombros admitiendo su ignorancia.

–No tengo ni idea –musitó con un hilo de voz–. Sobre todo si te estás refiriendo a «navegable» para este tipo de embarcaciones.

–¡Naturalmente que me estoy refiriendo a este tipo de embarcaciones! ¡Imaginaos lo que significaría plantarnos ante la ciudadela de Mulay-Alí con casi ciento cincuenta cañones de gran calibre y reducirla a cenizas!

Una vez más la observaron como si se tratara de un ser llegado de otro mundo, y una vez más se miraron entre sí como preguntándose si era o no verdad que un puñado de hombres adultos y con sus facultades mentales intactas se encontraban a las órdenes de una criatura tan evidentemente desequilibrada.

–¿Estás hablando de meter un galeón y una fragata por un desconocido río africano para intentar navegar a contracorriente? –inquirió al fin un estupefacto capitán veneciano.

–¡Exactamente!

–¡Vaya por Dios! Temía haber entendido mal.

–¡Ahórrate los sarcasmos! –fue la seca réplica–. ¿Qué calado tiene este barco a plena carga?

–Entre seis y ocho metros.

Celeste se volvió hacia el navarro.

–¿Y qué profundidad mínima tiene ese río?

–Ya te he dicho que no tengo ni idea –repitió una vez más el ex jesuita–. Lo único que sé es que desemboca en un inmenso delta con docenas de brazos en algunos de los cuales la vegetación es tan espesa que ni siquiera permite distinguir el cielo. No obstante, tengo entendido que aguas arriba el cauce es ancho y profundo.

–¿Quién puede saberlo a ciencia cierta?

–Nadie que yo conozca, pero estoy dispuesto a ir a comprobarlo.

Celeste Heredia hizo una larga pausa que aprovechó para estudiar el rudimentario mapa de la zona que se extendía sobre la mesa, y al fin alzó el rostro para observar uno por uno a cuantos tenían la vista clavada en ella:

–¡Bien! –murmuró al fin–. Mi propuesta es muy simple: si existe alguna posibilidad de navegar aguas arriba para caer sobre la fortaleza de ese hijo de su madre y aniquilarla, lo intentaremos. Pero si llegamos a la conclusión de que nuestros barcos no pueden pasar por ese río, nos alejaremos de estas costas, buscaremos un lugar tranquilo en el que descansar, y volveremos cuando se hayan olvidado de nosotros. ¿Qué os parece?

–Bastante razonable para lo que nos tienes acostumbrados –admitió flemáticamente Gaspar Reuter–. Y admito que me apetecería muchísimo explorar el interior de un continente del que tanto he oído hablar, al tiempo que aprovechamos la ocasión para chamuscarle el trasero a un cerdo renegado.

La muchacha se encaró al capitán Mendaña para inquirir escuetamente:

–¿Sancho?

El aludido se encogió de hombros.

–Por lo que a mí respecta, puedo garantizar que si me colocan frente a esa fortaleza no dejaré piedra sobre piedra –masculló–. Contamos con ciento cuatro cañones de treinta y seis libras, y cuarenta y ocho de veinticuatro. Y ésa es mucha potencia de fuego; más de la que ningún maldito traficante de esclavos puede permitirse.

–¿Buenarrivo?

–Mientras tenga ocho metros de agua bajo la quilla seguiré avanzando. En cuanto baje, me echaré atrás y ni tú ni nadie me hará cambiar de opinión. Éste es un barco demasiado hermoso para perderlo en un maldito río del confín del universo.

–¿Papá?

–Me abstengo.

–Lo suponía, pero me gustaría saber tu opinión.

–¿Mi opinión? –se sorprendió el buen hombre–. Durante años todo el mundo sostuvo que estaba loco, pero ahora tengo la impresión de que soy el único cuerdo. –Alzó los brazos como para mostrar la magnitud de su incredulidad–. A estas alturas tan sólo le pido a Dios que me lleve con Él antes de ver cómo se te lleva a ti. Con eso me conformo.

–¡De acuerdo! –dijo su hija, fingiendo armarse de paciencia–. Ya conocemos tu opinión, pero como me consta que no eres ningún estúpido, no estaría de más que añadieras algo que pudiera sernos de utilidad.

–Una sola cosa –puntualizó el otro, cambiando bruscamente de tono–. Por una vez, y sin que sirva de precedente, estoy de acuerdo contigo respecto a las mujeres. Pueden sernos de gran utilidad.

La mayoría de los presentes coincidió con dicha apreciación, por lo que se decidió que tres días más tarde tuviera lugar una «Gran Fiesta de Presentación» a la que estaban invitadas todas aquellas mujeres que se mostraran dispuestas a mantener relaciones con los miembros de la tripulación de *La Dama de Plata*. No obstante, el capitán Buenarrivo especificó muy claramente a sus hombres que tal «ceremonia» tan sólo constituía un primer contacto de tipo «social», que de ningún modo debía dar paso –«de momento»– a situaciones más comprometidas.

–Lo único que tenéis que hacer es conocer a esas

muchachas, intentar simpatizar con ellas y, sobre todo, permitir que sean ellas mismas las que elijan pareja. No quiero que surja el más mínimo problema, de modo que os lo advierto: todo aquel que no cumpla mis órdenes pasará una semana en la sentina y jamás volverá a bajar a tierra.

–¿Una pregunta...? –quiso saber Jeremías Centeno, el astuto serviola que solía guardar sus monedas en una bolsa con pimienta molida–. ¿Es cierto que las negras son insaciables haciendo el amor?

–Eso es algo que tendrás que averiguar por ti mismo, hijo –fue la irónica respuesta–. Lo que sí es cierto es que, si tuviera tu edad, no me preocuparía por ello. –El veneciano rió con intención–. En último caso, avísame, e intentaré echarte una mano.

–¿Y si a dos nos gusta la misma? –inquirió un gaviero que tenía más aspecto de simio que de humano–. ¿Cómo lo resolvemos?

–El problema no está en que a dos hombres les guste la misma mujer, sino que a dos mujeres les guste el mismo hombre... –Le guiñó un ojo–. Pero tengo la impresión de que, en lo que a ti respecta, no creo que vaya a darse el caso.

–¡Nunca se sabe! Aseguran que como los negros no tienen vello en el cuerpo, a sus mujeres les atraen los tipos muy peludos.

–En ese caso, lo vas a pasar de puta madre, aunque te aconsejo un buen baño, porque una cosa es el vello y otra la mugre.

Fue a decir verdad una mañana abundante en baños, cortes de pelo, colonia barata y ropas limpias, y cuando al fin los hombres se alinearon en cubierta dispuestos a la inspección ritual que precedía a todo desembarco, Celeste Heredia no pudo por menos que sonreír levemente al advertir que, más que ante una dotación de rudos marineros, parecía encontrarse ante un grupo de impacientes chicuelos dispuestos a disfrutar de un baile de fiesta mayor.

Poco después, el contramaestre fue pasando ante ellos para obligarles a introducir la punta del dedo índice en una cacerola rebosante de infusión de ortigas, y al advertir sus aspavientos, sus violentas exclamaciones y la forma en que de inmediato comenzaban a soplarse la parte irritada, no le cupo la menor duda de que se lo pensarían mucho a la hora de transgredir las normas.

–Éste será un día muy importante para todos, y ya sabéis lo que os espera si no cumplís a rajatabla mis instrucciones –dijo Celeste al fin–. Pretendo que esa pobre gente, a la que tanto daño hemos hecho, llegue a la conclusión de que no todos los blancos somos demonios que únicamente piensan en esclavizarles. Quiero que entiendan que podemos ser sus amigos, sus hermanos, sus amantes, e incluso los padres de sus hijos, y que nada tenemos que ver con los canallas que los azotan y los encierran en atestadas bodegas para llevárselos muy lejos de su tierra. Quiero iniciar una nueva forma de convivencia entre dos razas, y quiero que cada uno de vosotros se convierta en un embajador de buena fe, del que pueda sentirme orgullosa. –Hizo una corta pausa, los fulminó con la mirada, y, subiendo el tono de voz, concluyó–: ¡Y juro por Dios que al que me decepcione, lo capo!

Un murmullo de asentimiento recorrió de inmediato la cubierta, porque hasta el último de aquellos malencarados hambrientos de sexo abrigaba la sensación de que la frágil muchacha que les hablaba era muy capaz de cumplir sus amenazas, lo que motivó que se hicieran a sí mismos la firme promesa de comportarse tal como se esperaba de ellos.

Comenzaron a descender a las falúas con el nerviosismo propio de quien sabe que se enfrenta a una experiencia nueva y totalmente diferente, y a medida que se aproximaban a tierra y distinguían con mayor nitidez los firmes pechos y las tersas pieles que les aguardaban, su expectación iba en aumento.

–¡Fíjate en aquélla...! –exclamaban–. ¡La que está bajo el árbol! ¡Qué par de tetas!

–¡Por todos los diablos! –aullaba otro–. ¡Y qué culo tiene la flaca de los collares! ¡Ésa es la mía! La he visto primero.

–¡De eso nada, pequeño! –protestaban sus compañeros a coro–. Recuerda las órdenes: deben ser ellas las que elijan.

–¡Mierda!

–No te preocupes; tocan a tres por cabeza.

–Sí, pero yo sé de más de uno que se va a llevar seis...

Como desde su puesto en el alcázar de popa, Celeste Heredia podía escuchar con toda nitidez los casi infantiles comentarios y las sonoras interjecciones, no le cupo por menos que preguntarse si el bueno del padre Anselmo, tan serio y tan estricto, pero tan humano al propio tiempo, hubiera aplaudido su iniciativa, o por el contrario le habría echado en cara que alentase abiertamente tan flagrante pecado de descarada promiscuidad.

–No es cuestión de promiscuidad –musitó para sus adentros como si intentara acallar su conciencia–. Se trata más bien de una cuestión de supervivencia.

Una semana más tarde comenzó a llover con una clásica lluvia de otoño africano: triste, monótona e incansable; lluvia de la que se diría que calaba el espíritu aún más que el cuerpo, puesto que daba la impresión de que la densa y caliente humedad no llegaba del cielo, sino que surgía de cada poro de la tierra, del aire e incluso del mar, adueñándose de los árboles, las plantas, las bestias y hasta de los seres humanos, a los que parecía exigir un extraño peaje a base de obligarles a hacer un alto en el camino y cesar de inmediato en sus labores.

Contemplar la lluvia se convertía en esos momentos en la máxima ambición de cuantos hasta poco antes desarrollaban una frenética actividad, como si dicha contemplación se hubiese transformado de pronto en la única causa digna de ser tenida en cuenta, puesto que en aquel rincón del mundo la lluvia no solamente hacía crecer la hierba, sino que obligaba a madurar las semillas de profunda nostalgia que acostumbran a dormir en lo más recóndito de todos los corazones.

Nada trae más recuerdos a la mente que una cortina de agua cayendo silenciosa, ni nada entristece más que el repiquetear de gruesas gotas contra las hojas de los árboles.

Cada hombre y cada mujer, a bordo del galeón o en tierra firme, parecía haberse trasladado de improviso a tiempos muy pretéritos, y tampoco Celeste Heredia permanecía ajena a tal fenómeno, ya que a su mente acudieron aquellos lejanos y añorados días en los que, sentada en el regazo de su madre, buscaba más allá de la lluvia la blanca barca en la que su padre y su hermano regresaban de pescar perlas.

«Las grandes perlas tan sólo salen del mar los días lluviosos», aseguraba un dicho local en recuerdo de aquella gris mañana en la que el viejo Abelardo Chirino encontró la «Luz del Caribe», que más tarde acabaría adornando una corona real. Y, debido a ello, en cuanto el amanecer amenazaba lluvia, los pescadores se hacían de inmediato a la mar confiando en que la suerte les pondría en las manos la ostra gigante que ocultaba en su interior una nueva «Luz del Caribe».

Era tradición que en tales días las mujeres se sentaran en el porche a aguardar la buena nueva que sus esposos anunciarían alzando un gallardete rojo en lo más alto del mástil, y Celeste Heredia evocaba con nostalgia aquellas largas esperas, aun a sabiendas de que siempre resultaron inútiles.

Observaba luego en silencio a los hombres que se afanaban por reparar los desperfectos de la fragata arboleada al galeón, así como las idas y venidas de unas afanosas mujeres que se esforzaban por entender cuanto se les decía con tan evidente ansia de aprenderlo todo, que no podía por menos que sentirse orgullosa de haber tomado personalmente la decisión de confiar en ellas.

Cada tripulante había aportado una camisa o un pantalón para paliar la excesiva tentación de la desnudez total, y tanto ellos como ellas parecían firmemente decididos a evitar cualquier tipo de «confraternización» que fuera más allá de los puros límites del compañerismo mientras se encontraran a bordo de las naves.

Más tarde, en tierra firme, camisas y pantalones quedaban almacenados en un minúsculo chamizo, los negros cuerpos mostraban plenamente la belleza de sus firmes carnes, y las parejas se perdían de vista en la espesura con el fin de desahogar con total libertad los anhelos contenidos a todo lo largo de una dura jornada de trabajo.

–¿Qué va a resultar de todo esto?

Celeste Heredia alzó el rostro hacia su padre, que era quien expresaba en voz alta algo que ella misma se había preguntado en más de una ocasión.

–De momento funciona –se limitó a responder.

–Pero ¿qué va a ocurrir con los niños que vengan? ¿Estarán condenados también a ser esclavos?

–¿Acaso te preocupan más por el hecho de que la mitad de su sangre sea blanca? –quiso saber–. ¿O acaso debemos imaginar que tienen más derecho a ser libres que sus hermanos nacidos de padres negros? En ese caso, tendríamos que empezar a dictar normas sobre el porcentaje exacto de sangre blanca que debe tener un niño para que no pueda ser esclavizado.

–¿Por qué te esfuerzas por enredarlo todo? –se lamentó, no sin cierta amargura, Miguel Heredia–. Se trata de una simple pregunta.

–No tan simple, puesto que al hacerla estás poniendo el dedo en la llaga –le hizo notar ella–. En los tiempos que corren, la diferencia entre ser libre o ser esclavo es casi tan grande como estar vivo o estar muerto y, sin embargo, del grado de tonalidad de una piel depende algo tan esencial para millones de seres humanos. La cuestión se centra en qué cantidad de sangre blanca tenemos que proporcionarles, y durante cuántas generaciones, para que al fin nos dignemos a aceptarlos como iguales. Dime, ¿crees que bastaría con diez generaciones?

–Supongo que sí.

–Eso significa que, en cierto modo, nos consideramos diez veces superiores a los negros. ¿Realmente consideras que uno de esos gavieros analfabetos, que si no rebuzna es porque no ha conseguido aprender, es diez veces más humano que alguien tan entrañable como Yadiyadiara?

–Yo no considero nada –replicó a la defensiva su padre–. Pero puedo advertir que algunos muchachos se encuentran preocupados por el hecho de que el día de mañana sus hijos sean convertidos en esclavos.

–Para evitarlo tan sólo existe una fórmula –fue el agrio comentario–. No fornicar, puesto que nadie puede evitar que el día de mañana un mulato sea cazado con la misma saña que un negro. –El tono de voz cambió, dulcificándose, al tiempo que Celeste extendía la mano para aferrar la de su padre–. No creas que no he pensado en ello –admitió–. Pero he llegado a la conclusión de que no debo hacer distinciones entre negros, mulatos o cuarterones, porque de lo contrario mi misión carecería de sentido.

–¿Acaso sigues pensando que tiene algún sentido?

–Pasado mañana comprenderás si tiene o no sentido.

–¿Es que se te ha pasado por la cabeza asistir a esa horrenda ceremonia? –inquirió un confundido Miguel Heredia.

–¡Naturalmente! –afirmó ella–. Y no sólo voy a asistir. Ordenaré que hasta el último hombre esté presente.

–¡Dios bendito! –se lamentó su padre–. Lo que

deberíamos hacer es impedirla, no alentarla con nuestra presencia. Es la cosa más bestial que nadie haya concebido.

–¿Y de quién es la culpa? –quiso saber Celeste–. ¿Acaso crees que es algo que hagan por su gusto? Somos nosotros los que les hemos empujado a ello, y hay que entender cuán desesperadas tienen que estar esas madres para llegar a tales extremos…

Se leía auténtica desesperación en los rostros de aquellas madres.

Dolor y desesperación.

Y miedo en los rostros de los niños.

¡Terror, sería más bien la palabra exacta!

Pero ¿qué otra cosa podían hacer?

¿Esconderse eternamente?

¿Refugiarse en lo más profundo de la selva cada vez que los guerreros de Mulay-Alí hacían su aparición?

Incluso eso resultaba ya inútil, puesto que traían perros capaces de seguir cualquier rastro en plena jungla.

En cuanto un niño cumplía doce años, su madre comenzaba a vivir con el alma en un hilo, pendiente de que en cualquier momento los traficantes hicieran su aparición en plena noche y se lo arrebataran para siempre.

No tenía dónde esconderlo.

Ni parientes a quienes enviárselo.

En ningún lugar estaría nunca a salvo, porque África, toda África, no era más que un inmenso coto de caza en el que atrapar muchachos que estuvieran en disposición de cortar caña.

Tan sólo quedaba por lo tanto una solución.

Que no estuvieran en condiciones de cortar caña allá en América.

Por eso, una vez al año, en la Costa de los Esclavos, tenía lugar la cruel Ceremonia de la Mutilación.

Por eso, una vez al año, la mayoría de los chicos que por su edad o su complexión física corrían peligro de ser raptados, se sometían de buen grado o por la fuerza al terrible trauma que significaba perder de un feroz hachazo la mano derecha.

Ya nadie pagaría por ellos.

Si ya no podían rendir al máximo empuñando un machete, ningún hacendado de Cuba, Jamaica o Brasil pagaría por ellos.

Y si ningún hacendado invertía su dinero, ningún capitán negrero malgastaría su precioso espacio a bordo con tan deteriorada mercancía.

Por eso mismo Celeste Heredia exigió que hasta el último grumete asistiera a tan cruel ceremonia.

–Quiero que veáis hasta qué extremos de desesperación hemos sido capaces de empujar a estas gentes, y quiero que entendáis de una vez por todas las razones que me obligan a hacer lo que hago –dijo con voz ligeramente trémula–. Quiero que penséis en lo que sentiríais si os vierais en la necesidad de cortarle una mano a vuestros hijos, y quiero que aprendáis a odiar a los negreros al igual que los odian esas pobres madres.

Eran hombres duros; proxenetas, ladrones, piratas e incluso tal vez asesinos, pero fueron pocos los que no volvieron el rostro horrorizados al ver caer una mano infantil sobre la arena, o los que no se estremecieron al escuchar el alarido de dolor cuando se introducía el sangrante muñón en aceite hirviendo.

–¡Hijos de puta!

–Hijos de puta, sí –insistió la muchacha–. Los mayores hijos de puta que jamás hayan existido, y es contra ellos contra los que nos enfrentamos día tras día. –Les miró de frente, retadora, y en sus ojos había tal fuego y tal ira, que más de un hombretón advirtió cómo se le erizaba el vello del cuerpo–. ¿Seguís pensando que estoy loca? –inquirió–. ¿Acaso no significa ese dolor mayor locura?

Lo significaba, en efecto, y una gran parte de la dotación de *La Dama de Plata* lo entendió así, puesto que por aquel tiempo la Ceremonia de la Mutilación de los niños africanos constituía sin lugar a dudas uno de los espectáculos más espeluznantes de que se tenga noticias a todo lo largo de la historia.

Más tarde –no mucho más tarde– los traficantes de esclavos tomaron la salvaje costumbre de cercenarle la cabeza y clavársela en la punta del muñón a cuantos chiquillos descubrían con una mano cortada, como clara advertencia de que no estaban dispuestos a que se perjudicara su «negocio» con tan absurda triquiñuela, lo que trajo aparejado que, con el tiempo, las feroces mutilaciones dejaran de tener sentido.

No obstante, en las viejas leyendas del corazón de la selva de la Costa de los Esclavos, aún perdura el recuerdo de aquellos siglos tenebrosos en los que las mujeres tenían que proteger a sus hijos, no de las enfermedades o las fieras, sino en especial de otros hombres, que contraviniendo todas las leyes de la naturaleza, se convertían en el principal azote de su especie.

Y aún perduran de igual modo ritos y recuerdos de misteriosas sociedades secretas puramente femeninas –la «Bundú» o la «Sondé»– nacidas de la necesidad de proteger a sus «crías» en unos momentos en los que los hombres o estaban al otro lado del mar, o eran «los enemigos».

Y como suele ocurrir cuando son las mujeres las que se ven en la obligación de matar, nació el culto al veneno, porque el varón es violento pero la hembra taimada, y cuando las africanas llegaron a la conclusión de que no podían enfrentarse a la fuerza de las armas, echaron mano a la astucia, buscaron aliados, y le pidieron a su vieja amiga, la serpiente, que les proporcionara los medios para aniquilar a quienes les estaban robando a sus hijos.

Debido a ello, la región continúa siendo, tres siglos más tarde, el lugar del mundo en que más tipos de ponzoña pueden encontrarse, ya que se fabrican desde la que mata en el momento de hacer el amor, hasta las que tardan meses en producir efecto, de tal modo que la víctima se va debilitando día a día hasta quedar convertida en piel y huesos.

En Ouidah, a orillas del mar, y a unas doscientas millas del punto en que se encontraba anclado en aquellos momentos *La Dama de Plata*, se alza el único templo de culto a los ofidios de todo el continente, templo que ha resistido el paso de los siglos, como mudo testigo de que las mujeres yoruba continúan decididas a poner en práctica sus asesinas artes en cuanto intenten arrebatarles nuevamente a sus hijos.

–¡Ay de quien olvide que una mujer, sea cual sea su raza, es ante todo madre! –señaló, segura de sí misma, Celeste Heredia la noche que siguió a la cruel ceremonia–. ¡Y ay de quien desprecie su fuerza! Ahora estoy más segura que nunca de que podemos contar con ellas para enfrentarnos a Mulay-Alí.

–¿Aún sigue aferrada a la absurda idea de atacarle en su propio feudo? –quiso saber Arrigo Buenarrivo.

–Más que nunca –admitió ella–. En cuanto estemos listos, pondremos proa al delta del Níger.

Ya el Padre Barbas había emprendido la marcha en su piragua con intención de explorar cada brazo del río sondeándolo punto por punto, y pese a que el veneciano continuaba mostrando su escepticismo ante la idea de que tuviesen la más mínima oportunidad de internarse en el corazón del continente, en cuanto el *Sebastián* se encontró en condiciones de navegar, Celeste Heredia dio la orden de preparar la partida.

–Nos llevaremos a unas cuarenta mujeres de las más decididas –dijo–. Embarcarán en la fragata en compañía de aquellos hombres en los que podamos confiar plenamente, y cuando lleguemos al delta, y según lo que haya averiguado el cura, actuaremos.

–¿Y qué ocurrirá si durante la travesía tenemos un mal encuentro? –quiso saber el veneciano–. Estaremos navegando con un barco inútil y el otro mal asistido.

–Rezaremos –fue la humorística respuesta. Pero de inmediato la muchacha añadió–: De todas formas, no creo que los franceses hayan tenido tiempo de llegar a Gorea, conseguir refuerzos y volver.

A la mañana siguiente la propia Celeste y la entusiasta Yadiyadiara seleccionaron a las mujeres que habrían de acompañarles y a todas ellas se les concedió una noche para que se despidieran de sus familiares, convencidas como estaban de que jamás regresarían al lugar en que habían nacido.

Sabían que iban a enfrentarse a la tribu que más odiaban y más temían –los ibos–, que iban a enfrentarse a ellos en las lejanas tierras que se abrían al otro lado de las selvas, y de las que el feroz Mulay-Alí era dueño absoluto hasta las mismísimas lindes del desierto.

Fue una noche de tambores.

Tambores que sonaban de muy distinta forma, pues se diría que desde cada poblado y cada choza les enviaban un cálido adiós a quienes se encaminaban a una muerte segura, y contemplando la enorme luna que jugaba a ocultarse entre las nubes para surgir de pronto más brillante que nunca, Celeste se preguntó por enésima vez si hacía bien arrastrando a una incierta aventura a tan inocentes criaturas.

«Tal vez esté pecando de orgullo –se dijo–. Tal vez sea ésta en verdad una labor que me supere, y no he sabido calcular mis auténticas fuerzas.»

¿Qué era lo que le esperaba en realidad a orillas del Níger?

¿Quién era exactamente Mulay-Alí, de qué cantidad de guerreros disponía, con cuantos rifles y cañones contaba, y hasta qué punto sus espías estarían al corriente de todos sus movimientos?

A menudo se planteaba si el hecho de haberlo confiado todo al poder de la fortuna que le había dejado su hermano no constituía un grave error del que muy pronto tendría que arrepentirse, visto que sus hombres, salvo media docena escasa, no eran más que simples marinos de los que nadie podría asegurar hasta qué punto estaban dispuestos a arriesgar la vida en tierra firme.

Al fin y al cabo, ¿qué les importaban a ellos los esclavos...?

Día tras día y noche tras noche le asaltaban un millón de dudas, pero cuando más confusa se sentía se aferraba desesperadamente a la idea de que si demostraba que una sola nave tripulada por gentes decididas era capaz de poner freno a la más detestable de las actividades humanas, tal vez otros hombres a los que de igual forma repugnaba aquel inmundo tráfico decidieran tomar cartas en el asunto.

«¡No es posible! –se repetía a sí misma una y otra vez–. No es posible que todo el género humano sea testigo y cómplice de tamaña injusticia. En algún lugar habrá personas compasivas que de igual modo abominen de esta barbarie.»

Pero ¿cómo encontrarlas?

Hacía ya casi siglo y medio que los barcos negreros surcaban los océanos con su macabra carga, y nadie hasta el presente había movido un solo dedo por evitarlo.

¡Siglo y medio!

¡Millones de víctimas habían sufrido tan horripilante trato, y ni un solo hombre justo parecía querer reaccionar!

¿Por qué?

¿Por qué únicamente fray Pedro María Claver, fray Anselmo de Ávila, el Padre Barbas, y algún que otro esporádico rebelde alzaban su voz en el desierto de un mar de corazones que se habían vuelto de piedra?

¿Realmente eran tan diferentes los negros?

Evocaba sus largas charlas con Yadiyadiara a la sombra del copudo mango, y se preguntaba en qué podían diferenciarse los sentimientos de la sufrida yoruba de cuantas mujeres conociera en Jamaica o Margarita, o de cuantas nacieran y murieran en aquella vieja Europa de la que tantas cosas se contaban. Al fin y al cabo, Yadiyadiara amaba a sus hijos de igual modo, añoraba a su esposo como pudiera añorarlo cualquier margariteña, y le rezaba a sus dioses con la misma fe y esperanza con que rezaban las beatas en la catedral de La Asunción.

¿Dónde estaba entonces la diferencia?

Sólo en la piel.

¿Era la piel tan importante?

¿Desde cuándo valía menos la joya que el joyero?

Si el alma de Yadiyadiara era una joya tan exquisita y delicada como pudiera serlo la suya propia, ¿por qué razón el fruto de su vientre valía menos que lo que pudiera valer algún día el fruto de su propio vientre?

Escuchó una vez más los tambores y, sin saber lo que decían, supo lo que querían decir, porque su retumbar sobre las copas de los árboles resonaba como pudiera sonar el llanto de un niño que llegara a este mundo aterrorizado por la seguridad de que un día les arrastrarían al otro lado del mar para destrozarle la espalda a latigazos hasta el momento mismo de su muerte.

Los tambores de África gemían, y Celeste Heredia los escuchó en silencio hasta que, con la primera claridad del alba, enmudecieron al unísono.

Y fue el suyo el silencio precursor de la muerte.

El silencio capaz de decir más que la más efusiva palabra.

El adiós más sentido.

Media hora después repicó una campana.

Sonó un silbato.

«¡Largar trapo...! ¡Zarpamos!»

Gavieros y juaneteros treparon ágilmente por las escalas para correr a lo largo de los marchapiés comenzando a liberar en primer lugar los pañoles de los extremos de las vergas, preparando así las naves para el momento en que el capitán ordenara izar las anclas, momento en que soltarían el paño de la cruz para que los navíos pudieran iniciar libremente su andadura.

Las mujeres yoruba abordaron la fragata, se aferraron en su puesto las falúas, y uno tras otro los dos barcos iniciaron muy lentamente su nueva singladura, rumbo a las lejanas y misteriosas bocas del Gran Níger.

Con el galeón navegando mar afuera, siempre a la

expectativa y el *Sebastián* muy cerca de la costa, atento a buscar refugio en una quieta ensenada a la menor señal de peligro, fueron avanzando con los mejores hombres en la cofa y la vista puesta en poniente durante los tres días y las tres largas noches siguientes, hasta que al fin la larga y estilizada piragua del siempre entusiasta Padre Barbas les salió al encuentro.

–¡Hay un camino! –gritó a voz en cuello antes incluso de poner el pie sobre cubierta–. ¡Hay un camino!

–¿Está seguro? –inquirió de inmediato el desconfiado Buenarrivo–. ¿Qué profundidad?

–Ocho metros por término medio –replicó el ex jesuita, ensayando una sonrisa de oreja a oreja–. El mayor problema no estará en la profundidad, sino en la anchura.

–¿Qué quiere decir con eso?

–Que las ramas de algunos árboles se nos van a meter por las orejas –señaló divertido el recién llegado.

–¿Es que se ha vuelto loco?

–¡En absoluto! –negó el otro–. Lo estoy desde hace muchos años. –Había trepado a bordo para golpear con afecto el hombro de su interlocutor en un vano intento por infundirle confianza–. No se inquiete –pidió–. Si desmontamos las vergas, conseguiremos pasar.

–¿Y cómo espera que maniobre con una nave a la que hayamos desmontado las vergas? –quiso saber el veneciano, que continuaba negándose a dar crédito a lo que estaba oyendo.

–¡No tendrá que maniobrar! –fue la rápida respuesta–. Mientras crucemos el delta, navegaremos a remo.

–¿Cuántas millas?

–Unas cincuenta.

–¡Dios nos ayude!

Al menos en esta ocasión al veneciano le asistía toda la razón en sus lamentaciones, y a punto estuvieron de saltársele las lágrimas cuando al día siguiente se encaró al sucio brazo de río por el que el navarro pretendía que hiciera avanzar las naves.

–¡No es posible! –sollozó roncamente–. ¡No es posible que este enajenado pretenda obligarme a entrar por ahí! ¡Diga que no, señora!

Celeste Heredia comprendió que aquélla era una vez más una decisión harto difícil, puesto que, como muy bien había expresado jocosamente el ex jesuita, «las ramas de algunos árboles se les iban a meter por las orejas», y nadie podía garantizar que una de esas ramas, o una gruesa raíz, no tuviera la fuerza suficiente como para perforar un casco.

Se tomó por tanto casi una hora para estudiar a fondo el problema, antes de decidirse a hablar.

–La fragata irá abriendo paso –dijo–. Y si se pierde, se perdió. Por su parte, el galeón tan sólo avanzará cuando estemos absolutamente seguros de que no corre peligro.

–¡No me sirve! –protestó de inmediato, y en buena lógica, el veneciano–. *La Dama de Plata* cala mucho más y también es más ancha.

–La aligeraremos de lastre y trasladaremos parte de su carga al *Sebastián* –fue la respuesta–. Se trata de un río tranquilo, y si no largamos velamen no necesitamos lastre... ¿O me equivoco?

–¡No, desde luego! –admitió a regañadientes Buenarrivo–. En aguas tranquilas y sin trapo al viento podemos subir cuanto queramos la línea de flotación. Bailaremos como condenados, pero no creo que corramos el riesgo de volcar.

–¡Manos a la obra, entonces!

Borda contra borda los hombres se afanaron sudando a chorros bajo una mansa lluvia que no conseguía refrescarles, trasladando la mayor parte de la carga del galeón a las abarrotadas bodegas de la fragata, al tiempo que arrojaban al agua los guijarros que componían el pesado lastre de *La Dama de Plata.* Ello les obligó a estibar de nuevo los barriles de agua que ocupaban la bodega más profunda, ya que las gruesas barricas acostumbraban a asentarse sobre los adaptables guijarros con el fin de que no rodasen sobre sí mismas durante los días de fuerte marejada o de tormenta.

Separada del mar por una ancha barra de arena cubierta de espesísimos manglares que, curiosamente, se adentraban kilómetros tierra adentro, la amplia laguna de aguas turbias en que se había refugiado constituía un seguro refugio lejos del campo de visión de quien pudiera cruzar en la distancia, y por lo tanto apenas necesitaron tomar más precaución que colocar un vigía en lo alto de la cofa del galeón, que a duras penas sobresalía por encima de las copas de las erguidas palmeras de la playa.

Hora tras hora, *La Dama de Plata* pareció ir emergiendo lentamente de las aguas al tiempo que dejaba al aire una ancha franja cubierta de algas, hasta que al fin una marca en proa advirtió que el punto más bajo de la quilla apenas se encontraba a seis metros de la superficie.

–¡Ya basta! ¡Y cuidado con inclinarse todos sobre una misma borda, o voltearemos! –advirtió el malhumorado Buenarrivo–. ¡Desmontad las vergas!

Fue de igual modo una labor ardua y compleja que dejó al antaño orgulloso navío convertido en una especie de zanquilargo y ridículo esqueleto de sí mismo, sin vergas, sin velamen, casi sin obenques, y con tan inestable equilibrio y difícil maniobrabilidad, que la más simple marejadilla en mar abierto le hubiera puesto en un gravísimo aprieto.

Por el contrario, la fragata aparecía ahora achaparrada, pesada y lenta, lo cual obligó al veneciano a dejar escapar una larga ristra de maldiciones en un pintoresco dialecto que nadie se sintió capaz de descifrar, aunque muy pocos dudaron sobre su auténtico significado.

–¡Un crimen! –concluyó al fin–. ¡Lo que se ha hecho con estos pobres barcos es un crimen que no se paga con la vida!

Pasó la noche en vela, recorriendo la cubierta como alma en pena, y alongándose a cada instante por la borda como para comprobar una vez más la línea de flotación de su amado barco, y en cuanto una tenue claridad se adivinó más allá de las copas de los árboles, se aferró a la cuerda de la campana y la agitó con furia.

–¡Arriba todos! ¡Hombres a los remos!

Sonó un silbato y, sin apenas tiempo para engullir un plato de gachas y unas galletas, los remeros saltaron a los botes, lanzaron gruesos cabos a la proa del *Sebastián*, y el viejo «salomador», un arrugado maltés capaz de improvisar cualquier tipo de canción en ocho idiomas, comenzó a hacer sonar su desafinada bandurria al tiempo que aullaba a voz en cuello.

–¡Hombres a los remos!

–¡Hombres a los remos! –repitieron de inmediato treinta voces.

–¡Marineros de agua dulce!

–¡Marineros de agua dulce!

–¡El capitán se cabrea!

Se inició la andadura.

–¡El capitán se cabrea!
–¡Pero la guapa le mea!
Los cabos se tensaron.
–¡Pero la guapa le mea!
–¿Quién manda a bordo?
La fragata inició su lento avance.
–¿Quién manda a bordo?
–¡Ni el flaco ni el gordo!
–¡Ni el flaco ni el gordo!
–¡Ni el alto ni el bajo!
–¡Ni el alto ni el bajo!
–¿Quién manda, carajo...?

Treinta voces aullaron divertidas la misma pregunta, mientras cogían el ritmo de las paladas remando al unísono.

–¿Quién manda, carajo...?
–¡La que no tiene badajo!
–¡La que no tiene badajo!

La malintencionada «saloma» habría de continuar durante horas, puesto que una antiquísima costumbre marinera establecía que, mientras el trabajo fuera excepcionalmente duro y requiriese un esfuerzo común, el «salomero» podía animar a los hombres como mejor se le antojara, y a nadie se le ocultaba que una abierta crítica a la oficialidad y una descarada burla a las costumbres de a bordo contribuían de forma inequívoca a levantar los ánimos.

Remolcar río arriba un pesado navío bajo un calor asfixiante, y por muy suave que pudiera ser la corriente, no constituía a decir verdad tarea sencilla, y por lo tanto, ni el capitán, ni mucho menos Celeste Heredia, tenían derecho a ofenderse por el hecho de que se les hubiese elegido como blanco de las puyas del maltés.

Por su parte, las mujeres yoruba habían saltado a

tierra desde el momento mismo en que fondearon en la quieta ensenada, desparramándose de inmediato por la espesa selva circundante, y al advertir la agilidad y el sigilo con que se abrían paso por entre la maleza, la dotación de los buques llegó de inmediato a la conclusión de que habían hecho una magnífica elección a la hora de aceptarlas como aliadas.

Precedida por los fieles y silenciosos guerreros del Padre Barbas –que al parecer habían explorado con anterioridad la mayor parte de los innumerables caños, ramales y arroyuelos por los que el inmenso Níger desembocaba en el mar, la abigarrada tropa que comandaba la entusiasta Yadiyadiara inició su lento avance por un peligroso territorio constituido casi en su totalidad por una sucia ciénaga maloliente e insalubre a la que habían acudido a buscar refugio quienes preferían morir en los pantanos a caer en poder de los tratantes.

El brazo de río elegido por el Padre Barbas, cubierto de nenúfares hasta el punto de que en ocasiones no se distinguía la superficie del agua, que semejaba una superficie sólida, se encontraba al parecer deshabitado, pero como el capitán Buenarrivo no se fiaba de nadie, había ordenado que los cañones se cargaran con metralla y cada hombre tuviera sus armas al alcance de la mano. A pesar de ello, y a medida que se adentraban en la espesura, su rostro se iba poniendo más y más ceniciento, pues no podía dejar de preguntarse qué ocurriría si de improviso se veían asaltados por una «panda de salvajes desnudos».

Y es que las bordas de *La Dama de Plata* rozaban las orillas hasta el punto de que al agitar las ramas de algunos árboles comenzaron a caer sobre cubierta huevos y polluelos de todo tipo de aves, y cuando al fin un par de ruidosos y descarados simios de enormes rabos se dedicaron a corretear por las jarcias del galeón a punto estuvo de darle un síncope.

–*Fuori, fuori!* –aullaba en el colmo de la excitación–. *Andate via, maledetti!*

A nadie debía sorprender que un severo capitán de la armada veneciana perdiera los nervios al ver su nave invadida de macacos, y tanto más frenético se ponía cuanto más aumentaban las risas de cuantos le veían perseguir inútilmente a unos alborotadores intrusos que se dedicaban a enseñarle amenazadoramente los dientes o hacerle cómicas muecas y carantoñas.

Para la mayor parte de aquellos hombres de mar, el inesperado viaje por el río constituía en realidad una experiencia distinta e impresionante, puesto que la jungla, la más densa, verde e impenetrable de las junglas africanas, parecía nacer sobre las mismas bordas de las naves para perderse de vista en la distancia como un muro de troncos, hojas y lianas tan compacto, que se diría que en cualquier momento se cerraría sobre ellos, devorándolos.

Millones de aves alzaban el vuelo cubriendo el cielo de gritos y colores, sorprendidas y se diría que hasta escandalizadas por el hecho de que tan extraños intrusos osaran invadir un «hábitat» que permanecía inviolado desde el comienzo mismo de los siglos.

¿Qué tenían que ver aquellas pesadas máquinas de guerra con las livianas canoas indígenas que de año en año se adentraban por las bocas del delta?

¿Quién les había dado permiso para quebrar las ramas de los árboles que se inclinaban sobre el río arrojando al agua unos nidos que habían costado tanto esfuerzo y tanto mimo construir?

¿Y por qué extraña razón venían a romper un equilibrio que la naturaleza había tardado milenios en crear?

Se escuchó un alarido.

El gigantesco y circunspecto carpintero vasco-francés se despojó por primera vez en años de su mugriento sombrero de paja para echar a correr como un loco y acabar por dar un salto impropio de su personalidad y su tamaño, quedando en cómico e inestable equilibrio sobre uno de los tambuchos de proa.

–*Mon Dieu! Mon Dieu!* –gritaba–. ¡Una víbora!

En efecto, una serpiente negruzca de más de un metro de longitud había ido a caer exactamente sobre su sombrero, y se deslizaba ahora por entre velas y cabos buscando refugio bajo la cureña de un cañón.

Se organizó una desbandada general y tuvieron que transcurrir más de diez minutos antes de que el animoso contramaestre consiguiera reunir un pequeño grupo de atemorizados voluntarios que, armados de largos garfios de abordaje, se decidieran a intentar sacar al descarado ofidio de su escondite.

–¿Es venenosa? –inquirió Celeste, que observaba la escena desde su puesto del castillete de popa.

–¿Y cómo podemos saberlo, señora? –se lamentó Silvino Peixe, que formaba parte de la «expedición»–. Para mí que en esa maldita selva todas las serpientes tienen que ser venenosas.

Costó Dios y ayuda, entre saltos, carreras y maldiciones, arrojar al agua a tan indeseada compañía, y mientras la observaban alejarse serpenteando sobre los nenúfares en dirección a la orilla, Sancho Mendaña comentó con socarronería:

–Tengo la impresión de que esta aventura va a resultar mucho más divertida de lo que imaginaba.

–¿«Divertida»? –se escandalizó Arrigo Buenarrivo–. No veo qué tiene de «divertido» que nos invadan monos y serpientes. Se supone que esto es un barco de guerra, no el «Arca de Noé».

–¡Querido capitán! –fue la respuesta–. Si perdemos el sentido del humor vamos de culo... ¿Acaso no le fascina pensar que estamos abriendo una nueva vía hacia el corazón de África?

–¡Mientras no nos abran una vía de agua...! –mascculló el veneciano–. Nadie me habló nunca de monos y serpientes.

–Pues no quiero ni imaginar qué cara va a poner en cuanto aparezca el primer gorila –sentenció el otro.

–¿Qué es un gorila?

–Un mono de casi dos metros de altura.

–¿Bromea?

–¡En absoluto! –fue la respuesta–. Pregúntele al cura. Él es quien asegura que por aquí abundan tanto como los tiburones en el mar.

El hombrecillo agitó la cabeza desconcertado, pareció perder lo poco que le quedaba de compostura, y por último se volvió a Celeste para amenazarla acusadoramente con el dedo.

–Le advierto que si un mono de dos metros cae sobre el barco, me vuelvo a casa –dijo.

–¡Toma, y yo! –fue la inmediata respuesta, que no pudo por menos que obligar a sonreír a su interlocutor–. Pero no hay por qué preocuparse –añadió–. Por lo que tengo entendido, los gorilas únicamente se suben a los árboles a la hora de dormir.

–¿Y a qué hora duermen?

–De noche, supongo.

–¡Confiemos en ello!

Continuó el avance, metro a metro y con infinitas precauciones, abriéndose paso entre ramas y plantas acuáticas, hasta que a media tarde la fragata se detuvo y el segundo oficial, que era quien estaba al mando de los remeros que halaban el *Sebastián* regresó a bordo del galeón.

–He ordenado fondear en un recodo del río ancho y despejado –dijo–. Me parece un buen lugar para pasar la noche.

–¡De acuerdo! –replicó con un leve gesto de asentimiento el veneciano–. Cuanto más lejos nos encontremos de los árboles, mejor.

–Eso creía yo –puntualizó el otro–. Aunque hay algo que debería ver antes de tomar una decisión.

–¿Y es...?

–¡Mejor ni se lo cuento!

Aguardaron expectantes hasta el momento justo en que *La Dama de Plata* viró para situarse tras la popa de la fragata, puesto que tan sólo entonces pudieron distinguir con toda nitidez el largo playón que se formaba en el extremo más abierto del amplio recodo, y que aparecía literalmente alfombrado por dos docenas de gigantescos cocodrilos, algunos de los cuales superaban fácilmente los cuatro metros de longitud.

–¡La madre que los parió! –no pudo por menos que exclamar el estupefacto Sancho Mendaña–. ¡Qué monstruosidad!

El veneciano tardó en reaccionar.

–¿Y tenemos que dormir en compañía de esas bestias...? –quiso saber.

–Supongo que, a no ser que sepan subir por una escala de cuerda, no corremos peligro –le hizo notar Celeste.

–¿Y quién asegura que no saben?

Gaspar Reuter, que se había unido al grupo y observaba con idéntico estupor el impresionante espectáculo, agitó la cabeza con gesto de incredulidad.

–Nunca he visto nada parecido –masculló–. ¡Pero ojalá todos nuestros enemigos fueran de ese tamaño!

–¿Qué quiere decir con eso? –quiso saber Sancho Mendaña.

–Que empiezo a tener la impresión de que en estas ciénagas el peligro no vendrá nunca de gorilas o caimanes gigantes, sino de fiebres y miasmas, que a la larga hacen más daño que todas las fieras de la selva.

–No obstante –puntualizó el Padre Barbas–, hace tiempo que llegué a la conclusión de que quien ha logrado sobrevivir en un clima como el de Jamaica, no tiene por qué temerle al clima africano. Aquí caen como moscas los blancos europeos, no los blancos americanos.

–¿Y en qué se diferencian? –quiso saber Celeste.

–En el hábito, imagino –puntualizó el navarro–. Y no me refiero al hábito de vestir, sino el de comer, beber, y sobre todo soportar las picaduras de los mosquitos. Los mosquitos de África, incluso los de estos cenagales, son simples aficionados, frente a los mosquitos jamaicanos, de los que ya el mismísimo Cristóbal Colón aseguró que eran el más cruel enemigo a que jamás se había enfrentado.

Tal vez, en efecto, los mosquitos de la región fueran como aseguraba el buen Padre Barbas, «simples aficionados», pero lo que sí resultó evidente es que constituían una auténtica legión, que se hizo presente en cuanto el sol comenzó a ocultarse tras las copas de los árboles.

Constituyó no obstante un momento mágico en el que la espesa selva pareció explosionar de vida, puesto que miles de aves de todas las formas y colores cubrieron el cielo al tiempo que miríadas de gigantescos murciélagos, que habían permanecido colgados boca abajo en las ramas más altas, se lanzaban al aire a la caza de insectos.

Poco después, una estruendosa orquesta nocturna iniciaba la tarea de afinar sus instrumentos a base de cantos, llamadas, graznidos y rugidos, hasta el punto de que podría creerse que durante las horas diurnas la vida de la jungla había decidido permanecer aletargada, y era ahora, con la huida del sol hacia poniente, cuando la mayor parte de sus criaturas optaban por abandonar sus oscuras guaridas.

Los enormes cocodrilos se deslizaron perezosamente hacia las quietas aguas, grandes peces saltaron al aire a la caza de libélulas, y ya con la noche a punto de vestirse totalmente de luto, un pintado leopardo hizo su aparición en la ribera y se quedó muy quieto, observando entre pensativo e indiferente a quienes habían irrumpido de forma tan desconsiderada en sus dominios.

Una hora más tarde las luces de a bordo sacaban destellos de carbón de los ojos de los caimanes que sobresalían apenas sobre la superficie del río, con lo que todo cobró un aspecto casi fantasmagórico, pues resultaba, no ya sorprendente, sino incluso absurdo, que dos naves concebidas para navegar por el profundo océano se encontraran fondeadas en el centro de un estrecho brazo de río, en el mismísimo corazón de un casi inexplorado cenagal.

Tumbada sobre el enorme lecho tallado en madera de ébano, y protegida por un grueso mosquitero, Celeste Heredia permaneció despierta durante horas, escuchando las voces de la selva, y preguntándose por enésima vez qué clase de obsesión enfermiza le empujaba a poner en peligro su vida y la de cuantos habían decidido seguirla hasta el mismísimo confín del universo.

–¿Qué hago aquí? –inquirió en voz muy queda una vez más.

Y, una vez más, no obtuvo respuesta.

Jean-Claude Barrière, al que hacía ya muchos años que nadie se atrevía a llamar así, estaba furioso.

Y cuando Mulay-Alí se enfurecía, miles de hombres, mujeres y niños temblaban.

Y lo peor del caso estribaba en el hecho, poco frecuente, de que los violentos y temibles arrebatos de ira de Mulay-Alí, se encontraban en esta ocasión plenamente justificados.

Manejaba un imperio, pero dicho imperio se sustentaba sobre la base de un fluido intercambio comercial mediante el cual sus hombres conseguían esclavos en el corazón de África y los conducían a la costa, donde unos ansiosos capitanes negreros se disputaban tan preciada mercancía abonando en ocasiones más de cien veces su valor inicial.

Con ese dinero mantenía su ejército y pagaba a los reyezuelos que organizaban las guerras que le proporcionaban la mercancía humana, al tiempo que aumentaba el número de sus concubinas y el tamaño de su hermosa ciudadela, que llevaba camino de convertirse en el enclave humano más importante de la margen derecha del Níger.

Pero he aquí que ahora, en la antaño frecuentada costa, no se agolpaban las naves aguardando esclavos, nadie pagaba por ellos y, como no podía devolverlos a sus lejanos lugares de origen, se veía obligado a alimentarlos día tras día, sin que nadie fuera capaz de asegurarle cuándo volverían a fondear en las tranquilas radas los anhelados compradores.

Y un esclavo joven y fuerte comía mucho.

Y si no se le alimentaba bien, pronto dejaba de ser fuerte.

Y si ya no era fuerte, el día de mañana nadie pagaría ni una guinea por él. Y la guinea de oro era la moneda que acuñaban los ingleses para abonar con ella el precio de un esclavo guineano.

Mantener durante meses a más de dos mil muchachos a la espera de que quizá algún día regresaran los negreros constituía a todas luces un negocio ruinoso, y Jean-Claude Barrière no estaba acostumbrado a los negocios ruinosos.

De su padre, el diminuto, astuto y cruel Gaston Barrière, había aprendido, siendo casi un niño, que en el difícil negocio de la Trata, la única regla válida era la de procurar ganar muchísimo dinero aunque fuera pasando sobre el cadáver de su propia madre.

Mulay-Alí nunca conoció a su madre, pero siempre sospechó que su padre, Gaston Barrière, la vendió, como una esclava más, en el momento en que se cansó de ella.

Y es que, a decir verdad, Gaston Barrière había vendido a todas sus amantes, e incluso a la mayor parte de sus hijos.

¡Tenía tantos!

Gaston Barrière había llegado en la primavera de 1642 a la maciza y majestuosa Casa-Mar como administrador plenipotenciario de la Compañía Marsellesa del África Occidental, y desde el momento mismo en que desembarcó en su resbaladiza escalinata de piedra, debió decidir que nadie le sacaría de allí más que muerto.

Y es que por aquel tiempo Casa-Mar era aún una construcción moderna e impresionante; un auténtico castillo medieval alzado a pico sobre las olas que batían furiosas contra su espalda, y sobre las tranquilas aguas de la inmensa bahía que se abría ante ella, ya que había sido levantada sobre un altivo islote solitario que dominaba, como un vigía natural, la tan deseada Costa de los Esclavos.

Fortines semejantes habían sido edificados por franceses, holandeses, ingleses y portugueses a todo lo largo de las costas africanas, desde los límites del desierto a las espesas selvas de Angola, pero ninguno ofrecía tantas facilidades para la trata de negros como Casa-Mar, ni ninguno un emplazamiento tan perfecto.

Con gruesos y lisos muros de más de treinta metros de altura erizados de troneras por las que asomaban las amenazadoras bocas de más de medio centenar de cañones de grueso calibre, ni toda una escuadra, ni aun un ejército de suicidas, hubiera conseguido poner siquiera pie en la inexpugnable fortaleza, por lo que Casa-Mar era en sí misma un minúsculo reino.

El ladino y ambicioso Gaston Barrière lo entendió así de inmediato, por lo que no tardó más que un año en romper sus vínculos con la casa matriz «coronándose» como único e indiscutible monarca de la roca, ya que a cuantos se mostraron dispuestos a secundarle los corrompió, y a cuantos hicieron el más mínimo ademán de oponérsele los arrojó desde lo alto de los muros para divertirse observando cómo los despedazaban los tiburones.

Por último, envió emisarios a los reyezuelos y tratantes árabes del interior del continente, puntualizando que estaba dispuesto a pagar el doble de lo que se pagaba con anterioridad por los esclavos, y que además abonaría una jugosa cantidad en metálico por toda linda virgen que se incluyera en el lote.

En los años que siguieron, miles de jóvenes esclavos pasaron por los «almacenes» de la grandiosa factoría, y centenares de tiernas adolescentes pasaron del gigantesco lecho del corso a los de sus incondicionales y agradecidos «súbditos».

Fueron tiempos gloriosos.

Las naves llegaban de Europa cargadas de vinos, ron, muebles, vajillas de plata, guineas de oro, lujosos vestidos y todo cuanto un ser humano pudiera desear, para partir con las bodegas rebosantes de «Madera de Ébano» de primera calidad, tras un par de semanas de sexo, risas y alegría en los fastuosos salones de una en apariencia austera fortaleza, cuyo interior más bien semejaba un disparatado lupanar.

En aquel podrido ambiente nació y se crió el que con el tiempo llegaría a ser todopoderoso Rey del Níger; un mundo en el que proliferaban los hombres borrachos, las mujeres desnudas y las parejas que hacían impúdicamente el amor en cualquier parte; un mundo de decadencia, corrupción y colectiva locura, en el que tan sólo se imponían dos reglas de oro: siempre debía haber diez hombres de guardia en la inexpugnable azotea, y nunca se debía permitir que las reservas de agua dulce descendieran de un determinado nivel.

En este último detalle el viejo Gaston Barrière se mostraba tan estricto e irreductible, que la única entrada al inmenso aljibe tallado en la roca que ocupaba toda la parte inferior de la fortaleza se encontraba en el centro mismo de su dormitorio, y nadie tenía acceso a ella bajo ninguna circunstancia.

Los techos tenían que estar siempre barridos, y los canalones limpios y expeditos para que la lluvia corriera libremente hacia el aljibe, y si al principio de la estación seca éste no se encontraba lleno a rebosar, los «negros» de la casa se veían obligados a ir a buscar agua a los ríos de la costa, puesto que si a algo le tenía terror el corso era a la idea de que llegara un día en que pudiera faltarle su adorada agua de lluvia.

–En África, la muerte se esconde en el agua –repetía una y otra vez de forma obsesiva–. La muerte se esconde en el agua, pero a mí ese agua nunca me matará.

Lejos de la costa y sus mosquitos, con un clima relativamente agradable gracias a la suave brisa marina y a una inteligente construcción a base de gruesos muros y angostas troneras que permitían circular libremente el aire, la vida en Casa-Mar nada tenía en común con la vida en el continente, por lo que el decidido corso parecía más que dispuesto a conseguir que su reino continuase siendo, como en realidad era, una isla alejada del mundo.

Y durante las horas más calurosas de los más calurosos días, cuando ni siquiera la más leve brizna de viento refrescara el interior de su inmenso «palacio», se encerraba en su alcoba, levantaba la cuadrada trampilla protegida con un grueso candado que daba acceso al aljibe, dejaba caer una escala de cuerda y se sumergía hasta el cuello en un agua dulce, helada y limpia en la que le gustaba permanecer hasta que las yemas de los dedos se le arrugaban.

–¡Esto es vida! –solía mascullar mientras se adormilaba con la nuca apoyada en la escala–. ¡Esto es vida!

Y le agradaba doblemente el baño, puesto que en el fondo de ese aljibe guardaba celosamente las miles de guineas de oro que había ido atesorando a lo largo de toda una vida de comerciar con seres humanos.

Flotar sobre ellas le producía una morbosa satisfacción y de igual modo le fascinaba hacer descender un farol hasta rozar la superficie de las cristalinas aguas, de tal forma que el dorado brillo de la ingente cantidad de monedas que se desparramaban por el fondo se reflejara, multiplicándose en mil maravillosos destellos, sobre las paredes de negra roca.

Dormía luego sobre sus más preciadas riquezas –agua y oro– convencido como estaba de que mientras fuera dueño de ambas cosas, ningún mal podría acecharle.

Su hijo Jean-Claude –¡tantos había tenido con tantas mujeres diferentes!– alcanzó un buen día la pubertad, consciente de que nadie significaba absolutamente nada para su avaro progenitor, y él mismo no era más que uno de los incontables chicuelos zarrapastrosos que pululaban por patios y terrazas a la espera de que algún día, en uno de aquellos múltiples momentos en los que la mente de su padre se nublaba por efectos del alcohol, el miserable tirano le vendiera a cualquiera de los ansiosos capitanes negreros con los que solía compartir sus largas y ruidosas francachelas.

Había visto cómo muchos de sus hermanastros emprendían el largo viaje sin retorno, y cómo sus hermanastras que se encontraban ya «demasiado usadas» eran regaladas a los marineros o abandonadas a su suerte en la costa, por lo que jamás se hizo ilusiones respecto a su futuro, pese a que en más de una ocasión el mismísimo Gaston Barrière hubiese asegurado que se trataba de «su hijo favorito», puesto que había nacido con la piel algo más clara que el resto.

Cuando en cierta ocasión el sucio mocoso se

atrevió a preguntar dónde se encontraba su madre, el desconcertado corso se limitó a observarle como podría haber mirado a un chimpancé que de repente hubiese roto a hablar.

–¿Y cómo diablos quieres que lo sepa? –fue la agria respuesta–. No era más que una negra.

Mulato o negro, no existía en verdad diferencia, y si existía poco importaba a los amos de Casa-Mar, todos blancos, la mayoría franceses, y hasta el más mísero e ignorante convencido de que el cabello liso y la tez clara le convertía en un semidiós en aquel perdido rincón de un continente de malolientes bárbaros.

Debido a ello, y plenamente seguro de que su futuro pasaba por las bodegas de una bricbarca negrera, una calurosísima mañana que había seguido a una noche de ron y mujeres especialmente agitada, Jean-Claude Barrière aprovechó el momento en que su padre acudía a despedir al bronco capitán con el que había compartido tan magnífica velada para introducirse en su inmenso dormitorio ocultándose en el arcón en que solía guardar los lujosos ropajes que reservaba para las fastuosas ceremonias con que en ocasiones pretendía impresionar a sus huéspedes.

Aguardó pacientemente a que el agotado anciano regresara, cerrando como siempre la pesada puerta de cedro a sus espaldas, y contuvo el aliento hasta que al fin escuchó el inconfundible chapoteo del agua al ser agitada.

Se deslizó entonces con todo sigilo fuera de su escondite, se arrastró como una serpiente hasta la entrada del aljibe y asomó apenas la cabeza oteando hacia abajo.

Allí estaba el odioso viejo, flotando de espaldas, con los ojos cerrados y la nuca apoyada en la escala de cuerda, disfrutando de su oro y su agua, y permitiendo que los vapores de la feroz borrachera abandonaran poco a poco su mente.

En silencio, el futuro Rey del Níger extrajo de la cintura un afilado machete y con todo cuidado fue cortando muy despacio los dos extremos de la escala.

Cuando ésta cayó al vacío, Gaston Barrière alzó el rostro, súbitamente despejado.

–¿Qué ocurre? –inquirió alarmado, y al observar cómo el rapaz le contemplaba desde lo alto, añadió con acritud–: ¿Qué coño haces ahí?

–Impedir que me vendas –fue la respuesta.

–¿Quién ha dicho que voy a venderte? –quiso saber el otro.

–Nadie –admitió su hijo–. Pero no necesitas decirlo, ya que dispones a tu antojo de la gente. –Le guiñó un ojo con picardía al tiempo que se inclinaba para apoderarse del otro extremo de la trampilla–. Pero eso se acabó.

–¿Qué vas a hacer?

–Dejarte ahí dentro hasta que te ahogues, aunque, según tú, el agua es vida.

–¿Serás capaz de asesinar a tu propio padre? –fingió escandalizarse Gaston Barrière en un desesperado intento de salir con bien de tan difícil trance.

–¡Naturalmente! –fue la sincera respuesta–. Y te juro que jamás volveré a matar a nadie con tanto placer.

–¡Te veré en el infierno!

–Puedes estar seguro.

Cerró, dejándole sumido en las tinieblas, echó el pesado cerrojo, ajustó el candado y escondió en un jarrón la llave.

Luego se encaminó sin prisas a una pesada mesa de caoba, abrió un pequeño cajón y se apoderó de las dos hermosas pistolas de cachas de nácar que el tirano solía lucir cuando quería demostrar la magnitud de su poder.

Con ellas en la mano se encaminó a la habitación en que roncaba el segundo en el mando de la Casa, un libidinoso turco de cara de grulla, le colocó un cojín sobre la cara y le voló los sesos.

En un estrecho pasillo se topó de frente con un gordo y mantecoso danés al que abrió en silencio las tripas de un machetazo, y a dos griegos que se cruzaron poco después en su camino los degolló por la espalda sin darles tiempo a reaccionar.

A continuación trepó de puntillas por la empinada escalinata de piedra, para atrancar por dentro la gruesa puerta de hierro que daba acceso a la azotea, y por último reunió a una docena de sus hermanastros para conducirlos hasta la armería, donde les entregó un fusil a cada uno.

–Ahora somos los amos –dijo–. ¡Acabad con los blancos!

No quedó ni uno vivo, aunque los últimos, los diez centinelas de la azotea, se hicieron fuertes en ella, hasta que al tercer día la sed les obligó a lanzarse al vacío en un absurdo intento de ganar a nado la lejana costa.

La fatiga y los tiburones dieron buena cuenta de ellos.

Fue así como acabó la tiranía del Rey de Casa-Mar y comenzó la de su hijo, el futuro Rey del Níger, ya que el hecho de haber aniquilado a sus amos no significó, en absoluto, que los hermanos Barrière tuvieran la más mínima intención de poner fin al productivo tráfico de esclavos.

Para ellos, y pese a tratarse de mulatos que apenas se diferenciaban gran cosa en el color de la piel de sus vecinos de la costa, los «negros» continuaban siendo una valiosa mercancía que los capitanes blancos estaban dispuestos a pagar sin importarles qué color de piel tenía quien se los vendiera, y por lo tanto Casa-Mar continuó siendo un centro de intercambio tan importante como lo fuera en vida de su aborrecido padre.

Lo único que cambió fue la forma de pago de la preciada carne humana, puesto que ya Jean-Claude Barrière no exigía delicados vinos, lujosos vestidos, vajillas de plata o pesados muebles, sino únicamente monedas de oro o las mejores y más modernas armas que pudieran encontrarse en el mercado.

Al cumplir los diecisiete años aún no había puesto el pie en tierra firme, ni había visto de cerca un árbol, pero se estaba preparando a conciencia para el día en que decidiese lanzarse al asalto de todo un continente.

Era un muchachito ambicioso y listo.

Tan ambicioso y listo, que comprendió muy pronto que la Trata se encontraba en manos de capitanes blancos y mercaderes árabes, y como resultaba evidente que jamás podría transformarse en capitán blanco, pero un gran número de negros de raza fulbé, convertidos al islamismo, eran considerados como iguales por los mercaderes árabes, decidió que había llegado el momento de declararse públicamente ferviente discípulo de Alá.

Fue así como de la noche a la mañana pasó a exigir que le llamaran Mulay-Alí, siervo de Alá el Grande, Único y Misericordioso, y azote de infieles.

Y en su apasionada conversión arrastró consigo a la mayor parte de sus hermanastros, esbirros, esposas y concubinas, puesto que una de las primeras decisiones que tomó en el momento de hacerse con el poder fue arrojar al mar las barricas de vino de su padre, pero no a sus amantes.

Poco después mandó venir de la lejana Ibadán a un conocido santón al que colmó de riquezas a cambio de sabiduría, y por último le pagó su peso en oro a un coronel escocés, con el fin de que adiestrara en las artes de la guerra a unos «voluntarios» que se veían obligados a desplegarse en los estrechos límites de la almenada azotea.

El escocés, que había sido degradado el mismo día en que se demostró que le gustaban mucho más los soldados que el ejército, había acudido a África atraído por el aroma de carne joven y «apetitosos corderitos negros a la espera de que los devoren», por lo que vio el cielo abierto ante la oportunidad que se le brindaba de tener al alcance de la mano toda la carne joven y todos los corderitos negros que pudiera desear.

Alto, grueso, casi inmenso y en verdad ridículo con su faldita a cuadros, su inmaculada blusa blanca y un enorme turbante de color violeta que solía anudarse con un pomposo lazo al estilo de las matronas yorubas, el ex coronel Ian Maclein se convirtió de inmediato en la primera «madraza» blanca de las muchas que siglos más tarde tomarían África al asalto, pero demostró desde el primer momento que conocía a fondo su oficio, y que cuando dejaba de «pasearse» a cuatro patas para erguirse mostrando su envidiable estatura, era en verdad un hombre de pelo en pecho.

Su fusta, curtida al sol de una larga cola de rayamanta, sus enormes manazas y las bruñidas pistolas que lucía al cinto y que disparaba con endiablada puntería, impusieron en cuestión de días la más férrea disciplina entre los «soldados» que Mulay-Alí solía «reclutar» entre los esclavos, ya que para estos últimos, la elección entre ser marcados a fuego en el pecho y embarcados rumbo a un mundo desconocido del que jamás nadie volvía, o ser marcados en el antebrazo y pasar a formar parte de la elite de una futura fuerza expedicionaria bien armada y mejor alimentada, no ofrecía grandes dudas.

Como al propio tiempo el ladino mulato se había preocupado de ir acumulando todo tipo de información sobre cuanto habría de encontrar en «tierra firme» por el sencillo método de interrogar sin miramientos a los esclavos, o sonsacar con argucias a los tratantes árabes, a los dos años de la terrible muerte de Gaston Barrière, su hijo se encontraba en disposición de abandonar al fin la pelada roca en la que había transcurrido hasta esos momentos su difícil existencia.

Fletó media docena de naves negreras de las que habían acudido a buscar mercadería y exigió que le desembarcaran en las abiertas playas de Cotonou, desde donde cayó, como un halcón, sobre el desprevenido poblado lacustre de Ganvié, cuyo poderoso rey, Kujami-Sawam, ni siquiera podía imaginar que un millar de hombres magníficamente armados se precipitarían de improviso sobre la que estaba considerada como la ciudad más segura del continente.

Y es que Ganvié, alzada sobre pilotes como una rudimentaria Venecia en el centro mismo de un lago tapizado de altos cañaverales que lo convertían en un dédalo de recodos y canales, tenía justa fama de ser uno de los lugares más inaccesibles del planeta, al que ningún enemigo podía aproximarse ni tan siquiera hasta el punto de distinguir de lejos sus altivas edificaciones.

No obstante, una nutrida armada de largas piraguas patroneadas por veinte esclavos de su propio pueblo que Kujami-Sawam había vendido tiempo atrás a un mercader «hausa», sortearon sigilosamente los mil vericuetos de la enorme laguna, y se plantaron frente a la hermosa ciudad lacustre en el momento en que la práctica totalidad de sus habitantes dormía plácidamente bajo el tórrido calor de un agobiante mediodía.

Fue una auténtica masacre.

A las tres horas, la sangre de doscientos guerreros yorubas teñía de rojo los canales de la ciudad, y el antaño altivo y poderoso Kujami-Sawam colgaba cabeza abajo de la viga principal de su rústico palacio observando impotente cómo sus treinta mujeres y sus cuarenta y cinco hijas eran repetidamente violadas y golpeadas por una brutal pandilla de salvajes.

Al día siguiente, Mulay-Alí ordenó que lo arrojaran a una gran jaula que se alzaba justo sobre la superficie del agua, y en la que una veintena de hambrientos cerdos gruñían y chillaban.

Kujami-Sawam tardó casi media hora en expirar, lo hizo cuando ya gran parte de su cuerpo se encontraba en los estómagos de las bestias, y aún hoy, tres siglos más tarde, se recuerda su muerte como la más terrible agonía que tuviera jamás un rey de la región.

A partir de ese día el poblado lacustre de Ganvié se convirtió en la primera capital del naciente imperio de Mulay-Alí, cuyos ejércitos, siempre al mando del eficaz y expeditivo Ian Maclein, se fueron internando más y más en los territorios circundantes, de donde regresaban empujando ante sí largas hileras de negros encadenados.

Se permitía elegir su futuro a los más idóneos, se cambiaba el resto por oro, fusiles, pólvora y cañones, y se iniciaba de inmediato una nueva *razzia*, lo que acabó por conducirles a las mismísimas orillas del Gran Níger.

–Aquí está el futuro –sentenció el astuto escocés en cuanto recorrió con la vista la inmensa vía de agua–. Si continuamos en Ganvié nunca seremos más que cazadores de esclavos, pero si nos establecemos aquí levantaremos un auténtico imperio, ya que ésta es la arteria por la que fluye la vida de la región.

Mulay-Alí tardó cuatro meses en decidirse a abandonar el mundo acuático de Ganvié en el que se sentía a gusto, y cuando al fin dio el primer paso lo hizo empujado por el convencimiento de que si no lo daba, su propia gente acabaría por abandonarle a su suerte en su frágil reino lacustre.

–Cuando un hijo crece, tenemos que proporcionarle nuevas sandalias –le hizo notar aquel sabio santón que se había traído de Ibadán–. Y si no crece, pronto se anquilosa y muere. Si en verdad quieres ser rey, ponte al frente de tus ejércitos y avanza. Si no lo haces, otro avanzará por ti.

–¿Quién?

–¿Qué importa quién? –mascullό de mala gana el anciano–. Cuando alguien es tan estúpido como para dejar escapar el poder, siempre hay otro dispuesto a apoderarse de él, y por definición, la traición jamás llega de aquel de quien sospechas, sino de aquel que menos imaginas.

–Supongo que a mi viejo jamás se le pasó por la cabeza la idea de que sería «su hijo preferido» el que le encerrara en su propio aljibe –admitió Jean-Claude Barrière sonriendo muy levemente, cosa extraña en él, para inquirir, como si estuviera refiriéndose a algo que carecía por completo de importancia–. ¿Crees que se ahogó, o que murió de frío?

–Ni una cosa ni otra –sentenció el anciano–.

Murió porque Alá decidió que había llegado su hora.

–Fui yo quien le encerró allí dentro.

–Pero Alá quien le quitó la vida. ¡Recuérdalo! Si Él no quiere que alguien muera, ni siquiera tú puedes matarle.

–¿Y qué ocurriría si en este mismo instante te cortara la cabeza?

–Que estarías cumpliendo Su voluntad, puesto que eso significaría que ha dispuesto que éste sea el último día de mi vida.

–En ese caso, yo no tendría que responder por tu muerte, ya que me vendría ordenada.

–Alá no ordena. Te concede libertad para actuar, pero como lo sabe todo, sabe cuál va a ser tu comportamiento.

–Entonces, ¿sabe si voy a marchar o no sobre el Níger?

El anciano asintió, seguro de sí mismo.

–Lo sabe.

–¿Y tú? ¿También lo sabes?

–También.

–¿Acaso Alá te lo ha revelado?

–En absoluto. Me lo has revelado tú. Si después de tanto tiempo no supiera cómo vas a reaccionar, no tendrías razones para mantenerme a tu lado.

–No me gusta la idea de que alguien, ni siquiera tú, sepa de antemano lo que voy a hacer –sentenció Mulay-Alí–. Me vuelve vulnerable.

–Más vulnerable me vuelve a mí –replicó el otro.

El mulato observó con curiosidad a su viejo maestro, analizó con especial detenimiento el auténtico significado de tal respuesta, y por último dejó escapar una corta carcajada.

–¡Razón tienes! –admitió–. ¡Mucha razón!

Una semana más tarde sus «ejércitos» abandonaron el poblado lacustre de Ganvié para iniciar una larga marcha a través de selvas, ríos, pantanos, montañas y praderas, aunque evitando en lo posible enfrentarse a las bien pertrechadas tropas del poderoso rey de Abomey, así como aproximarse a las populosas ciudades de Ibadán y Benín, por expreso deseo del santón.

Los hombres de Mulay-Alí, a cuya cabeza solía marchar el escocés Ian Maclein seguido de media docena de gaiteros indígenas a los que en Edimburgo habrían ahorcado bajo la acusación de crímenes de «lesa música», se fueron abriendo paso a sangre y fuego por las tierras de los yorubas y más tarde de los ibos, aprovechando el viaje para apoderarse del mayor número posible de esclavos y exigir a los jefezuelos locales fidelidad absoluta al que parecía destinado a convertirse en monarca indiscutible de la región.

Cinco mil guerreros magníficamente pertrechados y sesenta cañones de mediano calibre, que casi siempre se veían obligados a transportar a hombros, constituían a decir verdad una formidable fuerza que no iba dejando a su paso más que campos arrasados, pueblos incendiados y familias destruidas, ya que los jóvenes eran encadenados de inmediato mientras que los ancianos o los niños morían o se les abandonaba a su suerte dependiendo del humor de que se hubiera despertado esa mañana el mulato.

Cuando la agotadora marcha, cargando cañones o cajas de municiones, derrengaba a los porteadores obligándoles a rodar por el suelo completamente exhaustos, Mulay-Alí ordenaba que se les introdujera una guindilla picante en el ano con el fin de que se pusieran en pie en el acto, y si con tan expeditivo y feroz remedio no se obtenían resultados, indicaba que se les cortara el cuello de un seco machetazo.

La historia asegura que durante los tres siglos en que la Trata alcanzó su máximo esplendor, más de cien millones de africanos sufrieron de una forma u otra sus terribles consecuencias, y si bien esa cifra resulta a estas alturas harto difícil de confirmar, lo que sí es evidente es el hecho de que la brutalidad de que hizo gala el mulato Jean-Claude Barrière a todo lo largo de su malhadado viaje a través de las tierras del golfo de Guinea, quedó en la memoria de sus habitantes como un hito nefasto en la excesivamente nefasta historia de crueldades de la región.

Un mundo dominado desde tiempo atrás por el terror conoció de improviso lo que significaba imponer el terror a los aterrorizados en un bestial intento de rizar el rizo de la más absurda violencia, hasta el extremo de que hubo quien reconoció que el hecho de que le arrojaran a un hediondo barco para enviarle a morir al otro lado del océano era ya de por sí una hermosa liberación.

En las iconografías de las culturas ibo, fulbé, bamileké y yoruba aún es posible encontrar tallas y pinturas en las que se distingue al Rey del Níger apoltronado en un sillón que cargan a hombros veinte esclavos, empuñando en una mano una lanza y en la otra una antorcha, como inequívocos símbolos de la destrucción y la muerte que dejaba a sus espaldas.

Fue como una maldición divina; un auténtico arcángel del dolor que, tras alcanzar, cuatro meses más tarde, el punto elegido por el escocés, obligó a los esclavos a trabajar día y noche en la edificación de una altiva fortaleza para acabar por emplazar en lo alto sus cañones y coronarse a sí mismo soberano indiscutible de un imperio que jamás admitiría fronteras en ninguna dirección.

Pero he aquí que ahora, doce años más tarde y cuando se encontraba en la cima de su gloria y su poder, un estúpido navío estaba a punto de poner fin a su imperio por el sencillo método de bloquear sus principales vías de abastecimiento.

Y el mulato sabía, mejor que nadie, que sin el temido, moderno y poderoso armamento europeo, su fuerza se debilitaba como se derretía la cera puesta al sol.

–Pero ¿por qué lo hacen? –inquirió una vez más encarándose al escocés Maclein que se encontraba de igual modo terriblemente inquieto por la falta de municiones–. ¿Qué es lo que pretenden?

–Acabar con el tráfico de esclavos –fue la respuesta.

–Pero ¿por qué? Ni siquiera son negros.

–Por lo visto hay blancos a los que no les gusta que otros hombres sean esclavos –le hizo notar su interlocutor alisándose cuidadosamente la faldita a cuadros tal como tenía por costumbre cuando se impacientaba–. Ni siquiera los negros.

–¡No es posible! –sentenció el mulato convencido de sus razones–. Por lógica, tan sólo un esclavo puede estar en contra de la esclavitud. Tiene que existir algún otro motivo.

Pero por más que buscaba y preguntaba no encontraba respuestas convincentes al hecho de que a ciertos seres humanos no les apeteciera en lo más mínimo ser dueños de la vida y la libertad de otros seres humanos.

Sobre todo, si eran negros.

Aquello no estaba en consonancia con cuanto había visto y aprendido desde niño, y el hecho de no poder entenderlo le enfurecía.

Yadiyadiara había perdido a su padre, su marido, tres hermanos, tres hijos y un incontable número de parientes a manos de los negreros.

Y cuando un ser querido muere, deja tras sí un gran vacío y un profundo dolor que tarda en cicatrizar, pero cuando se sabe que ese ser querido está muy lejos y tal vez peor que muerto, puesto que le obligan a padecer todas las penas del infierno, el vacío y el dolor se transforman en una sorda rabia y una desesperante impotencia que invita a sacar los ojos y arrancar la piel a tiras a los culpables de tamaña desgracia.

La primera vez que los cazadores de esclavos arrasaron su aldea para llevarse a su padre y a su hermano mayor, Yadiyadiara tenía siete años. La segunda, apenas había cumplido los doce, pero ya la violaron dejándola embarazada, y a partir de ese momento raro era el verano en que los hombres de Mulay-Alí no hacían una rutinaria visita al mísero caserío que había dejado de merecer el título de aldea, puesto que lo único que sobrevivía en él era un puñado de hambrientos ancianos, agotadas mujeres, y escuálidos mocosos que la mayor parte de las veces habían nacido a causa de anteriores «visitas rutinarias».

Y es que la principal secuela que dejaron los siglos de la Trata en el Continente Negro, no se limitó al amargo recuerdo que pudiera quedar en la memoria colectiva de quienes la padecieron, sino sobre todo en el hecho de que a la larga aquella cruel injusticia acabó por convertirse en hábito; una forma de vida que millones de seres humanos se vieron obligados a aceptar como algo tan natural y frecuente como la enfermedad o la muerte.

Únicamente los niños, los ancianos, los tullidos o los muy enfermos quedaban fuera del Negocio del Ébano, pero no por ello se libraban de los infinitos padecimientos que traía aparejado dicho «negocio», puesto que sin hombres que cazaran, pescaran o cultivaran la tierra, el resto de la comunidad estaba irremediablemente condenada al hambre.

Una organización social cuya principal fuerza de trabajo se veía mermada de un modo constante, pero cada vez más acelerado, era por lógica una organización social abocada a la miseria, ya que los campos que habían tardado años en ponerse en explotación, los canales de riego que había costado generaciones construir, y los rebaños que habían ido creciendo a base de pasar de padres a hijos, dejaron de abonarse, utilizarse o apacentarse, con lo que una labor de siglos se hundió en el olvido.

Los ancianos se habían quedado sin fuerzas para arar los campos, pero se habían quedado de igual modo sin muchachos a los que enseñar cómo hacerlo, y al propio tiempo, unos muchachos que habían sido arrastrados muy lejos de sus hogares y sus familias, no contaban ya con los sabios consejos de unos ancianos que en buena lógica tenían que haber sido quienes les transmitieran la profunda sabiduría que su pueblo había ido acumulando con el paso del tiempo.

Se rompió una cadena.

Curiosamente, los grilletes de la esclavitud hicieron saltar por los aires los eslabones que unían a una generación con la siguiente, y siglos de ininterrumpidas *razzias* provocaron que, en grandes regiones de África, las culturas tradicionales se fueran debilitando año tras año hasta casi desaparecer.

Técnicas, conocimientos y secretos que deberían haber pasado de mano en mano en los más diversos campos del saber humano se olvidaron, al igual que se olvidó la historia de cada comunidad e incluso la razón de ser o la mítica procedencia de sus dioses.

Lo que las «civilizadas» naciones blancas hicieron a las africanas no fue ya un «genocidio» tal como se entiende hoy en día, sino más bien una sistemática destrucción de cada una de sus señas de identidad, hasta concluir por dejarlas vacías de contenido.

Naturalmente, una mujer tan sencilla como Yadiyadiara jamás llegó a plantearse el problema en semejantes términos por más que lo estuviera sufriendo en propia carne, pero sí tenía plena conciencia del hecho indiscutible de que su pequeño mundo había sido literalmente triturado por una maldición divina que regresaba una y otra vez, como las plagas.

Y Yadiyadiara estaba cansada de ver a sus hermanos y sus hijos aullando de dolor cuando un hierro al rojo les abrasaba las carnes.

El olor que producía aquella amada carne achicharrada le perseguiría hasta la tumba alimentando su impotencia, pero le servía al propio tiempo de acicate y avivaba su odio cuando, como en aquel momento, avanzaba sigilosamente a través de la densa maraña de zarzales, manglares y lianas de la orilla del río, en busca de los aborrecidos enemigos de su raza.

Empuñaba con fuerza la afilada lanza con que su

padre se enfrentara antaño a los leopardos, y «sabía» que no dudaría un instante a la hora de clavársela en el corazón al primer esclavista que se cruzase en su camino.

–Nadie debe saber que estamos en el delta –le había advertido Celeste Heredia–. Y, sobre todo, nadie debe poner sobre aviso a Mulay-Alí.

–¡Nadie lo hará! –fue su firme respuesta.

Y para cumplir su promesa, cuarenta mujeres divididas en pequeños grupos avanzaban como vanguardia de las naves, sin que ni el más mínimo detalle de cuanto sucedía en las ciénagas se les pasase por alto.

A sus espaldas iban quedando aisladas chozas habitadas por míseras familias que se ocultaban en lo más profundo de los insalubres pantanos, en un desesperado intento de ponerse a salvo de los tratantes, pero Yadiyadiara se había propuesto –y lo estaba consiguiendo– que ni un solo ser humano atravesara su imaginaria línea de vanguardia, al tiempo que tenían buen cuidado a la hora de destruir los grandes tambores que pudiesen propagar a largas distancias la noticia de la presencia de los barcos.

Todo se fue cumpliendo por tanto tal como tenía previsto, hasta que a media mañana del quinto día de adentrarse en el delta, se topó de improviso con una ancha laguna tan cubierta de nenúfares que casi semejaba una inmensa pradera de la que sobresalían altos y delgados pilares de madera de palma que sostenían en inestable equilibrio una treintena de desvencijadas chozas lacustres.

–¿Qué vamos a hacer ahora? –se inquietó la menor de sus hijas, y a la que no pasaba en absoluto desapercibido el hecho de que aquél era un enclave humano de considerable importancia–. ¿Volvemos en busca de los blancos para que nos ayuden?

–No, sin averiguar antes de quién se trata –sentenció su madre–. Rodea la laguna y aproxímate cuanto puedas. Si te atrapan, limítate a decir que andas huyendo de la gente de Mulay-Alí.

La muchacha se perdió sigilosamente entre la maleza, y al cabo de poco más de una hora regresó con la respiración entrecortada para dejarse caer y dejar escapar un corto resoplido, antes de señalar:

–Son leprosos.

–¿Leprosos...? –repitió de inmediato su madre–. ¡No es posible!

–¡Lo es! –insistió la otra–. La mayoría tiene un aspecto horrible y algunos son ciegos. ¿Qué hacemos?

–Celeste sabrá.

–¿Leprosos...? –repitió horrorizada Celeste Heredia en el momento en que la buena mujer le puso al corriente de su descubrimiento–. ¡Dios nos proteja! ¿Qué vamos a hacer ahora?

–Supuse que tú lo sabrías –se limitó a comentar la matrona yoruba con naturalidad–. Tú lo sabes todo.

–Jamás he pretendido saberlo todo –fue la angustiada protesta–. ¡Y menos sobre leprosos! ¡Dios de los cielos! –se lamentó–. En cuanto los hombres se enteren, dan media vuelta y regresan al mar. ¡Mierda, mierda, mierda!

Paseó de un extremo a otro del amplio comedor en un desesperado intento por serenarse bajo la sorprendida mirada de su huésped, y tras lanzar una especie de furioso gruñido alzando el puño al cielo, asomó la cabeza por la puerta y gritó estentóreamente:

–¡Reunión de oficiales...! ¡Ahora!

La plana mayor de a bordo pareció más que desconcertada por aquel áspero comportamiento, impropio de alguien que siempre mantenía un exquisito control sobre sus emociones, pero su reacción no fue muy diferente en cuanto tuvieron noticias de la presencia de un poblado de leprosos.

–¡Rayos...!

–¡Diantre...!

–¡La puta...!

–Primero la peste y ahora la lepra.

–¿Y está justamente por donde tenemos que pasar?

Celeste se volvió en muda interrogación a Yadiyadiara, que asintió convencida.

–El río forma un gran remanso, pero el poblado se alza en la entrada norte. Es el emplazamiento lógico, puesto que de ese modo las acadjas recogen los peces que vienen corriente abajo.

–¿Qué es una acadja? –quiso saber de inmediato Miguel Heredia.

–Una trampa construida a base de largas ramas que se van clavando en el fondo en forma de espiral. Los peces las encuentran en su camino y giran por dentro sin hallar la salida. Cuando están repletas, se cierran y se levantan. Para esa pobre gente, enferma y sin fuerzas, es una forma bastante cómoda de sobrevivir. –Lanzó un hondo suspiro que evidenciaba su preocupación al añadir–: Lo peor estriba en que al pasar estos enormes barcos destrozarán algunas de las cabañas.

–¿Tan cerca están del agua?

–No es que estén cerca del agua; es que están en el agua, para evitar los ataques de las fieras. –La nativa los observó uno por uno y añadió–: Los leprosos saben muy bien que no tienen nada que temer de los seres humanos, pero caimanes y leones les devoran con la misma facilidad que al resto de los mortales.

–¿Y no enferman?

La buena mujer observó un tanto perpleja al capitán Mendaña, que era quien había hecho tan absurda pregunta, y se diría que por unos instantes le faltaban las palabras.

–Hasta ahora jamás he visto a un león leproso –reconoció por último–. Pero también es cierto que tan sólo he visto cuatro en toda mi vida. ¿Por qué lo pregunta?

–Porque tenía entendido que no se sabe muy bien cómo se transmite la lepra, y se me ha ocurrido que tal vez el hecho de comer carne de leproso...

–¡Sancho, por favor...!

–¿Qué ocurre?

–Que la situación es ya de por sí lo suficientemente espinosa como para que nos regodeemos en detalles morbosos –sentenció Celeste Heredia–. Lo que importa es pensar en cómo planteárselo a la tripulación para que no eche a correr.

–Lo mejor sería no decir nada –sentenció Arrigo Buenarrivo.

–Se enterarán de todos modos.

–¿Cómo? –inquirió el veneciano–. De un leproso tan sólo se sabe que lo es cuando se le observa de cerca, y estoy convencido de que en cuanto penetremos en esa laguna y lancemos un par de cañonazos correrán despavoridos para ocultarse en lo más profundo de la selva. En ese momento cruzamos, y en paz.

–¿Destrozando sus cabañas? –quiso saber el inglés Reuter–. No se me antoja justo. Nada justo.

–Ni a mí, pero te garantizo que si en compensación les dejamos una buena cantidad de telas, cacharros, machetes, espejos... –El minúsculo capitán dudó un segundo y sonrió apenas–. Bueno –añadió–. Espejos, no, pero sí cerveza, comida, platos y todo lo que llevamos a bordo y que jamás conseguirían de otro modo, no creo que se quejen demasiado por el hecho de que les espachurremos un par de chozas.

–Como idea no es mala –admitió el inglés–. Y si yo estuviera en su lugar, me encantaría el trato.

Se miraron en silencio, y por último la muchacha se volvió a Yadiyadiara.

–¿Qué opinas? –quiso saber.

La buena mujer asintió con una amplia sonrisa que mostraba la perfección de su magnífica dentadura.

–Cualquier africano, leproso o no, sabe cómo construir una choza. Pero para cualquier africano, leproso o no, la mayoría de esos objetos constituye un auténtico tesoro. –Indicó con un gesto la pesada cortina bordada en finos hilos de oro que corría a todo lo largo de la pared del fondo–. Tan sólo por ella las mujeres de mi aldea levantarían tres chozas con una mano atada a la espalda.

Celeste Heredia asintió una y otra vez convencida de las razones de la indígena.

–¡De acuerdo! –dijo, dando por concluida la discusión–. Les vamos a dar un susto de muerte, pero a cambio procuraremos que recuerden nuestro paso como el día más feliz de sus vidas.

A la mañana siguiente el *Sebastián* hizo su aparición en la laguna, soltó una andanada de aviso, y como era de esperar los despavoridos habitantes del mísero poblado se perdieron de vista en menos de lo que se tarda en contarlo, adentrándose en lo más profundo de la espesa selva, de la que no volvieron a salir hasta que tuvieron la absoluta seguridad de que por los alrededores no quedaban rastros de «diablos blancos» ni de sus monstruosas «casas flotantes».

Pero cuando poco a poco regresaron a sus hogares descubrieron que por primera vez en unas amargas vidas en las que la miseria y el dolor tan sólo podían compartirse con el dolor y la miseria del vecino, los dioses de la bondad y la abundancia parecían haberse acordado al fin de ellos, puesto que la orilla del río aparecía literalmente alfombrada por los más hermosos, fastuosos e inimaginables objetos con que jamás hubieran soñado, así como por toda clase de manjares condimentados por los cocineros de a bordo, y tres barriles de oscura cerveza con las que celebrar alegremente la inesperada visita.

Hombres, mujeres y niños que se cubrían las llagas con andrajos y no comían nunca más que el mismo pescado asado a la brasa, se vieron dueños de metros y metros de tela roja, cacerolas, cuchillos, hachas, machetes, y cestos y más cestos de galletas, queso, carne seca e incluso frascos de una dulce compota que jamás habían probado anteriormente.

Y a bordo de los barcos, hombres rudos y en ocasiones incluso brutales se sintieron por primera vez en mucho tiempo orgullosos de sí mismos, y de la pequeña aportación que cada uno de ellos había hecho a la alegría de los seres más profundamente desgraciados de este mundo.

Esa tarde el salomero cambió el tono de su canto.

–¡Hombres a los remos!

–¡Hombres a los remos!

–¡Marineros de agua dulce!

–¡Marineros de agua dulce!

–¡El brazo cansado!

–¡El brazo cansado!

–¡El corazón contento!

–¡El corazón contento!

Las naves comenzaron a moverse.

–¡Buscaremos al hijoeputa!

–¡Buscaremos al hijoeputa!
–¡Y al que lo mate...!
–¡Y al que lo mate...!
El ritmo de las paladas ganó cada vez más fuerza.
–¡La Dama de Plata...!
–¡La Dama de Plata...!
–¡Le entregará...!
–¡Le entregará...!
Hizo una larga pausa en la que todos rieron divertidos aguardando impacientes.
–¡Su corazón...!
–¡Su corazón...!
–¡O un triste doblón...!
Se escucharon gritos, silbidos y protestas, pero el buen humor se mantuvo hasta que de improviso el viejo maltés se puso en pie de un salto indicando un punto ante él, por lo que de inmediato los remeros dejaron de bogar para quedar muy quietos, asombrados por el espectáculo que había surgido ante sus ojos.

Una manada de más de cuarenta elefantes retozaba en la orilla del río, mientras un gigantesco macho de enormes colmillos agitaba las orejas y alzaba la trompa al tiempo que lanzaba sonoros barridos en un aparente intento de intimidar a los intrusos con el fin de que no molestaran a su numerosa familia.

Permanecieron más de una hora inmóviles, observando admirados aquellas fastuosas bestias de las que tanto habían oído hablar, pero que jamás, ni remotamente, habían imaginado contemplar tan de cerca, y cuando al fin el gran macho dio media vuelta y se perdió en la espesura seguido por toda la manada, Celeste decidió que había llegado el momento de fondear para pasar allí la noche.

Fue un día inolvidable y una noche en la que

apenas pudieron dormir, comentando como chicuelos excitados cuanto habían visto a lo largo de toda una jornada cuajada de sorpresas.

Al mediodía siguiente avistaron al fin el gran río, ancho, profundo y majestuoso; el prodigioso Níger del que se sospechaba que en algún remoto lugar, más allá del desierto, se unía con aquel mítico Nilo que bañaba los pies de las pirámides y que iba a desembocar al mismísimo Mediterráneo.

–Un río no puede correr en dos direcciones al mismo tiempo –sentenció Gaspar Reuter, seguro de sí mismo–. Va hacia el norte, o va hacia el sur.

–¿Y si los dos nacen en el mismo lugar? –quiso saber Sancho Mendaña–. ¡Imagínate un inmenso lago con dos desagües! Uno corre hacia el norte y forma el Nilo; el otro hacia el sur, y llega hasta aquí. Siguiendo su cauce atravesaríamos ese lago y llegaríamos a Egipto.

–¡Absurdo!

–¡Pero posible!

–¡Pero absurdo!

Fue una larga y acalorada discusión en la que ninguno de los dos contendientes parecía dispuesto a dar su brazo a torcer, por lo que tuvo que ser Celeste Heredia quien se decidiera a cortar por lo sano.

–No hemos venido aquí a levantar el mapa del interior de un continente, sino para acabar con un bastardo cazador de esclavos, o sea que olvidemos el Nilo y empecemos a aparejar los barcos para el difícil viaje que nos espera.

Se colocaron de nuevo las vergas, se tensaron drizas y obenques, se desplegó el velamen y se dispuso todo de tal forma que la más mínima racha de viento contribuyera a empujar los navíos corriente arriba.

El veneciano, que era sin lugar a dudas un excelente marino al que jamás faltaban recursos, ordenó empalmar varias de las más gruesas maromas, uno de cuyos extremos envió a tierra para que fuera atado a un recio árbol de la orilla de barlovento, mientras el otro lo hizo afianzar en la parte baja del mástil de la mayor.

Ciñó luego mucho el velamen en tan cerrado ángulo que en cuanto el viento cobrara fuerza obligaba a la nave a desplazarse casi de costado, con lo que iba trazando un amplio arco cuyo radio era siempre la resistente maroma que impedía que ese mismo viento arrojara al barco contra la orilla opuesta.

Al llegar al extremo del arco, desde tierra se afianzaba la nave mientras una chalupa trasladaba de nuevo el extremo de la maroma a otro árbol que se encontrara algo más adelante.

De ese modo conseguía hacer avanzar las naves de semicírculo en semicírculo, ya que al ser muy suave la corriente, entre el viento y los remeros conseguían vencerla.

–No cabe duda de que progresamos –admitió Celeste al segundo día–. Pero lo hacemos demasiado despacio, y muy pronto alguien advertirá a Mulay-Alí sobre nuestra llegada.

–Jamás confié en el factor sorpresa –le hizo notar Sancho Mendaña–. Y a mi modo de ver, lo que en verdad importa en esta batalla es que tengamos la oportunidad de destruir las baterías de ese fuerte desde lejos. –Señaló con un ademán de cabeza las grandes y relucientes piezas del galeón al añadir–: Dudo que hayan conseguido arrastrar cañones de este peso y este calibre por selvas y montañas, y por lo tanto, al menos en lo que se refiere a potencia de tiro, les llevamos ventaja...

Se detuvo de pronto como si acabara de tener una

idea, y en el momento en que Celeste hizo ademán de abrir la boca la interrumpió con un gesto.

–¡Espera! –suplicó–. ¡No digas nada...!

La muchacha aguardó un tanto perpleja por la alelada expresión de su amigo, y al cabo de un rato no pudo por menos que inquirir impaciente:

–¿Se puede saber qué diablos te ocurre?

–Que acabo de recordar que, según el Padre Barbas, la ciudadela de Mulay-Alí no está construida al estilo europeo, a base de piedras, sino al estilo africano, a base de ladrillos de adobe.

–Sí... –admitió ella–. En cierta ocasión lo comentó, y si estamos en África lo normal es que se empleen materiales de construcción africanos... ¿Y eso en qué nos favorece?

–En que si está construida con ladrillos de barro no necesitaremos granadas de treinta y dos libras para hundir los muros.

–Si tú lo dices... –admitió la muchacha, que parecía decidida a armarse de paciencia.

–No es que yo lo diga –insistió el otro–. Es que es verdad. Una de esas granadas disparada por uno de estos cañones atravesaría un muro de adobe a una milla de distancia... –Lanzó un silbido de admiración–. ¡Y no necesitamos tanto!

–¿Me quieres aclarar de una vez de qué diablos estás hablando? –quiso saber impaciente la muchacha–. A mi modo de ver, cuanto más fácilmente se atraviesen esos muros, mejor... ¿O no?

–¡Desde luego! –admitió el artillero–. Sin embargo, si cargáramos granadas del mismo diámetro pero de menos peso, llegaríamos mucho más lejos... ¿O no?

–¡Parece lógico!

–¡Naturalmente que es lógico! A menos peso, más alcance.

–Se me antoja un diálogo de locos –protestó ella–. ¿De dónde diablos vamos a sacar granadas de idéntico diámetro y menos peso en mitad de la selva?

–De ninguna parte –fue la decidida respuesta–. Pero podemos fabricarlas.

–¿Fabricarlas? –se asombró Celeste Heredia–. ¿Cómo?

–Con las granadas de cadena –sentenció Mendaña, cuya mente parecía trabajar a marchas forzadas–. Si desenganchamos las cadenas y unimos entre sí los cascos vacíos, habremos conseguido una granada de alma hueca que llegará muchísimo más lejos... –Ni siquiera aguardó respuesta, puesto que mientras hablaba se había dejado deslizar por la empinada escala para encaminarse a toda prisa hacia la santabárbara, al tiempo que mascullaba entre dientes–: ¡Tiene que funcionar! ¡Por todos los santos que tiene que funcionar!

Una hora más tarde mandó cargar dos cañones con idéntica cantidad de pólvora, y mientras en uno de ellos introducía una granada de treinta y dos libras, en el otro colocó la que había «fabricado» con la granada de cadena ordenando que se dispararan al unísono.

Al comprobar que la segunda iba a caer casi media milla más allá que la primera, comenzó a dar saltos al tiempo que entonaba una especie de marcha triunfal, golpeando ruidosamente la cubierta con los pies descalzos.

–¡Soy un genio! –repetía una y otra vez–. ¡Soy un genio!

Gaspar Reuter, que le observaba desde el castillete de popa, comentó sin inmutarse:

–Alguien debería advertirte del peligro de emborracharse antes de oscurecer. Este sol recalienta el cerebro, y el tuyo no está para bromas.

–¡Ríete, ríete...! –fue la respuesta–. Pero ya verás qué cara pones cuando mis «escupefuego» empiecen a lanzar granadas huecas...

Dos días más tarde regresó el Padre Barbas, que llevaba más de una semana de avanzadilla al frente de su inseparable grupo de indígenas, y que presentaba el derrotado aspecto de quien no ha pegado ojo en tres noches.

–Hemos llegado hasta un fortín que se alza justo donde acaban definitivamente los bosques y comienza la pradera –fue lo primero que dijo–. A partir de ahí empieza lo que se pueden considerar Dominios de Mulay-Alí, que por lo visto tiene media docena de fortines semejantes distribuidos a todo lo largo del río. Sin embargo, en su inmensa mayoría los hombres de esas guarniciones son de raza yoruba, por lo que tratan a las mujeres de la región, que son de raza ibo, peor que a los cerdos. –Hizo una corta pausa y abrió las manos, como si con ese gesto lo explicara todo, al añadir–: El odio a muerte entre ibos y yorubas viene de lejos; de cuando los primeros eran capaces de cenarse a mil yorubas en una sola noche.

–¿Cenarse? –se horrorizó Miguel Heredia–. ¿Nos quiere hacer creer que eran caníbales?

–No es que «lo fueran»... –puntualizó el ex jesuita–. Es que «lo son». Benin, que se encuentra a no más de ocho días de marcha, ha sido considerada desde siempre la meca del canibalismo. No es que lo hagan por pura necesidad de alimentarse; se trata más bien de un ritual. Los ibos creen que al devorar a un yoruba impiden que otro yoruba pueda matarlos, ya que en cierto modo estarían matando a parte de uno de su raza.

–¡Qué barbaridad! –mascculló Mendaña–. Me recuerda a aquellos isleños caribes de los que me hablaba mi abuelo.

–Cuesta creerlo en estos tiempos –añadió Gaspar Reuter.

–¡Un momento...! –intervino a su vez el capitán Buenarrivo–. ¿A qué tribu pertenecen las mujeres que vienen con nosotros?

–En su mayor parte son yorubas –reconoció el navarro.

–¿Quiere eso decir que hemos traído mujeres yoruba para que sirvan de merienda a los ibos? –se escandalizó el veneciano.

–¡En absoluto...! –fue la calmada respuesta del ex jesuita–. A decir verdad, están tan expuestas a servir de merienda como cualquiera de nosotros. Por estos lares son los hombres de origen yoruba los que esclavizan y violan a las mujeres de origen ibo, pero como Mulay-Alí es muy listo ha distribuido sus fuerzas. En el oeste son soldados ibos los que esclavizan, violan y en ocasiones devoran a mujeres yoruba, mientras que en las regiones del norte los fulbé oprimen a los kanuro, y viceversa. No debemos olvidar que tan sólo en la Costa de los Esclavos conviven dos docenas de grupos étnicos distintos que hablan dialectos muy diferentes. Los cazadores de esclavos, tanto blancos como árabes, han sabido aprovechar tal circunstancia avivando los viejos pleitos o provocando otros nuevos, de tal forma que una continua lucha entre vecinos les abastezca de prisioneros. Se limitan a sentarse a esperar en la costa, sin importarles que cada uno de esos prisioneros signifique que al menos tres hombres más han muerto en las guerras que propiciaron.

–¡Es repugnante! –se lamentó Sancho Mendaña–. Lo más repugnante que he oído nunca, y frente a esto las salvajadas del mismísimo Mombars *el Exterminador* se me antojan un juego de niños. Por lo menos aquél era un loco al que de tanto en tanto se le nublaba el cerebro, pero es que estos hijos de perra actúan con premeditación y alevosía.

–¿Entiendes ahora por qué debemos seguir hasta el final y acabar de una vez con ese maldito Rey del Níger? –inquirió con intención Celeste Heredia.

–¿Y cuánto tiempo crees que tardará en nacer un nuevo «Rey»? –quiso saber el margariteño.

–No lo sé –admitió la muchacha–. Probablemente muy poco, pero al menos habremos demostrado que se le puede vencer. A mi modo de ver, el problema se centra en el hecho de que toda esta gente, cualquiera que sea la raza a la que pertenece, acepta la esclavitud como un hecho irremediable. Se comportan como los borregos que se dejan conducir al matadero convencidos de su impotencia, pero una gran victoria sobre alguien tan poderoso como Mulay-Alí infundiría moral y les proporcionaría fuerzas con las que enfrentarse a esos canallas.

–Aniquilar a Mulay-Alí en su propio feudo marcaría un hito en la historia de la esclavitud africana, y tal vez contribuiría a hacerla cambiar de rumbo –abundó en la idea el Padre Barbas–. No olvidemos que desde hace más de un siglo la situación no ha hecho más que degradarse año tras año, y no cabe duda de que eso desmoraliza al más valiente.

–En eso creo que estamos todos de acuerdo –intervino el inglés Reuter con su tranquilidad de siempre–. Pero empiezo a pensar que no basta con ganar una batalla. Tenemos que ganar la guerra.

–¿Ganar la guerra? –se sorprendió Sancho Mendaña–. ¿Cómo?

–Convirtiendo un reino de terror y esclavitud en

un reino de paz y libertad –insistió el inglés–. Si vencemos a Mulay-Alí y nos marchamos, pronto todo volverá a ser como antes. Pero si derrotamos a Mulay-Alí y creamos en su lugar un refugio al que puedan acudir en busca de libertad todos los esclavos de África estaremos sembrando realmente la semilla de un nuevo futuro.

–¿Un Refugio de Paz y Libertad? ¿Un país de libertos? –se asombró Celeste aunque resultaba evidente que en el fondo le fascinaba la idea.

–Tú lo has dicho: un país de libertos.

–¿Realmente crees que podemos fundar un reino así en el corazón de un continente desconocido para vivir eternamente rodeados de enemigos? –quiso saber la muchacha.

–Nadie piensa «vivir eternamente» –replicó sonriente el pelirrojo–. Y si bien es cierto que tendremos muchos enemigos, también lo es que contaremos con infinidad de amigos: todos aquellos que no deseen ser esclavos.

–¡Interesante! –masculló muy por lo bajo Buenarrivo–. ¡Muy interesante!

–¿Le parece?

–Al menos me parece la forma más lógica de darle un sentido a esta locura. –El veneciano señaló hacia fuera–. La región es muy hermosa, con ricas tierras, caza abundante, un gran río repleto de peces, y gentes que anhelan vivir en paz... ¿Qué más se puede pedir?

–¿De verdad se os pasa por la cabeza la idea de que sería posible crear un reino «blanco» en el corazón del África Negra? –inquirió un desconcertado Sancho Mendaña–. ¿Es que os habéis vuelto más locos aún de lo que estabais?

–No se trata de un Reino Blanco, ni de un Reino Negro –puntualizó levemente molesta Celeste Heredia–. Si tal utopía pudiera llegar a convertirse en realidad, tendría que alimentarse de lo mejor de ambas culturas. Los indígenas tendrían que enseñarnos a vivir respetando la tierra, tal como al parecer han hecho ellos, al tiempo que nosotros les enseñaríamos a vivir respetando a las personas.

–¿Y quién nos ha enseñado a respetar a las personas? –quiso saber el margariteño–. Al fin y al cabo, no debemos olvidar que la esclavitud es un invento de los blancos.

–En ese punto disiento –terció Gaspar Reuter–. La esclavitud siempre ha existido, independientemente del color de la piel o de las razas. Si mal no recuerdo...

–¡Un momento! –atajó Celeste alzando las manos–. No creo que sea el momento de enzarzarnos en discusiones bizantinas sobre los orígenes de la esclavitud, puesto que nuestra primera obligación es derrotar a ese hijo de perra. De lo contrario, nos estaríamos dedicando a vender la piel del oso antes de haberlo matado. –Señaló el ancho río que había más allá del amplio ventanal–. Por lo que sabemos, nos encontramos a las mismísimas puertas de su Reino. –Les observó uno por uno y concluyó–: ¿Alguien tiene alguna idea que sirva para destronarle?

El Padre Barbas fue el primero en alzar la mano.

–Creo que tengo una –dijo.

—Negro —pensaba— lleva razón —medió el Benedicto—. Si la utopía pudiera llegar a convertirse en realidad, tendría que alimentarse de lo mejor de las culturas. Los indígenas enseñarían que es futuro vivir respetando la tierra, tal como él parece, han hecho ellos, al tiempo que nosotros les enseñaríamos a vivir respetando a las personas.

—¿Y quién nos ha enseñado a respetar a las personas? —quiso saber el margariteño—. Al fin y al cabo, no debemos olvidar que la esclavitud es un invento de los blancos.

—No me parece [illegible] —intervino Gaspar—. La esclavitud, aunque hace tiempo [illegible], es tan antigua como el [illegible] de las razas. Si mal no recuerdo...

—¡Un momento! —le atajó Cabeza [illegible]—. No creo que [illegible] [illegible] de los [illegible] [illegible] [illegible] [illegible] [illegible]. Por lo que sé [illegible] antes de [illegible]. Algunos [illegible] para desmontarlo.

El Padre [illegible] fue el primero [illegible].

—Creo que tengo una idea.

Alkemy Makú, comandante en jefe del puesto de Ihjáia, avanzadilla hacia el sur de los dominios del todopoderoso Rey del Níger, había nacido muy lejos de allí, en Isebín, y se consideraba por lo tanto un auténtico yoruba de pura raza, hijo, nieto y bisnieto de los gloriosos guerreros que se enfrentaron mil veces a la despreciable estirpe de los ibos, devoradores de carne humana, hediondos caníbales que en buena ley tan sólo podían compararse a las carroñeras hienas y las traidoras arañas.

Por ello, y pese a ejercer como dueño y señor de todo cuanto alcanzaba la vista, y acostarse cada día con dos o tres de las más hermosas muchachas de la región, jamás se sentía satisfecho, puesto que a su modo de ver, fornicar con un repugnante ibo tan sólo era una forma de dar rienda suelta a su frustración, sin encontrar en ello ni un ápice de la felicidad que pudiera equipararse al profundo placer que se experimentaba al hacer el amor con una esbelta, dulce y risueña muchacha de su aldea.

Alkemy Makú sabía muy bien que en cuanto eyaculaba lo único que podía hacer era propinar una violenta patada en el trasero de la grasienta bestezuela de turno para expulsarla de su choza, por lo que una de las cosas que más echaba de menos y que más le obligaba a evocar con nostalgia sus años mozos, era el recuerdo del mórbido deleite que significaba dormir plácidamente junto a la mujer amada y despertar al amanecer para buscar entre sueños el calor de su jugoso sexo.

Y es que ningún yoruba en su sano juicio cerraría los ojos en presencia de una muchacha ibo que con un solo y salvaje mordisco de sus afiladísimos dientes sería capaz de arrancarle el pene o los testículos con el fin de devorarlos antes de que tuviera tiempo de abrirle la cabeza de un certero machetazo.

Las hembras de aquella raza mil veces maldita eran malolientes, crueles, traidoras y sanguinarias, pero sobre todo parecían dispuestas a dar la vida con tal de impedir que un valiente yoruba alcanzase al fin el paraíso de los guerreros.

¿Quién sería capaz de disfrutar de una gratificante y relajada relación amorosa sabiendo que en cualquier momento su pareja podía lanzarse sobre sus genitales para arrancárselos de cuajo y engullirlos como quien se traga un huevo de paloma?

No eran uno, ni dos, sino docenas de jóvenes yoruba que habían resultado castrados de ese modo, de la misma forma que en su patria eran cientos los invasores ibos que habían sido asesinados por las mujeres yoruba, tan excepcionalmente expertas en todo tipo de venenos, que habían conseguido desarrollar una perfumada ponzoña que se aplicaban en los pezones y los labios de la vagina, y que sin apenas ocasionarles más que una levísima irritación, mataba sin embargo rápidamente en cuanto se mezclaba con la saliva.

«M'ba uazedé», «la muerte erecta», se le llamaba, puesto que la víctima lanzaba un último suspiro de placer pero solía permanecer «en estado de gracia» durante horas, y eran infinidad las matronas yorubas que habían intentado –por desgracia sin éxito– que el mortal ungüento provocara únicamente la gloriosa erección sin tener que haber pasado antes por el irremediable trance de lanzar ese postrer suspiro.

Alkemy Makú sostenía la aceptable teoría de que morir erecto resultaba mucho más honroso y satisfactorio que morir castrado, y que hasta en tan simple detalle las mujeres de su tribu demostraban ser considerablemente más sensibles y refinadas que las asquerosas ibos, que tan sólo sabían perfumarse con una especie de viscosa pomada hecha a base de grasa de cerdo, que parecía destinada a que al menos los guerreros fulbé –estrictos seguidores de las enseñanzas de Mahoma– jamás se atrevieran a ponerles la mano encima.

A él, como animista, le importaba muy poco que la grasa fuera o no de cerdo, pero como propietario de un más que sensible olfato le revolvía las tripas la confusa y profusa mezcla de extrañas flores silvestres con que se confeccionaba dicha pomada.

–A nuestros hombres les excita –solían responder a sus protestas las repelentes muchachas ibo y Alkemy Makú se veía obligado a aceptar que no resultaba sorprendente que alguien que prefería devorar un corazón humano crudo a una costilla de venado a la brasa, se excitase con tan vomitivos mejunjes.

Y sabía por experiencia que resultaba inútil obligarlas a bañarse, puesto que aunque permanecieran en el río hasta que la piel se les arrugara, el insoportable hedor parecía haberse incrustado en cada poro de su cuerpo desde el día en que, siendo aún niñas, comenzaron a «embellecerse» con la pestilente grasa.

A menudo él mismo percibía el hedor en su propia piel tras haber retozado más de la cuenta con una de aquellas zafias bestezuelas, y en más de una ocasión se había despertado sobresaltado al imaginar que cualquiera de aquellas sanguinarias devoradoras de penes había conseguido introducirse sigilosamente en la cabaña para acecharle desde lo más profundo de las tinieblas.

¡No era vida!

Con el tiempo había llegado a la conclusión de que, por muy honroso que pudiera parecer el nombramiento de comandante en jefe de tan estratégico puesto fronterizo, e indiscutible que fuera su poder, nada de ello compensaba el continuo sobresalto que significaba acostarse cada noche sin tener la absoluta seguridad de despertar con los genitales en su sitio.

Por ello, la mañana en que el centinela de la torre disparó su arma anunciando la presencia de una larga piragua engalanada que se aproximaba cargada con una veintena de hermosísimas yorubas que cantaban y reían agitando los brazos en un amistoso saludo, se vio obligado a frotarse una y otra vez los ojos imaginando que aún seguía soñando.

–¡Un regalo de Mulay-Alí!

–¿Un regalo de Mulay-Alí? –repitió como un estúpido–. ¡No es posible!

–¡Lo es! –replicó alegremente la simpática matrona que parecía comandar el grupo–. El Rey ha conseguido derrotar al enemigo que merodeaba por la costa, el tráfico se ha reanudado, y como premio a la fidelidad de sus hombres, ha decidido obsequiarles con las más bellas mujeres de Ouidha, Winneba y Takoradi, así como con un barril de ron de Jamaica.

Auténtico ron, auténticas mujeres y auténticos manjares condimentados al auténtico estilo yoruba era mucho más que lo que un grupo de hombres que llevaban años perdidos en el confín de un territorio hostil podía soñar, por lo que esa noche tuvo lugar en el patio central del fortín de Ihjáia la más loca e inolvidable orgía y esa misma noche, «M'ba uazedé» –la muerte erecta– visitó la orilla derecha del gran Níger llevándose consigo a dos docenas de hombres.

Los escasos supervivientes despertaron de la feroz borrachera encadenados en una de las mazmorras destinadas a los esclavos, y Alkemy Makú perdió los pocos restos de entereza y autoridad que le quedaban al advertir cómo un blanco cuyo rostro aparecía desfigurado por una larga cicatriz, penetraba en la estancia. Su fama de enemigo implacable, cruel y decidido de Mulay-Alí se había extendido tiempo atrás desde la orilla del mar a las mismísimas lindes del desierto.

–¡El Padre Barbas!

–Exactamente. El Padre Barbas. Y tú eres Alkemy Makú, violador, asesino y traidor a tu pueblo, al que has contribuido a esclavizar poniéndote al servicio de su peor enemigo.

El yoruba se limitó a inclinarse para mostrar la marca, grabada a fuego, que lucía en el antebrazo izquierdo, y que no era más que una pequeña reproducción del hierro personal del Rey del Níger.

–¿Y qué querías que hiciese? –inquirió con acritud–. El día en que me capturaron me dieron a elegir: o me marcaban el brazo, y me convertía en soldado, o me marcaban el pecho y me convertía en esclavo.

–Aquel que esclaviza a sus propios hermanos es mil veces peor que el peor de sus enemigos –sentenció el ex jesuita–. ¡Que entre la mujer!

Yadiyadiara, que aguardaba junto a la puerta, hizo un gesto y de inmediato una gruesa mujerona de blanquísima dentadura penetró en la estancia para clavar sus malignos ojillos en la entrepierna del aterrorizado Alkemy Makú, que no pudo por menos que sentirse como podría sentirse una salchicha en una perrera.

–Ésta es Katsina, a cuyas hijas has violado infinidad de veces, y que quería vengarse, enviándote al más allá sin pene ni testículos para que de ese modo pases toda la eternidad buscándolos entre excrementos. Y todos sabemos que ningún castrado ha entrado jamás en el paraíso de los guerreros… –el navarro sonrió casi beatíficamente–. De ti depende que te entierren entero o en porciones.

–¿Qué es lo que tengo que hacer? –se apresuró a replicar con un hilo de voz el tembloroso reo.

–Contarme todo lo que sepas sobre las guarniciones del río y la ciudadela de Mulay-Alí.

–¿La ciudadela? –repitió el otro en el colmo del asombro–. ¿Acaso se te ha pasado por la mente la idea de atacar una fortaleza protegida por sesenta cañones?

–Nosotros disponemos de más de cien –fue la tranquila respuesta–. Y mejores, más modernos, de más calibre y mayor alcance. Pero necesito saber cuántos hombres defienden la ciudad.

Alkemy Makú meditó unos instantes, pareció rebuscar en su memoria, y por último replicó, seguro de sí mismo:

–Calculo que unos tres mil. El resto debe estar en el noroeste.

–¿Haciendo qué?

No hubo respuesta.

–¿Haciendo qué…? –se impacientó el Padre Barbas–. ¿Cazando hombres?

–Cazando hombres –admitió el yoruba.

–¡Mil veces mereces la muerte! –sentenció su carcelero–. ¡Mil veces la peor de las muertes!

–«Cazar o ser cazado» –comentó con cierto tono de hastío su interlocutor–. ¿Qué otro camino nos habéis dejado? Son blancos como tú los que pagan por esos esclavos, y puedes estar seguro de que si no hubiera barcos esperando en la costa, no habría cazadores en tierra. –Le dirigió una larga mirada despectiva apartando por primera vez los ojos de la blanquísima dentadura de Katsina–. ¿Con qué derecho vienes a acusarme? ¿Realmente crees que me gusta estar lejos de mi casa sabiendo que asquerosos ibos violan y tal vez devoran a mis hermanas?

No obtuvo una inmediata respuesta, puesto que el navarro lo observó como si aceptara que tenía razón, o como si le sorprendiera la forma en que se expresaba. Por último, hizo un gesto de asentimiento al señalar:

–Te voy a dar una oportunidad de salvar los testículos, pero sólo una. –Le miró a los ojos–. ¿Cómo transmites tus noticias al siguiente puesto?

–Por medio de tambores. De sobra lo sabes.

–¿Tienes un código?

El otro asintió con un leve gesto de cabeza.

–Lo tengo, pero en la región todo el mundo lo conoce. Hace años que lo usamos.

–¡Bien! –El ex jesuita se acuclilló ante él y le apuntó severamente con el dedo índice–. Te dictaré una noticia que tú mismo enviarás por medio de esos tambores y ese código. Pero te advierto que aquellos dos del rincón, que también esperan la muerte, te estarán escuchando. Cuando hayas acabado les preguntaré qué es lo que has dicho, y como no coincida exactamente con lo que te haya ordenado, le daré una inmensa alegría a Katsina. ¿Me has entendido?

–Perfectamente.

–¡Andando entonces!

Le condujo hasta el torreón del fortín en que se encontraban dos largos tambores de madera, le obligó a arrodillarse ante ellos, y tan sólo entonces le susurró al oído su mensaje.

Alkemy Makú le observó asombrado.

–¿Cómo has dicho? –quiso saber.

El barbudo se lo repitió palabra por palabra, y el otro no pudo por menos que agitar la cabeza una y otra vez, como negándose a aceptar lo que estaba oyendo.

–¿Y es cierto...? –quiso saber al fin.

–Ése no es tu problema –le hizo notar su captor–. Tu único problema es transmitirlo sin cambiar una letra pues de lo contrario ya puedes despedirte de los huevos y del paraíso del Más Allá.

El yoruba meditó unos instantes y al fin asintió con una levísima sonrisa.

–¡Eres muy astuto! –dijo–. ¡Terriblemente astuto! Conseguirás revolucionar la región en cuestión de horas.

–De eso se trata.

Alkemy Makú tomó dos gruesos palos, reflexionó unos segundos sobre lo que tenía que decir, y a continuación comenzó a golpear rítmicamente los largos árboles huecos que hacían las veces de tambor y cuyo eco se extendió de inmediato sobre la superficie del río, la selva y la pradera, alejándose en todas direcciones.

A los diez minutos se detuvo, hizo un gesto para que su acompañante guardara silencio, y al cabo de un rato se pudo escuchar un lejano retumbar que llegaba del norte.

–El fortín del Jerif me pide confirmación de la noticia.

–Confírmasela en todos y cada uno de sus puntos.

Una vez más el reo empuñó los palos para hacer

sonar los tambores, y al concluir lanzó un hondo suspiro.

–¡Espero que sepas lo que haces! –musitó.

El Padre Barbas no respondió, optando por encaminarse a la choza en la que los otros dos prisioneros aguardaban con los ojos dilatados por el terror.

–¿Habéis entendido lo que decían los tambores? –inquirió.

–Perfectamente –asintieron al unísono.

–¿Y qué decían?

–Alkemy Makú ha contado que una epidemia de rabia se ha extendido por el delta y avanza rápidamente hacia el norte –replicó uno de ellos–. Asegura que las hienas, los zorros, los leopardos y los monos están atacando a todo el que encuentran, que ya ha habido más de veinte muertos, y que abandonamos el puesto y nos dirigimos al mar.

–¡Muy bien! ¿Y qué han respondido desde el norte?

–Pedían confirmación –replicó el segundo cautivo–. Alkemy Makú lo ha confirmado añadiendo que no volverá a decir nada porque nos marchamos en este mismo instante.

–¿Cree que dará resultado? –fue lo primero que quiso saber Celeste Heredia cuando al día siguiente, y ya a bordo de *La Dama de Plata*, el ex sacerdote le puso al corriente de cuanto había ocurrido en el fortín de Ihjáia.

–Ya lo está dando –fue la segura respuesta–. En cuanto comenzaron a retumbar los tambores, los habitantes de ambas orillas del río iniciaron una auténtica desbandada.

–Pero ¿por qué? –quiso saber el inglés Reuter–. Sin duda la rabia es temible, pero no hasta el punto de provocar tal pánico.

–En Europa es temible... –replicó el barbudo–. En África, terrorífica. Hay que tener en cuenta –añadió– que en Europa la rabia la transmiten los perros, los gatos, las ratas, los zorros y los lobos... ¡Se puede controlar! Pero es que aquí además la transmiten las hienas, los chacales, los leones, los leopardos, e incluso, y sobre todo, muchas especies de monos, y eso sí que no se puede controlar en un territorio de espesos bosques e inmensas praderas en las que cualquier animal rabioso te puede estar acechando desde una rama o entre la alta hierba. En esta parte de África si la rabia se extiende puede matar a miles de seres humanos, y matarlos de la forma más cruel que existe... –Abrió las manos como si con eso lo hubiera dicho todo–. De ahí el pánico.

–¿Y opina que hemos hecho bien?

Pedro Barba se volvió a Miguel Heredia y le observó largamente antes de responder a su pregunta.

–Por moderno que sea nuestro armamento y valientes nuestros hombres, jamás venceremos estando en una proporción de casi veinte a uno, a no ser que consigamos hacer cundir el pánico entre nuestros enemigos. Y puedo garantizar que dentro de unos días en la fortaleza de Mulay-Alí no reinará Mulay-Alí, reinará el pánico.

–¿Y toda esa pobre gente que huye?

–Una buena carrera no les hará ningún daño si además les sirve para librarse del tirano –señaló el ladino navarro–. Se dirigen al norte, y a su paso irán contando que vieron «con sus propios ojos» cómo morían docenas de desgraciados a los que les habían atacado todo tipo de bestias rabiosas. Una de las primeras cosas que aprendí en el seminario es que, demasiado a menudo, el rumor acaba transformándose en realidad. –Sonrió apenas y había una cierta burla malintencionada en su sonrisa–. Sobre todo si quienes se mezclan entre los que huyen, jurando que sus padres o sus hijos murieron echando espumarajos por la boca, son cuarenta mujeres al mando de nuestra buena amiga Yadiyadiara.

–¿Es que acaso las has enviado por delante? –se alarmó Celeste.

–Se empeñaron en hacerlo –replicó el ex jesuita–. Y lo consideré una magnífica idea. Lo único que necesita esa gente para perder el culo corriendo son «testigos directos».

–Pero estarán en un grave peligro. Son yorubas en tierra de ibos.

–¡Querida niña! –rió el otro–. En estos momentos no existen ibos, yorubas, hausas o fulbé. En estos momentos lo único que existe es miedo. –Chasqueó la lengua como si se le antojara lo más divertido que había visto nunca al añadir–: Me juego la cabeza a que muy pronto los soldados de nuestro ínclito amigo, el Rey del Níger, se dedicarán a malgastar municiones disparando sobre todo zorro, leopardo, hiena, macaco o chimpancé que se cruce en su camino.

–Por lo que quiero entender... –intervino Sancho Mendaña que había asistido en silencio a la escena– quizá hayamos conseguido convertir en nuestros aliados a todas las bestias de la selva y la sabana.

–Muy a su pesar, pero en el fondo, ésa es la idea –admitió el navarro–. No sólo hombres, mujeres y niños, sino incluso jabalíes, garzas y murciélagos estarán contribuyendo de forma involuntaria a sembrar el desconcierto entre las filas de ese hijo de la gran puta, porque de lo que sí podemos estar seguros es de que nadie ha sabido nunca cómo enfrentarse a la rabia.

–Pero ¿qué es exactamente la rabia? –quiso saber Miguel Heredia–. ¿Cómo empieza y por qué?

–No tengo ni la más mínima idea –se vio obligado a reconocer su interlocutor–. Los indígenas aseguran que cuando Elegbá se enfurece, escupe, y si al caer a la tierra su saliva salpica a algún animal, éste se infecta de la ira de la diosa y la propaga mordiendo a cuantos se ponen en su camino. –El barbudo sonrió apenas–. Aunque no sea más que una estúpida leyenda, lo cierto es que históricamente este continente se ve atacado de tanto en tanto por incontrolables brotes de rabia que producen una tremenda mortandad entre hombres y bestias, sin que nadie sea capaz de determinar cómo empieza ni cómo acaba.

–Me disgusta jugar con el terror de esa pobre gente... –musitó quedamente Celeste Heredia.

Pedro Barba la observó con un leve desconcierto antes de replicar:

–Lo hacemos para intentar librarles de un mal peor y desde luego mucho más real.

–Una vez más el fin justifica los medios –señaló ella en idéntico tono–. ¿No es eso lo que alegan los inquisidores cuando queman a un hereje?

–Ni soy inquisidor, ni quemo herejes –replicó el ex jesuita con mal disimulada acritud–. Busco confundir a nuestros enemigos con la única arma que Dios me ha dado: la inteligencia.

–Perdón –se disculpó ella con naturalidad–. No he pretendido molestar. Entiendo las razones, y que quizá ésta es la única forma que tenemos de vencer en tan desigual contienda, pero no puedo dejar de pensar en lo que sentirán todos esos niños que han tenido que abandonar sus hogares cuando miren a todos lados como si la muerte pudiera saltarles encima en cualquier recodo del camino.

–Si con ello evitamos que el día de mañana uno solo de ellos acabe esclavizado, habrá valido la pena

–intervino Sancho Mendaña poniéndose abiertamente de parte del navarro–. Al fin y al cabo, no estamos matando a nadie; ni siquiera a un triste perro.

–En eso no estoy de acuerdo –le hizo notar el Padre Barbas con una casi imperceptible sonrisa–. He dado orden a las mujeres que maten perros, gatos y cuanto bicho viviente se cruce en su camino, y que en la boca le coloquen de modo bien visible un poco de clara de huevo batida con harina. –Guiñó un ojo–. Conviene cuidar los detalles.

–¡Diantre...! –no pudo por menos que exclamar el artillero–. Se equivocó de oficio; debió meterse a militar y no a cura.

–No es que me equivocara de oficio –le hizo notar el otro–. Es que llevo muchos años vagando por estas selvas y he aprendido algunos trucos. Sobrevivir cuando hombres y bestias te acosan resulta muy duro, y si no conoces los puntos débiles de tus enemigos, estás muerto. A los blancos les aterroriza la peste, y a los negros, la rabia. ¡Ahí está la diferencia!

–Realmente... –admitió el inglés Reuter–. Supongo que si alguien hiciera correr el rumor de que una epidemia de peste se encamina hacia Londres, incluso los guardias de la Torre perderían el culo corriendo. –Extendió la mano para colocarla con afecto sobre la de Celeste–. Entiendo tus razones –musitó–. Pero como militar no puedo por menos que aplaudir una iniciativa que puede ahorrar muchas vidas.

–Yo no la aplaudo, pero la acepto –admitió ella–. Al fin y al cabo conocía el plan de antemano. Lo que ocurre es que en ocasiones no puedo evitar que me asalten dudas sobre la forma en que estamos llevando este asunto.

–¡Ay del capitán al que no le asalten las dudas! –gruñó un Buenarrivo que, extrañamente, aún no había abierto la boca–. La duda es el sino de todo buen capitán. Pero por lo que a mí respecta, estoy de acuerdo con Reuter; tener como aliados a loros y monos me parece magnífico. Y siempre se ha dicho que no existe aliado más fiel que el que lo es sin saberlo.

A la mañana siguiente Celeste ordenó reanudar la marcha por el centro de un tranquilo río cuyas orillas iban perdiendo poco a poco los últimos vestigios de vegetación selvática para dar paso a copudas acacias, ridículos baobabs y achaparradas palmeras junto a las que se distinguían cada vez más a menudo chozas aisladas o minúsculas aldeas que aparecían no obstante fantasmagóricamente desiertas.

Como contraste a tanta soledad, cada vez se observaba una mayor profusión de vida animal, puesto que se diría que elefantes, búfalos, ñús, venados y papiones habían decidido acudir en masa a contemplar el paso de las naves, y cuando a media mañana distinguieron un pequeño bosquecillo en el que ramoneaba una altiva e indiferente familia de jirafas, los hombres de *La Dama de Plata* parecieron aceptar que al fin se encontraban en el corazón de un nuevo e inexplorado continente.

Por último hicieron su majestuosa aparición tres perezosos leones.

¡Leones!

Auténticos leones de largas melenas y amarillentos dientes que, despatarrados a la sombra de un pequeño terraplén, apenas se dignaron abrir un ojo pese a la evidente excitación que producía su presencia entre aquella extraña especie humana llegada desde el otro confín del universo.

¡Leones!

Desviaron ligeramente el rumbo con el fin de contemplarlos más de cerca, pero a ningún tripulante se le pasó por la mente la idea de disparar sobre ellos, puesto que en aquellos tiempos todavía no anidaba en el corazón de los hombres la necesidad de matar una hermosa fiera por el simple placer de exhibir su piel como macabro testigo de un supuesto valor.

Cuantos navegaban en aquellos barcos habían demostrado sobradamente su coraje y por lo tanto, aquellos leones, al igual que la familia de jirafas o una ruidosa manada de elefantes no constituían más que la prueba viviente de que habían sido capaces de atravesar las peligrosas ciénagas del delta del Níger y alcanzar sanos y salvos las anchas tierras en las que proliferaban bestias tan prodigiosas como las que ahora les gruñían a desgana, sacudiéndose las moscas con el rabo.

Horas más tarde, y al doblar un recodo, distinguieron a un hombre muy negro, muy alto y casi esquelético que, apoyado en una sola pierna y en una larga lanza, se recortaba contra el rojo disco de un sol que rozaba la línea del horizonte, observando el paso de las naves tan impasible como si se tratara de una nueva jirafa.

–¿Por qué no tiene miedo? –quiso saber Celeste.

–Lo ignoro –replicó el Padre Barbas, al tiempo que hacía un gesto con la cabeza a uno de sus remeros para que fuera a averiguar la razón por la que aquel inquietante personaje no había huido al igual que el resto de sus vecinos.

El guerrero se lanzó de cabeza al agua, nadó hasta la cercana costa, se aproximó al negro de la lanza, que ni siquiera se inmutó ante su presencia, y al poco regresó para subir a bordo jadeante.

–¿Quién es? –quiso saber el navarro.

–Un pastor.

–¿Y por qué no tiene miedo?
–Es sordo.

Esa noche Celeste Heredia soñó una y otra vez con el solitario pastor recortado contra el disco del sol, y esa imagen se le quedaría grabada en la retina durante el resto de su vida. A menudo, sin saber por qué, y en los momentos más inesperados le volvía a la memoria con la misma claridad como en el instante en que la vio, como si un viejo sordo, tan solitario y alejado del mundo que ni siquiera estaba al tanto de la razón por la que sus congéneres habían abandonado sus hogares, o ni siquiera había reparado en el hecho de que se había convertido en el único ser humano en cientos de kilómetros a la redonda, fuera el símbolo que debería representar, hasta el día de su muerte, el auténtico significado de aquel peligroso viaje.

La mente, tan llena de recuerdos, elige a menudo entre todos ellos uno solo y absurdo para marcarlo a fuego de una forma indeleble, y aquél se instaló para siempre en la mente de alguien que tenía un millón de escenas más importantes que recordar, pero que raramente acudían a su memoria a no ser que conscientemente las reclamara.

Ni los amargos sufrimientos de su infancia, ni el ansiado reencuentro con su hermano, o el brutal impacto que significó ver cómo la tierra temblaba bajo sus pies y toda una ciudad desaparecía en un instante, consiguieron alcanzar en los años futuros tanta fuerza entre sus recuerdos como aquel lejano y desconocido pastor africano.

La razón de tan curioso fenómeno jamás conseguiría averiguarla, al igual que ignoran la mayoría de los seres humanos qué es lo que motiva que, de pronto, una música, un olor, una palabra o una imagen pasen a formar parte de su persona, como si se tratara de sus ojos, su nariz o su boca.

Aquella extraña noche soñó una y otra vez con el negro de la lanza, hasta que le llegó muy clara la bronca voz del salomero:

–¡Hombres a los remos!

–¡Hombres a los remos!

–¡Marineros de agua dulce!

–¡Marineros de agua dulce!

Los cabos se tensaron.

–¡Leones a babor!

–¡Leones a babor!

–¡Elefantes a estribor!

–¡Elefantes a estribor!

Se izaron las anclas.

–¡Y allá delante...!

–¡Y allá delante...!

–¡La muerte y la sangre...!

–¡La muerte y la sangre...!

La fragata y el galeón se encaminaban, metro a metro, hacia la cada vez más cercana fortaleza de Mulay-Alí.

–¡O la risa y la gloria...!

–¡O la risa y la gloria...!

–¡De la gran victoria...!

–¡De la gran victoria...!

Apoyado en la rueda del enorme timón ahora inmóvil, Miguel Heredia se volvió a observar el somnoliento rostro de su hija que acababa de surgir por la puerta de la camareta, y que bostezó ruidosamente al tiempo que contemplaba el cielo color gris ceniza del amanecer, en el que aún no había hecho su aparición ni tan siquiera un primer rayo de sol.

–Los hombres parecen contentos –musitó sonriendo levemente al advertir cómo Celeste se restregaba los ojos con los puños, tal como solía hacer cuando era niña–. Muy contentos.

–Pues no lo entiendo, con lo que les hacen madrugar –replicó con un nuevo bostezo la muchacha–. Que te obliguen a remar a estas horas no es como para dar saltos de alegría.

–Mejor con la fresca que con el sol derritiéndote el cerebro –fue la respuesta–. Y lo que en verdad importa es confiar en quien te manda.

–¿También tú confías? –quiso saber su hija.

–Dentro de la locura que significa plantarle cara a todo un ejército con tan sólo dos barcos y dos medias tripulaciones, no me quejo –admitió el anciano–. Esas mujeres le están echando mucho coraje, y el cura es muy listo. Aunque sé que te revuelve las tripas, la idea de la epidemia nos está despejando el terreno. –Hizo un gesto hacia las lejanas orillas que comenzaban a dibujarse con cierta nitidez al anuncio de un sol que pretendía hacer su aparición por el este–. No se ve un alma, y cuanto más tarden en avisar a Mulay-Alí de nuestra llegada, menos tiempo tendrá de prepararse. –Chasqueó la lengua en un gesto que parecía mostrar su satisfacción–. ¡Dios! –exclamó–. Me gustaría ver su cara en el momento en que descubra que le estamos cayendo por la espalda.

–Recuerda que, según parece, cuenta con casi tres mil hombres –le hizo notar su hija–. Y empiezo a dudar de que tengamos municiones para acabar con todos ellos.

–En ninguna batalla se mata nunca a «todos» los enemigos –replicó Miguel Heredia sonriendo de nuevo–. Lo que tenemos que hacer es matar a los suficientes como para que el resto tenga una buena disculpa para salir corriendo. Por lo que tengo entendido, los «ejércitos» de ese cerdo están formados por mercenarios o esclavos a los que no se les ha dado más opción que alistarse o ser vendidos. –Se volvió, extendió las manos y tomó las de su hija para apretárselas con fuerza al añadir en un tono de profundo afecto–: Sabes muy bien que en un principio me asaltaban dudas sobre la viabilidad de esta aventura y la conveniencia de hacernos a la mar a luchar contra la Trata. –Frunció cómicamente la nariz–. En el fondo, aún conservo ciertas reservas, pero en lo que se refiere a esta acción en concreto, admito que vamos por buen camino: el Rey del Níger tiene los pies de barro; tan de barro como los muros de su fortaleza.

–¡Dios te oiga!

–Tiene que oírme –fue la humorística respuesta–. Llevo demasiados años rezándole sin que jamás me atienda, por lo que creo que ha llegado el momento de que las cosas cambien. Al concedernos la victoria, demostrará que está en contra de que una parte de sus criaturas esclavice a la otra parte, tan sólo porque se le ocurrió hacerlas de un color diferente. –Lanzó un gruñido–. Pero si permites que nos derroten, estará aceptando que en el fondo de su alma también es racista.

Su hija no pudo por menos que observarle de medio lado con manifiesta ironía.

–¡Y eso! –exclamó–. ¿Desde cuándo se te ha pasado por la cabeza la idea de que Dios pueda ser racista?

–Desde que llegué a este continente, o tal vez sería mejor decir que desde el día en que apresamos a la *María Bernarda.* No hay nada, ninguna razón oculta o ningún incomprensible designio divino que justifique el hecho de que a un ser humano se le pueda hacer sufrir tanto. Por eso estoy convencido de que, si en realidad Dios existe, se habrá dado cuenta de que ha llegado la hora de cambiar las cosas y nos ayudará a aplastar a esos cerdos.

–Me sorprende tu confianza, pero más me sorprende tu peculiar forma de entender a Dios –fue la respuesta–. Personalmente, no creo que tenga la menor idea de lo que está ocurriendo aquí abajo.

–En ese caso, ¿para qué perdemos tanto tiempo con Él? –quiso saber el anciano–. ¿Para qué le rezamos? Si no tiene la menor idea de lo que le está ocurriendo a toda una raza ¿qué idea puede tener de lo que le ocurre a uno solo de nosotros?

–No lo sé –admitió su hija–, y si quieres que te diga la verdad, ni siquiera me lo planteo, al igual que tampoco se lo plantea el Padre Barbas, que tiene muchas más razones que yo para hacerlo. Los conceptos de «Dios» y «esclavitud» son a mi modo de ver tan opuestos que no pueden ni tan siquiera mencionarse juntos. Lo lógico sería que, si existe Dios, no existiese esclavitud, y si existe esclavitud no existiese Dios.

–¡Pero la esclavitud existe y nos rodea...! –puntualizó su padre–. ¿Quiere eso decir que Dios no existe?

–Quiere decir que «lógicamente» no debería existir, pero se trata tan sólo de una lógica humana, no divina. –La muchacha extendió la mano para acariciar amorosamente la blanca barba de su progenitor y besarle con suavidad en la mejilla–. Pero no creo que semejante discusión nos lleve a alguna parte. Si la Iglesia católica y el islamismo aceptan, y en cierto modo alientan, la esclavitud, ¿qué autoridad moral tenemos para plantearnos el tema?

–La que nos concede nuestra propia conciencia,

que en el fondo vale más que el islamismo y el cristianismo juntos.

–Eso es muy cierto... –admitió con naturalidad Celeste Heredia–. La conciencia es la única que debe regir nuestros actos, sin confiar en un Dios cuya conciencia tal vez no tenga nada que ver con la nuestra... –Quedó con la vista clavada en un punto de la costa, y sin mirar a su padre, añadió–: Tenemos motivos para confiar en la victoria, pero no puedo olvidar que nos encontramos en un continente inexplorado, y a menudo me asalta la sensación de que en cualquier momento surgirá «algo» que echará por tierra nuestras esperanzas. Recuerda que cuando Sebastián había derrotado a Mombars, éramos inmensamente ricos, y el futuro se nos presentaba maravilloso, llegó súbitamente un terremoto y acabó con nuestra felicidad de un solo golpe.

–No siempre tiene por qué ser así –le hizo notar su padre–. No siempre el destino se empeña en acosarnos.

–Cuéntaselo a esos pobres negros a los que el destino se empeña en acosar desde hace siglos... –Celeste quedó de nuevo con la vista clavada en la orilla, entrecerró los ojos y al fin inquirió–: ¿No es aquél el pastor de ayer por la tarde?

–Lo es.

–Me he pasado la noche soñando con él y ahora parece que nos sigue.

–Supongo que para un aburrido pastor de una perdida región en la que la poca gente que vive ha salido corriendo, debemos constituir todo un espectáculo.

–¿Y qué es lo que apacienta? ¿Búfalos?

–Más bien parecen bueyes, aunque los cuernos se me antojan demasiado largos.

–Pues tiene muchos.

–Muchos, en efecto.

–Eso significa que somos bastante estúpidos.

Miguel Heredia se volvió a mirarla de soslayo levemente amoscado.

–¿Y eso a qué viene? –quiso saber.

–A que tenemos a nuestros hombres comiendo judías y carne seca y remando como mulos, cuando podrían estar disfrutando de unos jugosos chuletones mientras un montón de bueyes tira de los barcos.

–Avisaré al Padre Barbas.

A mediodía, la carne a la brasa de tres enormes cornilargos dejaba escapar un delicioso aroma que llegaba incluso a la orilla por la que casi medio centenar de sus congéneres arrastraban sin prisas, pero sin pausa, las dos pesadas naves al tiempo que el esquelético pastor parecía haberse convertido en el hombre más rico de este mundo, ya que de su cuello y de sus brazos colgaban toda clase de collares, cadenas, pulseras, piezas de tela, cacerolas y cuanto pudiera ser capaz de cargar un ser humano sin resultar aplastado por el peso.

Sordo y todo, sonreía feliz exhibiendo orgullosamente sus tesoros a cuantos le saludaban desde cubierta, preguntándose cómo era posible que aquella absurda pandilla de blancos trepados en gigantescas casas flotantes fuera tan estúpida como para cambiar tres míseros bueyes por las más fastuosas riquezas que nadie hubiera soñado jamás.

Mientas tanto, cuantos disfrutaban de un pantagruélico almuerzo no podían por menos que preguntarse cómo era posible que alguien fuera tan infantil e ignorante como para cambiar tres hermosos bueyes por un mísero montón de baratijas por las que nadie en su sano juicio ofrecería ni tan siquiera una triste gallina.

Y es que en el fondo aquel trueque, tan beneficioso para ambas partes, no era más que una muestra de las profundas diferencias que separaban a dos mundos que jamás conseguirían entenderse.

Jean-Claude Barrière, al que hacía ya muchos años que nadie se atrevía a llamar así, se encontraba cada vez más furioso.

Y además, en esta ocasión, francamente atemorizado, ya que la fortuna parecía haberle dado la espalda. Tras largos meses de no vender un solo esclavo ni recibir una sola guinea, un solo fusil o un miserable saco de pólvora, también se le estaban agotando las provisiones, por lo que pronto no tendría con qué alimentar a sus guerreros, y se vería en la tesitura de enviarlos a requisar alimentos a costa de dejar desguarnecida la ciudadela.

Y por si todo ello no bastara, el peor de los males, la rabia, acababa de invadir el sur de su imperio.

¡El sur!

La frontera sur había sido siempre aquella de la que más seguro se sentía, puesto que en el extremo meridional de sus vastísimas posesiones tan sólo se encontraban los insalubres y desérticos cenagales del delta, tierra de leprosos, miserables pescadores y atemorizados fugitivos, de los que nunca había tenido nada que temer.

El norte, el este y el oeste constituían territorios ciertamente conflictivos en los que cada día tenía que hacer frente a poderosos enemigos a los que se las ingeniaba para derrotar, someter y vender posteriormente a los capitanes negreros, pero del sur nada había esperado nunca, ni bueno ni malo.

Y sin embargo, del sur llegaba ahora la peor pesadilla de todos los reyes y todas las naciones, la furia de la diosa Elegbá, que al parecer había decidido escupir sobre la tierra emponzoñando a sus criaturas para que muriesen entre aullidos y un dolor tan insoportable que les obligaba a echar espumarajos por la boca.

–¿Qué se puede hacer cuando son los dioses quienes te maldicen y pretenden destruirte? –le preguntó una noche al sabio santón que, se suponía, debía tener respuesta para todo–. ¿Cómo luchar contra semejantes enemigos? –En esta ocasión, sin embargo, el anciano se limitó a negar una y otra vez mientras se mesaba distraídamente la enmarañada barba gris.

–No existe tal maldición ni existen tales dioses –argumentó seguro de sí mismo–. Y un fiel creyente jamás debe prestar oídos a esa clase de patrañas. Sabes muy bien que no hay más dios que Alá, y que tanto Elegbá como su supuesta saliva no son más que supersticiones propias de pueblos bárbaros. No es ella quien envía la rabia.

–¿Quién me la envía entonces?

–Pecas de orgullo al suponer que te la envían «a ti» concretamente. La rabia es un mal, como la lepra, la viruela o la peste, y tu obligación, como rey, es intentar minimizar sus efectos impidiendo que cunda el pánico. –El santón apuntó directamente con el dedo al pecho de su pupilo al añadir–: Es aquí, y ahora, donde tienes que demostrar que en verdad sabes gobernar. Lo que has hecho hasta hoy, enviar guerreros a arrasar aldeas y capturar esclavos, lo hace cualquiera.

Pese a tan sabias palabras, muy pronto comenzó a hacerse cada vez más evidente que ni Mulay-Alí, ni el santón de Ibadán, ni muchísimo menos el escocés Ian Maclein, tenían la más mínima idea de cómo hacer frente a una epidemia que avanzaba inexorablemente sobre la ciudadela, ni de cómo impedir que sus aterrorizados habitantes comenzaran a preguntarse qué ocurriría cuando se adueñara de las atestadas calles, las abarrotadas plazoletas y los gigantescos almacenes en los que cientos de esclavos se hacinaban encadenados hombro contra hombro.

¿Quién evitaría que la vecina mordiera a su vecino, el transeúnte al aguador, o el cautivo a su compañero de celda?

¿Quién se sentiría capaz de averiguar qué perro, gato, cerdo o mono estaba a punto de saltar sobre su dueño?

¿Quién sabría calcular qué porcentaje de los cientos de hombres, mujeres y niños que llegaban en loca desbandada, incubaba o no el terrible mal?

Como medida precautoria el mulato ordenó sacrificar a todos los animales domésticos que se encontraran dentro del recinto amurallado, así como impedir que los desesperados sureños, que llegaban contando las más terroríficas historias sobre bestias rabiosas, atravesasen las puertas de la fortaleza bajo ninguna circunstancia, al tiempo que un escogido grupo de guerreros les «invitaban» a acampar a la orilla de un río en el que muy pronto les obligaban a introducirse por la fuerza.

Según Mulay-Alí, aquel que se negara a permanecer largo rato sumergido, estaría evidenciando su aversión al agua, por lo que debía ser un hidrofóbico en potencia, y debido a ello la mejor forma de evitarles problemas a los demás y evitarse sufrimientos a sí mismo, era aceptar que le cortaran el cuello para permitir que la corriente arrastrase su cadáver lo más lejos posible.

Curiosamente, el terror llegó a generalizarse de tal forma y alcanzó tan increíbles cotas de histeria colectiva, que hubo quien se negó empecinadamente a aproximarse al río, tal vez por temor a descubrir que sentía horror al agua.

Cada vez que un iluminado anuncia el fin del mundo, docenas de personas se suicidan a causa de la insoportable angustia que se supone van a experimentar durante el tremendo cataclismo, y aquellos días, a orillas del Níger, un puñado de pobres seres perturbados por el pánico y la superstición eligieron el fácil camino de la rápida ejecución antes de pasar por el trance de saberse contaminados por la ponzoñosa saliva de una vengativa diosa cuya ira les perseguiría hasta el fin de los siglos.

Para la mayor parte de los animistas africanos, la forma en que se recibe a la muerte no es más que la antesala de esa muerte en sí misma, y por ello se esfuerzan por conseguir una relajante sensación de paz en el momento de exhalar el último suspiro rodeados por los seres y los objetos más queridos, como preludio de una feliz eternidad en compañía de esos seres y esos objetos.

Ser degollados con los ojos puestos en los hermosos paisajes en que habían nacido y se habían criado, constituía a su modo de ver un final mucho más esperanzador que abandonar este mundo echando espumarajos por la boca, retorciéndose de dolor, mordiendo a todo ser viviente, y maldiciendo a los dioses por el resto de la eternidad.

Cada una de tales «ejecuciones», aunque ciertamente escasas en número, tenía no obstante la virtud de provocar una notable conmoción entre quienes malvivían a la orilla del río o en el interior de la ciudadela, y a causa de ello llegó un momento en que cada barrio, cada casa, cada familia e incluso podría decirse que cada individuo, sólo se preocupaba de defender su territorio impidiendo por todos los medios que nadie –humano o animal– se le aproximara bajo ninguna circunstancia.

El Caos aprendió mucho en aquellos días sobre la forma de desintegrar hasta las más firmes raíces de la convivencia, y Jean-Claude Barrière, artista del terror, lo aprendió todo en cuanto a terror se refiere, por lo que al anochecer de un bochornoso y agotador día de continua tensión mandó llamar al mayor de sus hermanastros.

–Quiero ver al Hombre del Fuego –dijo.

–¿Al Hombre del Fuego? –inquirió Alain Barrière, que era uno de esos incómodos seres humanos que tienen la absurda costumbre de repetir todo, como si jamás estuvieran convencidos de haber entendido ni siquiera lo más elemental–. ¿Para qué?

–Necesito consejo.

–¿Consejo? ¿Consejo de un sucio bamileké cuando dispones de los mejores consejeros que ningún rey haya tenido nunca?

El mulato alzó la mano en un inequívoco ademán, ordenándole que guardara silencio.

–Ni el santón, ni Maclein, ni uno solo de mis ministros ha dicho nada que me haya servido de nada. –Le apuntó con el dedo–. Prepara una entrevista con Sakhau Ndú antes de que sea demasiado tarde.

–¿Demasiado tarde? –repitió una vez más su hermanastro–. ¿Demasiado tarde para qué? ¿Te das cuenta de lo que dirán los fulbé si descubren que en un momento como éste recurres a un sucio hechicero?

–¿Y a quién quieres que recurra? –le espetó agriamente Mulay-Alí–. No han sido Jesucristo, ni Buda, ni Mahoma quienes han escupido sobre la tierra. Ha sido Elegbá, y por lo tanto, únicamente un hechicero puede saber cómo aplacar su ira. –Le despidió con un imperativo gesto–. Haz lo que te he dicho, y no discutas.

Sakhau Ndú, el Hombre del Fuego más respetado en cientos y aun miles de millas a la redonda, vivía en un inquietante palacio de adobes de barro amasados con sangre de cerdo para evitar que ningún fanático mahometano atravesara el dintel de su puerta sin sentirse incómodo, y todo en su mundo era, hasta en su último detalle, un mundo de tonalidades rojizas, símbolo del fuego y la purificación, ya que las enigmáticas pinturas que adornaban el gran muro exterior, las plumas de su tocado, o su enorme capa de ceremonias, aparecían dominadas por aquel vivo color que –según él– simbolizaba su indestructible unión con los espíritus del bien y del mal.

Tan temido por su poder y sabiduría que ni tan siquiera el mismísimo Rey del Níger había osado alzar nunca un dedo en su contra, pese a la insistencia del santón, que lo veía como a un peligroso «infiel» en exceso influyente, decidió imponer unas durísimas condiciones de aceptación en cuanto tuvo conocimiento de que Mulay-Alí requería sus servicios.

–Tendrá que venir a media tarde, solo, desnudo y cargando, como presente, un lechón blanco. Tal vez de ese modo los dioses de sus antepasados olvidarán su traición y se dignarán escucharle.

Eran a todas luces unas exigencias harto difíciles de aceptar por un orgulloso monarca, siervo de Alá y azote de infieles, pero como lejanos y confusos tambores habían anunciado la noche anterior que, además de la peste, del sur llegaba un nuevo peligro en forma de dos gigantescas embarcaciones erizadas de cañones, Jean-Claude Barrière decidió que no era momento de detenerse en minucias de tipo protocolario, y optó por cruzar solo el ancho río, detener su piragua a media milla de distancia, y encaminarse a pie, desnudo y con un lechoncillo blanco sobre los hombros, hasta el misterioso palacio de paredes rojizas.

Sakhau Ndú le recibió en un amplia estancia circular sin más iluminación que los rescoldos de una enorme hoguera cuyo humo se perdía en el exterior a través de una estrecha chimenea que ocupaba el centro de la cúpula, ni más ventilación que un diminuto tragaluz por el que penetraba un rayo del sol de atardecida que atravesaba la parte alta de la estancia como una línea recta de una tonalidad cobriza y brillante.

Cuando un silencioso criado cerró la pesada puerta a sus espaldas, el mulato permaneció inmóvil tratando de acostumbrarse a la penumbra hasta distinguir al hombre que se sentaba en un estilizado trono carmesí, y que se le antojó muy alto, casi un gigante, delgado, fibroso y a su modo de ver bastante más joven de lo que había imaginado en alguien con tan reconocida fama de prudente y sabio.

–Elige tres leños... –fue lo primero que dijo el hechicero con voz profunda y pausada–. Y colócalos a tu gusto sobre el fuego. Pero procura elegir bien, porque su humo será el que lleve tus súplicas a los dioses, y de ello dependerá que te escuchen o no.

Mulay-Alí obedeció, escogió cuidadosamente tres pequeños troncos de los muchos que se amontonaban junto a la pared que tenía a sus espaldas, y a continuación los depositó, formando una especie de triángulo, sobre las brasas de la gran hoguera.

Aguardó a que comenzaran a arder, tomó asiento sobre una banqueta que se encontraba frente al dueño de la casa, y aguardó paciente mientras el Hombre del Fuego observaba la forma en que prendían los troncos y qué clase de dibujos conformaban las volutas de humo al juguetear con el rayo de sol que cruzaba sobre su cabeza.

Transcurrió casi media hora.

Los leños se convirtieron a su vez en brasas, y sólo entonces Sakhau Ndú se dignó clavar sus profundos e inquietantes ojos de dilatadísimas pupilas en el expectante e impresionado Rey del Níger.

–Veo que le has preguntado a Elegbá por qué te envía su pútrida saliva –musitó al fin–. Y al resto de los dioses, por qué parecen haberse lanzado contra ti. –Hizo una corta pausa antes de añadir acusadoramente–: ¿Qué otra cosa esperabas, si renegaste de la fe de tu madre para convertirte en mahometano por pura conveniencia? ¿Qué esperabas si hoy en día eres el terror de tu pueblo hasta el punto de que la primera cosa que aprenden los niños es a maldecir el nombre de quien les arrebata a sus hermanos y viola a sus hermanas?

–Sé muy bien lo que he hecho –fue la desabrida respuesta de Mulay-Alí–. Pero eso pertenece al pasado. Lo que quiero saber se refiere al futuro. ¿Qué va a ocurrir con la rabia que amenaza mi reino?

–Quien en verdad amenaza tu reino no es la rabia que se oculta en la boca de los hombres, sino la ira que anida en lo más profundo de sus corazones.

–¿Quiere eso decir que acabará la epidemia?

–En absoluto.

–¿Qué quiere decir, entonces?

–Que únicamente acaba aquello que empieza.

Durante unos instantes Mulay-Alí permaneció en

silencio, tratando de analizar el significado de tales palabras, y por último inquirió nuevamente:

–¿Y qué ocurrirá con mi reino?

–Que acabará como todo lo que empieza.

–¿Será la rabia la que acabe con él?

–Ya te he dicho que no. Quien te derrote será la ira: una ira enorme, blanca y silenciosa, que llegará en brazos de un viento húmedo y cálido.

–¿Los barcos de los blancos?

El Hombre del Fuego se encogió de hombros casi imperceptiblemente.

–Es posible que se trate de barcos de los blancos –susurró–. Nunca he visto un barco. Tan sólo sé que cuando escupe su saliva es mucho más mortífera que la saliva de Elegbá.

–Pero ¿por qué? –insistió el mulato–. ¿Por qué tienen que caer de pronto sobre mí tales desgracias?

–Tal vez se deba a que los dioses no están contentos contigo –sentenció con levísima ironía el bamileké–. En realidad te aborrecen, y te tienen reservado un terrible destino.

–¿Qué clase de destino?

–¿De verdad quieres saberlo?

–Sí.

–No es agradable.

–No creo que me asuste.

–Como quieras –aceptó el otro–. Los dioses han decidido que, como tu padre murió de frío por tu causa, tú debes morir de calor. No puedo saber cómo ocurrirá, pero sí puedo ver cómo las brasas se apoderan de cada poro de tu cuerpo al igual que el frío se apoderó de cada poro del cuerpo de tu padre. –Su voz mostró un cierto tono de pesar al añadir–: Conocerás los suplicios del infierno aun antes de bajar a él, pero los dioses no te darán ni siquiera la posibilidad de lamentarte, puesto que ése es el final hacia el que te has ido encaminando por tu propio pie día tras día y paso tras paso.

–¿Y cuándo llegará ese final? –quiso saber su interlocutor–. ¿Antes o después de haberte despellejado en vida?

–Antes... –fue la rápida respuesta–. Mucho antes.

–¿Cómo puedes estar tan seguro?

–En primer lugar, porque sé, desde hace años, cuándo y cómo voy a morir –sentenció con estudiada parsimonia el Hombre del Fuego–. Y en segundo, porque la luna se ha cansado de verte.

–¿Y eso qué significa?

–Que no volverá a salir hasta que te sepa muerto. El sol suele ser más tolerante, y a todos, buenos o malos, los ilumina día a día por igual, pero la luna a menudo cambia de humor, se oculta, y no regresa hasta que aquellos a quienes aborrece han muerto. Por eso, cuando vuelve, lo hace siempre con una leve sonrisa.

–¡Patrañas!

–Probablemente –admitió el hechicero–. A mi modo de ver, ésa no es más que una vieja leyenda de mi pueblo, pero créeme si te aseguro que no volverás a ver sonreír a la luna. Tu tiempo se acabó.

Hizo un levísimo gesto, lanzando un puñado de polvo a la hoguera, surgió una corta y brillante llamarada a la que siguió un humo negro y espeso, y cuando éste se diluyó Mulay-Alí descubrió, atemorizado, que su interlocutor había desaparecido.

Medio minuto después se abrió una minúscula puerta situada muy cerca de aquella por la que había entrado, y al salir a la luz Jean-Claude Barrière se encontró fuera de los muros del palacio, y frente a la inmensidad del río Níger, cuya superficie semejaba un mar de sangre, ya que en ese instante el rojo disco del sol comenzaba a sumergirse más allá de la orilla opuesta.

Resultaba evidente que Sakhau Ndú había sabido elegir perfectamente el emplazamiento de aquella pequeña puerta, así como el momento exacto en que tenía que dejar salir por ella a sus visitantes. Al abandonar una estancia en penumbras y en la que todo el suelo era una pura brasa incandescente y pasar a un atardecer africano en el que tanto el cielo como el río parecían haber sido teñidos de un rojo violento, cualquier persona se impresionaba hasta el punto de pensar que la Naturaleza había firmado un pacto de indestructible alianza con el poderosísimo Hombre del Fuego.

No obstante, el Rey del Níger no se encontraba con ánimos como para admirar la belleza del paisaje, y desnudo como estaba experimentó la extraña sensación de que se había convertido en la última criatura del universo; el único ser vivo que continuaba respirando, y que desaparecería, con el resto de ese universo en el momento justo en que el incandescente sol acabara por sumergirse en las aguas.

La puertecilla se había cerrado a sus espaldas y el palacete despedía en aquellos momentos brillantes destellos, puesto que el astuto hechicero, experto sin duda en el difícil arte de la puesta en escena, había hecho incrustar en los altos muros diminutos trozos de espejo que devolvían los rayos de sol de tal forma que, al atardecer, refulgía como si se tratara de un fantástico castillo de fuegos artificiales.

Todo era por lo tanto casi irreal en el silencio del atardecer africano, y seguro como estaba de que jamás volvería a ver sonreír la luna, el mulato experimentó la necesidad de introducirse en el agua y dejarse llevar por la corriente para morir tal como murió su padre, y frustrar, al menos en ese pequeño detalle, los designios de los dioses.

Muy quieto, con las piernas abiertas y permitiendo que el agua le lamiera los pies, llegó a la conclusión de que le habían bastado apenas unos minutos para olvidar las múltiples enseñanzas del santón y recuperar de golpe sus orígenes para aceptar la evidencia de que su piel era negra, su sangre era negra, y sus dioses eran de igual modo dioses negros.

Y los negros dioses se habían vuelto en su contra.

Sakhau Ndú se había limitado a hacer salir de lo más profundo de su alma algo que siempre había dormido allí, y desde el momento mismo en que vio cómo el humo cruzaba frente al rayo de luz cobriza, comprendió que su suerte estaba echada, se había dictado sentencia, y todo el mal que había causado ascendía revoloteando hacia el cielo reclamando un castigo.

«Te veré en el infierno», fueron las últimas palabras de su padre, y el sol que ya se ocultaba se le antojó un claro aviso de que tan temido encuentro estaba a punto de celebrarse.

Inició luego la marcha, muy despacio y siempre chapoteando en el agua como un niño, pensativo, cabizbajo y tratando de encontrar nuevos e inexplorados caminos que le condujeran a un futuro menos tenebroso que el que acababan de pronosticarle.

Ni por un instante había dudado de la sinceridad del hechicero a la hora de contarle lo que había visto en el humo, ya que tenía muy claro que nadie miente cuando esa mentira puede acarrearle perder la cabeza, ni nadie le habla a un Rey como Sakhau Ndú lo había hecho, a no ser que se tenga una fe ciega en lo que se dice.

El problema no se centraba por lo tanto en creer o no al Hombre del Fuego, sino en aceptar o no que estaba en lo cierto y su interpretación del futuro se ajustaba a lo que habría de ocurrir antes de que la luna volviera a hacer su aparición.

–Tiene que equivocarse –musitó al fin muy por lo bajo–. Tiene que equivocarse en algo, y si se equivoca en algo, puede equivocarse en todo. La solución es matarle.

La curiosa forma de argumentar de Mulay-Alí respondía a una lógica muy suya y muy simple: si conseguía que el hechicero muriese antes que él, significaba que Sakhau Ndú había cometido un error en sus predicciones, y si había errado en lo superfluo también podía haber errado en lo esencial.

Avivó por lo tanto el paso hasta el punto de que, al poco, corría casi sin aliento hacia la embarcación que había dejado varada aguas abajo y sin percatarse de que, desde lo alto de la torre de su palacio, el siempre impasible Hombre del Fuego le observaba.

Sus ojos, sorprendentes siempre por el tamaño de sus pupilas y la fijeza con que podían mirar sin parpadear siquiera, siguieron cada uno de los movimientos del mulato hasta que se alejó remando apresuradamente sin volver el rostro, y tan sólo entonces musitó dirigiéndose a la bellísima mujer que se encontraba a sus espaldas.

–Tenemos que irnos antes de que mande su gente a matarme.

–No debiste ser tan duro con él –replicó su esposa con una casi desconcertante naturalidad–. Te aconsejé prudencia.

–Los dioses no suelen ser prudentes –señaló Sakhau Ndú con un leve tono de cansancio o abatimiento–. Dicen lo que se les antoja y mi obligación es repetir exactamente sus palabras. –Se encogió de hombros–. ¿Qué culpa tengo si están tan enojados con esa mala bestia? –añadió y se diría que sonreía apenas al señalar–: ¿Quieres saber algo curioso? Me dio la impresión de que en realidad no están furiosos con él por lo mucho que ha asesinado, violado o esclavizado, sino porque se convirtió al islamismo sin auténtica vocación.

–Poco importa la razón de su furia –fue la amarga respuesta–. Lo que importa es el hecho de que ahora la furia de Mulay-Alí nos amenaza. ¿Adónde piensas ir?

–Al sur.

–¿Al sur? –repitió la prodigiosa mujer, cuyo sereno rostro, de una perfección tan absoluta que se diría incapaz de verse alterado por nada, se inmutó no obstante de modo harto visible–. La rabia viene del sur.

–No existe tal rabia –sentenció Sakhau Ndú volviéndose de nuevo a observar la piragua que se alejaba por un río sobre el que comenzaban a caer con rapidez las sombras de la noche–. Nunca ha existido.

–¿Cómo que no existe, ni nunca ha existido? –se sorprendió ella–. La gente dice...

–Lo que la gente diga suele tener poco que ver con la realidad –le interrumpió el hechicero–. Y como los dioses aseguran que no existe tal epidemia, prefiero creerles.

Zeud Sekaturé, princesa de origen calabar que no había vacilado a la hora de abandonar las comodidades de su hogar y la protección de su poderosa e influyente familia para seguir ciegamente al enigmático Hombre del Fuego de origen bamileké que conquistó su corazón con una sola mirada, jamás había dudado de los extraordinarios poderes de su esposo, pero en esta ocasión sintió un leve estremecimiento al pensar en lo que ocurriría si no estaba en lo cierto y se encaminaban directamente al punto del que al parecer provenía la más terrible de las plagas.

–¿Y si los dioses se equivocan? –inquirió al fin casi con un hilo de voz–. ¿Qué será de nosotros?

–Los dioses nunca se equivocan –le reconvino él, volviéndose a mirarla–. En todo caso soy yo quien se equivoca a la hora de interpretar sus mensajes, y de ser así justo es que pague por ello.

–¿Y los niños? –se lamentó–. ¿Qué culpa tienen los niños?

El hechicero extendió la mano y acarició con profundo amor aquella amada piel, tan negra como la más oscura noche, pero tan luminosa como el más glorioso amanecer, para acabar colocando la yema de su dedo índice sobre los incitantes labios.

–¡Confía en mí! –suplicó–. Confía en unos dioses que anuncian cosas maravillosas que ocurrirán allá en el sur. –Agitó una y otra vez la cabeza asintiendo como si se estuviese convenciendo a sí mismo de sus palabras–. El mundo va a cambiar –añadió–. No sé cómo, por qué razón, ni por cuánto tiempo, pero presiento que se avecinan años de fabulosos prodigios tras los cuales todo será muy diferente.

–A menudo me asustas –sentenció ella en tono pesaroso–. En ocasiones tengo la impresión de que lo sabes todo sobre los designios de los dioses, pero en otras te advierto tan desconcertado como el más ignorante pastor de cabras.

El bamileké tomó asiento sobre una de las almenas que adornaban la torre, y le hizo un cariñoso gesto, para que se acomodara sobre sus rodillas, abrazándola por la cintura para besarle levemente en el cuello.

–Yo nunca puedo saberlo todo, ni nunca puedo ignorarlo todo –le musitó al oído–. Te he explicado infinidad de veces cómo los dioses se complacen en colocarnos en un camino que continuamente se va bifurcando hasta convertirse en una especie de enorme laberinto. Ellos saben hacia dónde conduce cada ramal, pero nos permiten elegir el que queramos e incluso en ocasiones los entrecruzan para darnos la oportunidad de enmendar nuestros errores. –La besó de nuevo–. A mí me han concedido el poder de leer en el humo y el fuego cuáles de esos caminos son buenos y cuáles malos, pero nada más –negó con un leve ademán de cabeza–. Si quieres que te sea absolutamente sincero, admitiré que con frecuencia me asalta la impresión de que ni siquiera los dioses saben cuál es el auténtico destino final de cada ser humano –sonrió con amargura–. Se pierden en la confusión de su propio laberinto.

–Si se pierden significa que se equivocan, y antes has asegurado que los dioses nunca se equivocan.

–Perderse y equivocarse son cosas muy distintas –argumentó él–. Te puedes perder porque el camino esté mal señalizado, lo cual no es culpa tuya –le palmeó afectuosamente el trasero con intención de obligarla a alzarse–. Tal vez sea eso lo que les ocurra a los dioses, aunque no creo que sea el momento de discutirlo.

Cerraba la noche cuando se dispusieron a embarcar –junto a sus cuatro hijos y media docena de criados– en una larguísima piragua en cuyo fondo habían apiñado cuanto de auténtico valor poseían, y el hechicero se vio en la obligación de consolar a su afligida familia en el momento de atravesar por última vez el umbral del que había sido su hogar.

–No lloréis –suplicó–. Volveremos.

–¿Cuándo?

–Pronto –prometió–. Muy pronto.

–Pero tal vez la casa ya no exista –se quejó Zeud Sekaturé con amargura–. Mulay-Alí la mandará incendiar.

–Lo dudo... –fue la firme respuesta de su esposo al tiempo que la ayudaba a subir a bordo–. Los muros y los techos son tan gruesos porque los hice construir a prueba de fuego. –Sonrió de una forma ciertamente enigmática al mascullar–: Y nadie se atreverá a cruzar el umbral de esa puerta.

–¿Cómo lo sabes?

–Lo sé.

No añadió nada más, pero apenas los remeros habían dado las primeras paladas, comenzaron a escucharse desesperados aullidos que surgían de los patios y jardines interiores del ahora cerrado palacio, y era tal la angustia que se percibía en ellos, que helaba la sangre, puesto que se diría que perros, gatos, cerdos, burros, cabras, vacas, monos y cuanto bicho viviente se encontrara en esos momentos en el interior de la maciza construcción se hubieran puesto de acuerdo para clamar al cielo de forma desesperada.

Uno de los niños se irguió tan bruscamente que a punto estuvo de desestabilizar la embarcación.

–¿Qué ocurre? –se alarmó–. ¿Qué les has hecho a los animales?

–¡Nada...! –le tranquilizó su padre con una levísima sonrisa–. No les ocurre nada, pero con tanto escándalo defenderán mucho mejor la casa.

–Pero ¿cómo has conseguido que se pongan así? –quiso saber su esposa.

–Echándoles un poco de infusión de ortigas en el agua –fue la sencilla explicación–. Se pasarán la noche aullando porque les escuecen los morros, y como no querrán volver a beber de ese agua, quien los vea imaginará que están rabiosos.

–¡Pobrecitos...! –gimoteó la menor de las niñas–. Se morirán de sed.

–No te preocupes pequeña –le consoló el Hombre del Fuego revolviéndole el corto y ensortijado cabello–. Manhud se ha quedado con ellos, y mañana mismo les cambiará el agua.

Chasqueó los dedos y los remeros reanudaron la marcha, bogando siempre muy cerca de la orilla para dejar atrás el estridente y angustiado coro de ladridos, maullidos, balidos, mugidos y rebuznos que parecía haberse adueñado para siempre del paisaje africano.

Pasada ya la medianoche les llegó con toda nitidez un rumor de voces que iba en aumento, por lo que se ocultaron entre las ramas de un arbusto que caía directamente sobre el río, y al poco pudieron vislumbrar a la luz de millones de estrellas cómo dos enormes canoas con casi una veintena de guerreros a bordo ascendían por el centro del cauce.

Cuando se perdieron definitivamente a sus espaldas continuaron corriente abajo hasta distinguir la enorme silueta de la ciudadela, dormida y como muerta pese a que sus altas murallas y cuadrados torreones aparecían iluminados por las innumerables hogueras que los «refugiados» habían encendido en improvisados campamentos, y al verla así, tan desolada en apariencia, el Hombre del Fuego no pudo por menos que preguntarse qué estaría pasando en aquellos momentos por la atormentada mente del poderoso señor de tan impresionante fortaleza.

Lo imaginó sentado sobre uno de aquellos relucientes cañones cuyas amenazadoras bocas sobresalían por entre las almenas, buscando quizá ansiosamente el imposible gajo de una luna que aún tardaría al menos tres días en hacer su aparición, y le alegró tener plena conciencia del terror que en aquellos momentos estaría helando el corazón del ser humano más abominable que jamás conociera.

Sakhau Ndú sabía mejor que nadie que el Rey del Níger no debería vivir, pero sabía también que hubiera resultado injusto que muriese sin haber experimentado al menos una mínima parte del sufrimiento que había hecho padecer a tantos desgraciados.

Le constaba, puesto que lo había leído con más claridad que nunca en el humo de los leños, que los dioses le tenían reservado un final atroz al que probablemente seguiría toda una eternidad de indescriptibles padecimientos, pero le alegraba haber contribuido a adelantar su terrible agonía poniéndole sobreaviso de cuanto de espeluznante le reservaba el futuro.

Parricida, violador, asesino, torturador, renegado, traidor a su raza y esclavista, Jean-Claude Barrière se había ganado a pulso todo el mal que le aguardaba, y lo único que cabía lamentar era el escaso tiempo de que iba a disponer para saborear en vida las hieles del castigo.

–Espero que el corazón se te pudra en el pecho y su hedor te obligue a vomitar –mascullló, lanzando una postrer ojeada a los muros como si abrigase la absoluta seguridad de que el otro se encontraba allá arriba y podía escucharle–. ¡Ojalá el miedo te haga morir mil veces antes de que te maten!

Pasó toda la noche en vela, consciente de que era aquélla una noche demasiado especial para dormir, y el amanecer se le antojó de igual modo más amanecer que nunca, como si en lugar de un monótono día en el que el sol volvía a nacer donde siempre había nacido para seguir su eterna ruta hacia el oeste, fuera aquélla el alba cuya luz alumbraría la ansiada libertad que tanto tiempo llevaba esperando su raza.

Sobre la embarcación, excepto el timonel, todos dormían y se regodeó disfrutando en silencio de un mágico momento que culminó en el instante en que el sol hizo al fin su aparición en el horizonte para ir a iluminar la seca rama de un árbol semi hundido sobre la que se posaban, rozándose, una gran águila de curvo pico y un diminuto ánade azulón.

Al observarlos presintió que sería aquél, ¡al fin!, el más esperado de los días: el anunciado día en que las rapaces convivirían con sus presas, y tal vez el día en que el hombre dejaría de esclavizar a sus hermanos.

El día de la soñada libertad que le había sido negada a todo un continente desde el comienzo de los siglos.

Poco después los vio.

¡Allí llegaba...!

¡Los dioses!

Para cualquier otro africano, el galeón y la fragata hubieran sido quizá los anunciados Carros de Fuego en que viajaban esos dioses, pero para un fetichista tan visceral como el hechicero bamileké aquella naves se transformaban en sí mismas en parte casi esencial de sus divinidades.

Hay que tener en cuenta que el término hechicero proviene de la expresión «hombre de fetiches» o «fetichero» que los primeros navegantes portugueses aplicaron a los brujos africanos, animistas convencidos para los que la presencia de los dioses puede manifestarse a través de cualquier planta, objeto o animal.

Para los cristianos una imagen religiosa tan sólo significa la representación de Dios, la Virgen o los Santos, pero para los animistas centroafricanos la imagen puede llegar a ser en sí misma parte de ese dios, y como tal se la respeta e incluso se la adora.

Al igual que Cristo reside en la Sagrada Forma y quien la acepta libre de pecado recibe al Señor, los dioses indígenas pueden residir en un determinado objeto, y quien se aproxima a él libre de pecado se supone que se aproxima físicamente a dicha divinidad.

Un majestuoso galeón que avanzaba lentamente por el centro del tranquilo río gracias a una leve brisa del suroeste que abombaba de forma espectacular su blanco velamen, debía constituir a los asombrados ojos de un «fetichero» cuya vida siempre había girado en torno a las viejas creencias del pueblo bamileké, la más viva y palpable representación del olvidado Dios de la Justicia, que al fin regresaba del exilio para imponer su ley entre los humanos.

El dios Chahad había perdido cientos de años atrás la Batalla Suprema en la que estaba en juego la igualdad de los hombres, y con el advenimiento de la esclavitud se vio obligado a tomar la forma de una garza y ocultarse en el corazón mismo del continente, frontera natural entre el gran desierto y las extensas sabanas –el actual lago Chad– de donde juró no salir hasta el día en que el último negrero hubiera desaparecido de la faz de la tierra.

Desde aquel nefasto día, del que habían pasado ya demasiados años, Benué, Dios de la Intransigencia, que solía encarnarse en un feroz búfalo de amenazante cornamenta, se había adueñado de las selvas, los desiertos y las sabanas, dominando en ellos gracias al indiscutible poderío de su fuerza bruta y ciega.

En ocasiones era posible descubrir junto a las sucias charcas y los pantanos poco profundos, a una frágil garza picoteando con saña la áspera piel del búfalo sobre el que se posaba sin que la bestia pareciese inmutarse, y los nativos creían ver en ello un reflejo de lo que en verdad ocurría en un mundo en el que una impotente justicia ni tan siquiera conseguía arañar la gruesa epidermis de la obtusa intransigencia.

Pero ahora todo iba a cambiar.

Observando el hermoso mascarón de proa de *La Dama de Plata* avanzar casi deslizándose sobre el quieto mar de agua dulce del gran Níger, Sakhau Ndú tuvo la absoluta seguridad de que Chahad había decidido olvidar su disfraz de inofensiva garza para transformarse en feroz navío de guerra capaz de acabar para siempre con todos los «búfalos» de la tierra.

Zeud Sekaturé, los niños y los criados se sentían de igual modo asombrados y hasta cierto punto aterrorizados, ya que para ellos, toparse de improviso con una embarcación cuyo mástil superaba los treinta metros de altura sobre el nivel del río y que además aparecía erizada de amenazantes cañones, debería provocar idéntico efecto que provocaría en un campesino actual ver aterrizar en sus campos de trigo una nave espacial del tamaño de una plaza de toros.

Era otro mundo –del que apenas tenían noticias– el que de improviso invadía una forma de vida que en cierto modo permanecía estancada desde la noche de los siglos, puesto que un continente al que se considera cuna de la humanidad, y del que emigraron millones de años atrás los primeros homínidos, nunca había conseguido progresar al ritmo que progresaron Asia, Europa o la recién nacida América.

Un pesado galeón español y una ligera fragata holandesa ascendiendo por un ancho río a más de cien millas de la costa más próxima tenían que romper todos los esquemas preexistentes, obligando a los testigos de semejante prodigio a quedar muy quietos, con la boca abierta y los ojos dilatados por el miedo y el asombro.

¡Era un milagro!

El Hombre del Fuego hizo por último una levísima indicación a los remeros para que se colocaran en el centro del cauce, e irguiéndose en toda su envidiable estatura abrió los brazos mostrando la magnificencia de su capa de plumas de ibis rojos para permanecer inmóvil como una estilizada ave mitológica.

El pánico se adueñó de sus criados y sus hijos al advertir como la alta proa, con su plateada diosa de cabeza humana y cola de pez, continuaba avanzando inexorablemente hacia ellos amenazando con arrollarlos partiendo en dos la estilizada piragua, pero de improviso se escuchó un agudo silbato, repicó una campana, resonaron voces y el navío acabó deteniéndose a menos de cinco metros de distancia.

Un blanco de larga barba y rostro desfigurado por una profunda cicatriz asomó la cabeza sobre la borda para inquirir en un ibo bastante fluido:

–¿Quién eres?

–Soy Sakhau Ndú, Hombre del Fuego, y ésta es mi familia –replicó el hechicero, procurando no evidenciar que un frío puño de hierro parecía estar estrujándole el corazón.

El Padre Barbas pareció hacer memoria unos instantes y por último inquirió:

–¿El auténtico Sakhau Ndú, el Hombre del Fuego de la tribu bamileké?

–El mismo.

–He oído hablar de ti –admitió el navarro–. ¿Qué quieres?

–Anunciarte que la Gran Victoria de Chahad

está próxima. –En esos momentos el hechicero se sintió importante y seguro de sí mismo al añadir–: El tirano Mulay-Alí morirá antes de que nazca la luna nueva.

–¿Cómo lo sabes?

–Ayer acudió a verme y los dioses rechazaron el humo de su fuego.

–¡Sube!

Sakhau Ndú obedeció, y pese a que era un hombre acostumbrado a mantenerse en contacto directo con los dioses, no pudo evitar que las piernas estuvieran a punto de flaquearle en el momento de poner el pie en cubierta y enfrentarse a los pálidos rostros y los aguados ojos muy claros de más de doscientos demonios extranjeros.

Como entre sueños, tropezando aquí y allá con cabos, velas y botavaras siguió al barbudo hasta el interior de un amplio salón que se le antojó la mismísima antesala del paraíso, y en el que cuatro hombres y una mujer que se encontraban sentados en torno a una larga y pesada mesa, le observaron con evidente curiosidad.

–Éste es un famoso hechicero local –oyó que decía su acompañante en un idioma del que por supuesto no entendió una sola palabra–. Asegura que ayer vio a Mulay-Alí, y que los dioses le han revelado que está a punto de morir.

–¿Y cómo sabemos que no se trata de un espía que busca confundirnos? –quiso saber el demasiado a menudo malhumorado Arrigo Buenarrivo–. Los brujos siempre se me han antojado una pandilla de tramposos, y no pienso confiar en uno de ellos, arriesgándome a que me caiga encima una legión de salvajes desnudos.

–¿Cuántos guerreros tiene Mulay-Alí? –inquirió

de inmediato el Padre Barbas volviéndose a Sakhau Ndú y hablándole en su dialecto.

–Lo ignoro –fue la sincera respuesta–. Pero por muchos que sean, una buena parte está a punto de desertar aterrorizada por esa falsa amenaza de epidemia.

–¿Falsa...? –se sorprendió el ex jesuita–. ¿Quién dice que sea falsa? Hombres y bestias mueren a centenares.

–Puede que mueran, pero no de rabia –replicó con estudiada calma el nativo, que poco a poco iba recuperando la confianza en sí mismo–. Si los dioses aseguran que Elegbá no ha escupido sobre la tierra, es porque no ha escupido, y ellos son los primeros en saberlo.

El Padre Barbas se tomó un tiempo para traducir sus palabras al resto de los presentes, y cuando se volvió de nuevo al hechicero se sorprendió al descubrir que éste se había quedado muy quieto, como hipnotizado, mientras observaba perplejo la cachimba que acababa de encender el capitán Sancho Mendaña, y el grueso y perfecto anillo de humo que había exhalado, y que parecía avanzar mansamente a través de la estancia.

–¿Qué te ocurre? –quiso saber.

El bamileké indicó con un leve ademán de la barbilla al artillero para inquirir con voz ronca:

–¿Por qué echa humo y hace aros con él? ¿Es acaso un Hombre del Fuego?

–No del todo –replicó el barbudo sonriendo burlón–. Pero lo que sí sabe es leer en el humo tan bien como tú. Es un hombre muy, muy poderoso.

Sakhau Ndú dirigió una larga mirada a su interlocutor, clavó luego la vista en el anillo que se iba deshaciendo bajo el sol que penetraba por el ventanal, y acabó por negar con la cabeza.

–No es cierto –musitó–. Ni sabe leer el humo, ni es poderoso –señaló directamente con el dedo a Celeste, que se limitaba a permanecer en silencio, observándole sin hacer el más mínimo gesto, para concluir en idéntico tono–: «Ella» sí que es poderosa.

–¿Quién lo dice?

–El humo –se volvió directamente a la muchacha y añadió convencido–: Tú eres la reina que Chahad ha elegido para imponer la justicia al mundo, y como tal te acepto.

Dicho esto se postró de hinojos inclinándose hasta rozar con la frente el suelo, y permaneció así, muy quieto, en muda señal de sumisión hasta que la muchacha alzó el rostro hacia el ex jesuita para inquirir molesta:

–¿Qué le ocurre? ¿Por qué se arrodilla?

–Te reconoce como soberana y enviada del dios de la justicia –le aclaró el interrogado.

–¡Qué tontería...! –protestó ella–. ¿Qué diablos le has contado?

–Nada en absoluto –se apresuró a replicar el otro–. Pero afirma que el humo le ha revelado que tú serás reina.

–¡No fastidies!

–No fastidio. Es lo que dice –insistió con evidente sentido del humor el navarro–. Por lo visto, ese tal Chahad te ha elegido para que acabes con la esclavitud, y lo cierto es que, aunque tampoco entiendo cómo ha llegado a semejante conclusión, estoy de acuerdo con sus apreciaciones.

–Pues pídele que se deje de bobadas y nos cuente lo que sepa sobre Mulay-Alí y la resistencia que piensa ofrecer.

El Padre Barbas obedeció y durante más de quince minutos estuvo interrogando al Hombre del Fuego sobre todo cuanto podía ser de utilidad a la hora de enfrentarse a las fuerzas del temido Rey del Níger.

–Por lo que puedo entender... –comentó al fin, volviéndose al resto de los presentes–, nuestra amiga Yadiyadiara ha conseguido un notable éxito. Todo el mundo, incluido el mismísimo Mulay-Alí, parece convencido de la existencia de la rabia, y eso provoca miedo, desconcierto y un principio de desbandada. Hasta ahora la mayor parte huía hacia la ciudadela, pero por lo visto, desde hace un par de días continúan hacia el norte. Creo que si esa epidemia de pánico se apodera de los guerreros, encontraremos el camino libre.

–¿Y si no ocurre así? –quiso saber Gaspar Reuter–. ¿Qué cree que harán? ¿Saldrán a atacarnos o preferirán esperar dentro de la fortaleza?

–Según Sakhau Ndú los hombres del Rey suelen luchar mejor al ataque que a la defensiva, pero me advierte que ésa no es más que su opinión personal. Asegura que el blanco que está al mando es un maestro en el arte de la emboscada, y por lo tanto es de suponer que elegirá campo abierto.

–¿De cuántas embarcaciones disponen? –inquirió de inmediato Celeste Heredia.

–Calcula que unas doscientas entre lanchones y piraguas, lo cual significa que podrían transportar poco más de mil hombres bien armados.

La muchacha alzó el rostro hacia el capitán Sancho Mendaña que como jefe artillero era quien tenía que calibrar el peligro que tal flotilla representaba.

–¿Y bien? –quiso saber.

–En mar abierto no nos causarían problemas –admitió el margariteño–. Hundiríamos una por una sus embarcaciones sin permitirles acercarse, pero en un río las orillas están muy próximas, el espacio que tienen que recorrer es por lo tanto corto, y si nos abordan lo pasaremos muy mal. –Se volvió al Padre Barbas–. Pregúntele si han sacado los cañones de la fortaleza o continúan allí.

El aludido tradujo la demanda, el Hombre del Fuego hizo memoria, y por último replicó que estaba convencido de que la noche anterior la mayoría de los cañones continuaban en sus emplazamientos.

–En ese caso –señaló Mendaña–, lo que importa es llegar antes de que los trasladen río abajo. Si nos sorprenden con fuego cruzado en mitad de la corriente nos pueden causar un daño terrible.

–Pues te advierto que no encuentro el modo de acelerar la andadura –puntualizó el capitán Buenarrivo–. Los bueyes son demasiado lentos, y los hombres no están en condiciones de remar todo un día para librar más tarde una batalla.

–En ese caso... –intervino Gaspar Reuter–. Creo que sería oportuno que me adelantara para intentar cerciorarme de que no preparan ninguna emboscada.

Todos los rostros se volvieron a Celeste, quien se limitó a hacer un casi imperceptible gesto de aceptación.

–Llévate doce hombres –dijo–. Pero a la menor señal de peligro vuelves. –Se volvió luego al primer oficial, indicando al hechicero–: Que les proporcionen un buen alojamiento, pero que no los pierdan de vista. Parece sincero pero más vale no fiarse. A partir de este momento cada hombre en su puesto, atento y armado. Ración doble de ron al concluir la guardia.

Minutos después ambos navíos hervían de actividad, se transmitían órdenes, se botaba una chalupa al agua, y se alzaban las portas de unos cañones que desde días atrás se encontraban preparados para entrar en combate.

Únicamente un hombre a bordo pareció no contagiarse de tanta agitación, puesto que continuó plácidamente repantigado en su butaca, y tan sólo se decidió a abrir la boca cuando advirtió que le habían dejado a solas con su hija.

–¿Qué se siente en vísperas de convertirse en «reina»? –inquirió divertido.

–Lo mismo que se siente en vísperas de convertirse en cadáver –fue la áspera respuesta de Celeste–. Tan cerca estoy de lo uno como de lo otro, y te aseguro que ninguna de ambas opciones me llama la atención.

–En ese caso... ¿por qué estamos aquí?

–La pregunta correcta no es «¿por qué estamos aquí?» sino «¿para qué estamos aquí?» Y a eso sí que puedo darte una respuesta –señaló ella con sorprendente calma–. Estamos aquí para intentar impedir que miles de seres humanos continúen siendo esclavizados.

–¿Y qué ocurrirá después? –insistió el anciano–. Reuter tiene razón: acabar con una tiranía y marcharnos significará tanto como dar paso a una nueva tiranía. ¿Piensas quedarte?

Su hija asintió una y otra vez, y su expresión reflejaba que era una decisión que había meditado a conciencia.

–Nos quedaremos... –dijo–. Pero no como tiranos que sustituyen a tiranos, sino como seres humanos que pretenden demostrar que existe otra forma de relacionarse entre sí. Está claro que el respeto mutuo y la convivencia en armonía entre hombres y mujeres de distintas razas, tribus o creencias no es un don que nos haya sido concedido por los dioses, sino que tenemos la obligación de desarrollarlo e incluso imponerlo nosotros mismos. *Ésa* es nuestra misión.

–Excesiva, ¿no te parece?

–Como solía decir fray Anselmo, las misiones nunca son «excesivas». Lo que ocurre es que quienes tienen que llevarlas a buen fin suelen ser demasiado conformistas, y pronto o tarde encuentran lo que se les antoja una buena excusa para echarse atrás. Si fray Pedro María Claver, sin más armas que la fe, la oración y un infinita compasión fue capaz de despertar tantas conciencias, ¿por qué no podemos conseguir nosotros algo similar, si somos muchos y contamos con barcos, fusiles y cañones?

–Probablemente porque nos falte lo más importante –puntualizó su padre–. Esa fe y esa compasión. Sin ellas no conseguiremos nada, puesto que nunca he oído decir que las almas se despierten a cañonazos.

–Tal vez las almas no, pero sí las conciencias –argumentó ella en idéntico tono–. Y si está claro que en lo que se refiere a la esclavitud las campanas de la iglesia nunca llamarán a rebato, no estaría de más que comenzaran a hacerlo los cañones.

Miguel Heredia se puso fatigosamente en pie puesto que en los últimos tiempos todo parecía exigirle un inusual esfuerzo, y tras aproximarse al ventanal y observar el extenso bosque de anchos y descarnados baobabs que se extendía a todo lo largo de la margen derecha del río musitó de forma casi inaudible:

–Hay algo que ni tan siquiera te has planteado.

–¿Y es?

–La posibilidad de la derrota. ¿Qué ocurriría si los guerreros de Mulay-Alí nos aniquilan?

–Que todo habrá acabado en muy poco tiempo –admitió ella con naturalidad–. Un par de días, como máximo. Y en ese caso no confío en que ninguno de nosotros salga con vida.

–¿Y no te preocupa?

–¿La muerte...? –inquirió con curiosidad Celeste–. ¡Naturalmente! ¿Por qué habría de negarlo? Pero más me preocupa la posibilidad de convertirme en uno de esos seres que ven pasar los días, las semanas y los meses como el simple desgranar de un rosario que conduce de la cuna a la tumba. Envejecer habiendo sido poco más que un vegetal es lo que en verdad me aterroriza, y prefiero mil veces una vida corta e intensa, aunque todo acabe mañana mismo.

–Podrías haber hecho cosas maravillosas sin necesidad de llegar hasta aquí.

–¿Como qué? –fue la pregunta no carente de una cierta agresividad–. ¿Como convertirme en esposa y madre, darte un montón de nietos y repartir dinero entre los pobres? Ya lo hemos discutido, y no es eso lo que anhelo. –Se volvió en su butaca e hizo un amplio gesto hacia el exterior al añadir con naturalidad–. Quizá lo que pretendo es demostrar que una simple mujer es capaz de adentrarse en el corazón de África para plantarle cara al más cruel de sus tratantes de esclavos. Lo que ocurra después, no importa.

–A mí me importa. No quiero verte morir.

–El gran problema de las personas que se aman estriba en que casi siempre una de ellas debe pasar por el amargo trance de ver morir a la otra –le recordó la muchacha–. Y si quieres que te diga la verdad, prefiero que seas tú quien pase por ello.

Cuando su padre hubo abandonado la estancia Celeste no pudo por menos que lamentar haberle hablado en semejante tono y le dolió reconocer que era algo que últimamente apenas conseguía evitar.

Rica, respetada, poderosa, joven y atractiva, tenía conciencia no obstante de que desde que desapareció su hermano no experimentaba un especial apego a la vida, puesto que en cierto modo se sentía como un gigantesco árbol de enorme copa, fuertes ramas y sabrosos frutos, al que le fallaran de forma harto evidente las raíces.

Sabía muy bien que la compasión no había sido nunca el combustible que alimentaba la caldera de los líderes, cuyo fuego arde mejor cuando lo que se busca es gloria, dinero o poder, aunque sabía también que dicha compasión era la única fuerza que en verdad la impulsaba a continuar empeñada en combatir a sangre y fuego el orden establecido.

Pero cuando ese frágil sentimiento de amor por los desprotegidos se debilita, cosa que por otra parte suele ocurrir demasiado a menudo, todo el edificio corre peligro de venirse abajo, y Celeste era consciente de que ante la inminencia de un brutal enfrentamiento armado de tan incierto resultado, muchos de sus hombres se preguntaban si en realidad valía la pena arriesgar la vida por algo tan intangible y poco valorado como la compasión.

En el fondo, para la mayoría de aquellos rudos aventureros llegados de todos los rincones del mundo, los negros seguían siendo negros, y los esclavos, esclavos.

Y ninguna muchacha por soñadora que fuera, conseguiría hacerles cambiar de opinión.

En cuanto cesó el bochorno de media tarde el capitán Buenarrivo decidió que había llegado el momento de acondicionar las naves con vista a la defensa en un lugar de tan escasas posibilidades de maniobrabilidad como el Níger, que nada tenía que ver con el planteamiento que hubiera podido hacer para una batalla naval.

La primera, y quizá mayor dificultad, estribó en fondear el galeón totalmente atravesado en el centro del cauce, utilizando para ello las dos anclas, así como varios pesados «muertos» que se lanzaron al lodoso fondo tanto a proa como a popa, con el fin de conseguir que la embarcación no cediese un metro de terreno pese a recibir de lleno la corriente sobre su costado de estribor.

De esa forma las tres baterías de esa banda cubrían perfectamente el horizonte aguas arriba, mientras que las andanadas de babor tenían a tiro la zona sur, aguas abajo.

Poco más tarde se fondeó también el *Sebastián* pero en esta ocasión formando ángulo recto con *La Dama de Plata* hasta lograr que los mascarones de proa casi se rozaran, puesto que de ese modo los cañones de babor de la fragata enfilaban hacia la orilla derecha del río, y los de estribor la orilla izquierda.

Por último se anclaron un poco más de media milla de distancia rústicas balsas sobre las que se clavaron antorchas que habrían de iluminar de forma casi fantasmagórica la negra noche africana, y se ordenó redoblar la guardia hasta el punto de que cuarenta pares de ojos permanecían siempre atentos a cualquier movimiento que pudiera producirse en torno a los barcos.

–A la menor duda, fuego sin previo aviso –fue la seca orden del veneciano–. Más vale desperdiciar una bala que arriesgarse a que un nadador sigiloso nos dé un disgusto. –Alzó el dedo en señal de atención–. Y triple guardia en las santabárbaras.

Al caer la tarde comenzaron a retumbar los tambores.

Su inquietante llamada llegaba del norte, y aunque una suave brisa del suroeste hacía muy difícil captar el auténtico significado de lo que pretendían decir, Sakhau Ndú, que había preferido establecerse bajo un toldo de cubierta rechazando amablemente la camareta que le ofreciera el primer oficial, pidió al Padre Barbas que se aproximara para comunicarle:

–Mulay-Alí está concentrando a sus hombres al norte y al oeste.

–¿Cuántos?

–No lo sé, pero probablemente muchos.

–¿Cuándo atacarán?

–No antes del amanecer.

–¿Estás seguro?

–Ningún guerrero se atreverá a avanzar por la sabana en una noche sin luna arriesgándose a que de improviso se le eche encima una bestia rabiosa –fue la segura respuesta–. El sol estará ya sobre el horizonte antes de que veamos al primero de ellos.

Pese a la lógica de semejante argumentación, la tensión fue en aumento a bordo de las naves a medida que las tinieblas se iban adueñando del río, y aunque la cena se sirvió con el sencillo protocolo habitual, en el comedor de oficiales nadie pareció sentirse con ánimos como para degustar la excelente pata de gacela al horno, la sabrosa fritura mixta de peces de agua dulce, o los frescos huevos de pato salvaje escalfados sobre salsa de hinojo.

–Un banquete digno de un condenado –se limitó a comentar el capitán Buenarrivo con un macabro sentido del humor que no pareció hacer gracia a nadie–. Si salimos con bien de ésta, mandaré azotar al cocinero por haber reservado lo mejor de su arte para la última cena.

–Aún estamos a tiempo de dar media vuelta... –le hizo notar el Padre Barbas–. Siempre se ha dicho que una retirada a tiempo es una victoria.

–Una retirada a tiempo no es más que una derrota incruenta –replicó el veneciano, negando con un despectivo gesto de la mano–. Confío en la victoria, pero ello no me impide reconocer que jamás me he visto en la obligación de combatir en una situación tan comprometida.

–Tampoco yo –admitió el capitán Mendaña–. Pero si los artilleros no pierden los nervios y consiguen recargar con rapidez, aplastaremos a esos salvajes.

–¿Qué se sabe del blanco que los manda? –inquirió de improviso Celeste Heredia–. ¿Quién es, y de dónde ha salido?

–Por lo que cuentan, es un escocés, homosexual, cruel y renegado –replicó el ex jesuita en un tono abiertamente despectivo–. Pero al parecer se trata de un magnífico estratega, astuto y valiente. Si consiguiéramos acabar con él, sus hombres correrían como conejos.

–Supongo que no resultará difícil distinguirle si se trata del único blanco entre tanto negro –masculló Miguel Heredia, saliendo por un instante de su abstracción–. Destacará como una mosca en la leche.

–Se pinta de negro.

Todos se volvieron a observar al barbudo, que era quien había hecho tan curiosa aseveración.

–¿Cómo ha dicho?

–Que no es ningún estúpido, y a la hora de entrar en combate suele teñirse de negro –insistió el otro.

–En ese caso, esta acción pasará a la historia como la Batalla del Falso Negro –puntualizó no sin cierto humor Sancho Mendaña–. Le pediré a mi gente que esté ojo avizor, y que en cuanto vean a un feroz guerrero con faldita a cuadros, le vuelen en pedazos.

Concluida la cena, Celeste le rogó al Padre Barbas que le acompañara a su camareta, y, una vez en ella, cerró la puerta para señalar sin más preámbulos:

–Me gustaría confesarme.

–¿Y eso? –se sorprendió el otro.

–Tengo un mal presentimiento.

–Los presentimientos tan sólo son una forma de superstición, y por lo tanto no se me antojan razón válida para solicitar un sacramento –puntualizó el navarro–. Y dejando ese pequeño detalle a un lado, tampoco yo creo estar en la gracia de Dios necesaria como para darte la absolución. Puestos a admitir culpas, mis pecados deben ser infinitamente mayores que los tuyos.

–Lo dudo –replicó ella–. Ahorqué a un hombre con mis propias manos.

–Se lo tendría merecido –sentenció el barbudo, y a continuación se aproximó, la tomó por los hombros y le miró directamente a los ojos al tiempo que ensayaba aquella especie de mueca que pretendía ser una sonrisa–. Te conozco –añadió–. Y no creo que exista nadie más limpio de corazón que tú. ¡Olvida tus temores! Y olvida las confesiones. Lo que tengas que decir, díselo directamente al Señor, puesto que debes estar en relación muy directa con Él. A mí ya no me debe considerar un interlocutor válido.

–Tampoco creo que considere «interlocutor válido» a alguien que tiene el corazón tan lleno de soberbia como yo –musitó Celeste dejándose caer en el enorme sillón tallado a mano que perteneciera a Laurent de Graaf–. Mi prepotencia me ha hecho conducir a esta trampa a más de doscientos hombres, y temo que mañana su sangre caiga sobre mi cabeza –le devolvió con firmeza la mirada–. No es mi muerte la que me atemoriza, sino la muerte de cuantos están ahí fuera.

–Que yo sepa, ninguno de ellos se embarcó a la fuerza –le recordó Pedro Barba–. Y que yo sepa, todos tenían muy claro a qué se exponían. Lo quieras o no, la mayoría de ellos tan sólo eran simples aventureros que no pensaban más que en sí mismos. Pero de pendencieros de taberna han pasado a luchadores por la libertad, y estoy seguro de que el buen Dios recibirá con los brazos abiertos a cuantos caigan en esta batalla.

Semejante argumentación no dejaba de constituir, sin embargo, un mísero consuelo para quien cada día contemplaba a unos hombres fuertes, jóvenes y llenos de energía subir y bajar por las escalas o corretear hábilmente a treinta metros de altura sin poder evitar plantearse que tal vez muy pronto se encontrarían muertos porque habían sido tan inconscientes como para meterse de lleno en la boca del lobo de un inexplorado río africano.

Inquieta, e incapaz de conciliar el sueño en semejantes circunstancias, pasada la medianoche Celeste decidió salir a tomar el aire al castillete de popa, desde donde observó, absorta, los lejanos fuegos que flotaban sobre la superficie de las aguas, y que apenas bastaban para violar las densas tinieblas de una calurosa noche especialmente oscura y brumosa.

Recorrió luego con la vista la ancha y atestada cubierta en la que la mayoría de los tripulantes habían colgado sus «coys», huyendo del bochorno de los sollados, y acabó por concentrar su atención en la alta figura de Sakhau Ndú, que se encontraba erguido justo bajo uno de los faroles de la banda de estribor, hablando, casi en susurros, con su esposa.

El rostro de Celeste se distendió unos instantes, y casi se diría que en sus labios se dibujó una leve sonrisa, puesto que la simple contemplación de aquella excepcional pareja le producía una complacencia tan sólo comparable a la visión de un hermoso paisaje o una delicada obra de arte.

Y es que Sakhau Ndú y Zeud Sekaturé constituían en sí mismos, y por separado, dos magníficos ejemplares de seres humanos sobre los que la naturaleza había derramado todos sus dones, pero al propio tiempo se diría que esa misma naturaleza había tomado la sabia decisión de que se unieran para rizar aún más el rizo de la absoluta perfección.

Al contemplarles cabría imaginar que un fabuloso artista había pasado años tallando dos majestuosas estatuas de mármol azabache como adorno del lecho de una diosa, pero que ésta, al verlas tan perfectas, decidió concederles el don de la vida para enviarlas al mundo como ejemplo de lo que eran capaces de conseguir los dioses cuando decidían hacer las cosas a conciencia.

Y, por las miradas de reojo que de tanto en tanto les dirigían los miembros de la tripulación, podía colegirse que si a alguno de ellos aún le asaltaban dudas sobre la supuesta inferioridad de la raza negra, a la vista tenía dos sólidos argumentos para disipar tales dudas, puesto que Sakhau y Zeud no sólo eran estéticamente admirables, sino que, además, se les advertía intelectualmente superiores.

En los profundos ojos del hombre podían descubrirse un millón de insondables misterios, mientras que en los de la mujer afloraba de modo natural una dulce comprensión y una amable ternura.

Celeste se relajó por lo tanto al observarles, como si la simple contemplación de tanta serenidad fuera un sedante para un espíritu atormentado, y ni siquiera se inmutó cuando al cabo de un rato Zeud pareció presentir su presencia, alzó los ojos y sus miradas se cruzaron.

Bastó apenas una mutua inclinación de cabeza en un levísimo saludo de respeto, puesto que, pese a ser dos mujeres pertenecientes a muy distintos mundos y que hablaban idiomas diferentes, parecían entenderse sin necesidad de intercambiar una sola palabra.

Cuando al fin la muchacha se retiró, Zeud Sekaturé se volvió a su marido, e inquirió con aquel tono incisivo que, sin dejar de ser afable, solía emplear cuando algo en verdad le importaba:

–¿De verdad será reina?

La respuesta resultó en cierto modo desconcertante para alguien habituado a que su pareja tuviera siempre explicación convincente para todo.

–Esta mañana te aseguré que lo sería, pero esta noche ya no estoy tan seguro. –El bamileké indicó con un gesto de la barbilla las farolas que iluminaban las cubiertas de ambas naves, y añadió, como si le doliera admitir su ignorancia–: Por más que me esfuerzo no consigo interpretar el significado de los fuegos; los de este barco hablan de alegría y victoria, mientras que los del pequeño hablan de muerte y derrota. Sobre éste navegan los dioses y sobre aquél los demonios, pero aun así los blancos saltan de uno a otro como si no advirtiesen la menor diferencia... –La observó intentando que fuera ella quien le aclarara sus dudas–. ¿Cómo se explica? –quiso saber.

–Tal vez los blancos no sepan leer los fuegos –aventuró sin excesiva convicción su mujer.

–¡Qué tontería...! ¿Cómo es posible que posean armas tan poderosas y naves tan gigantescas sin haber aprendido a leer el fuego?

–Tal vez haya que atribuirlo a que sus dioses son diferentes –le hizo notar Zeud con muy buen criterio–. Siempre he oído decir que los musulmanes también son increíblemente poderosos, aunque tampoco hayan aprendido a leer el fuego.

–Eso es muy cierto –admitió el hechicero meditabundo–. Los musulmanes tienen una fe ciega en un único dios invisible e impalpable pese a que jamás se rebaja a hablar con ellos. Quizá a los cristianos les ocurra lo mismo.

–No creo que sean tan estúpidos como para confiar en un dios «invisible», «impalpable» y «mudo» –musitó la mujer como si temiera que cualquiera de cuantos roncaban en las proximidades pudiera entenderla–. Ni el más ignorante cazador de las montañas caería en semejante trampa. ¿De qué sirve un dios al que no puedes recurrir en los momentos de apuro?

Sakhau Ndú no tenía respuesta a semejante pregunta, al igual que no la tenía a la mayor parte de cuantas venía haciéndose desde que había puesto el pie sobre la cubierta de aquella «nave-dios» en cuya madera, cordaje, velamen y cañones parecía habitar el espíritu del justiciero Chahad. Por primera vez en su vida se sentía impotente a la hora de interpretar los designios de los dioses, y eso le producía un hondo desasosiego y un casi invencible pánico.

¿Por qué los fuegos del galeón lanzaban al cielo un mensaje, y los de la fragata otro muy diferente?

¿Por qué extraña razón ángeles y demonios invadían juntos el gran río navegando codo con codo y borda con borda como si en lugar de enemigos irreconciliables fueran fieles aliados?

¿Y sobre quién reinaría el día de mañana aquella extraña mujer de ojos de agua y lacio cabello en cuya visible aureola parecía concentrarse todo el bien y todo el mal de este mundo?

Cuanto más avanzaba la noche más decaía la suave brisa del sur y con más claridad llegaba por tanto el mensaje de guerra de los tambores, y aquél sí que resultaba un mensaje sencillo de interpretar, puesto que no eran más que órdenes pensadas para que el más obtuso guerrero supiera en qué lugar tenía que concentrarse, y cómo y por dónde debería atacar a su enemigo.

Una hora antes del amanecer hizo su aparición la falúa en la que Gaspar Reuter se había adelantado en compañía de media docena de hombres, y sus noticias resultaban francamente inquietantes.

–Una gran flotilla desciende por el río, y casi un millar de guerreros avanza a pie por las orillas –fue lo primero que dijo en cuanto la plana mayor tomó asiento en torno a la gran mesa del comedor de oficiales–. Nuestras informaciones eran, por desgracia, válidas; calculo que nos enfrentaremos a más de dos mil salvajes.

–¿Cañones...? –fue lo primero que quiso saber Sancho Mendaña.

–Media docena, de pequeño calibre, que cargan a hombros –replicó con naturalidad el inglés–. No creo que eso deba preocuparnos. El problema se centra más en el número de hombres que en su armamento. Como consigan trepar a bordo, pasarán sobre nosotros como una manada de elefantes. Les bastará con sus lanzas y sus machetes.

–Lo que en verdad importa es mantenerlos a distancia –intervino con una voz más ronca que de costumbre el veneciano, al que cada vez le gustaba menos el cariz que tomaban los acontecimientos–. Y en ese caso, tal vez lo más prudente sería lanzar un par de andanadas, soltar amarras y dejarnos llevar por la corriente, procurando que no se nos aproximen.

–Lo veo más que problemático –le hizo notar Celeste–. No quiero interferir en un terreno que no me corresponde, pero en mi opinión las piraguas son mucho más rápidas y más maniobrables que los barcos, y nos estarían acosando por popa, que es donde disponemos de menos potencia de fuego. –Hizo una pausa y los observó uno por uno–. Y está claro que si consiguiesen hacernos retroceder hasta el delta, estaríamos a su merced. En las ciénagas no tendríamos la más mínima oportunidad de defendernos.

–¿Qué aconsejas entonces?

–No soy yo quien debe aconsejar a ese respecto –replicó con infinita calma la muchacha–. Me limito a dar una opinión, aunque me inclino por confiar en vuestro buen criterio.

–¿Qué crees que habría hecho Jacaré Jack? –inquirió, desconcertando a todos los presentes, el capitán Buenarrivo.

–¿Mi hermano...? –se sorprendió Celeste–. No tengo ni idea. –Se volvió a su padre–. ¿La tienes tú?

Miguel Heredia Matamoros se rascó durante largo rato la nariz bajo la atenta mirada de la totalidad de los presentes, y tras ensayar un asomo de sonrisa, comentó:

–Sebastián siempre decía que tiburón no come sardina, o sea que si quieres capturar una buena presa le tienes que ofrecer un buen cebo. Fue el truco que utilizó con Mombars y que tan magníficos resultados dio. A mi modo de ver, este caso se le parece mucho.

–¿En qué? –quiso saber su hija.

–En que un enemigo aparentemente muy superior fijó su atención en algo que creía tener al alcance de la mano sin percatarse de dónde se escondía el auténtico peligro. En cierto modo Sebastián era como esos feriantes que sacan conejos de un sombrero mientras te desvalijan la bolsa.

–¿Y qué conejo podemos ofrecerles en este caso a Mulay-Alí? –quiso saber el Padre Barbas.

–Eso es lo que tenemos que averiguar –fue la casi enigmática respuesta del anciano–. Pero si lo encontramos, tendremos ganada la mitad de la batalla...

Continuaron discutiendo las varias opciones que se les ofrecían, hasta que la primera claridad del día comenzó a anunciarse en el horizonte. En ese momento les llegó, casi imperceptible primero, pero cada vez más agudo, una especie de desagradable chirrido que provenía del norte.

Se precipitaron a cubierta para prestar atención.

–¿Qué es eso? –quiso saber Sancho Mendaña.

Fue el ex jesuita el que al fin asintió una y otra vez con la cabeza reconociendo a duras penas la desconcertante algarabía.

–¡Gaitas! –mascculló–. Son gaitas escocesas que soplan media docena de hijos de puta que no tienen ni la más mínima idea de lo que es la armonía.

–¡Pues como arma de guerra no se me antoja despreciable! –reconoció con su característico sentido del humor el inglés Reuter–. Destroza los nervios.

El capitán Buenarrivo permaneció unos instantes a la escucha y por último se limitó a hacer una leve indicación al contramaestre que aguardaba sus instrucciones, y que de inmediato hizo sonar su agudo silbato.

Le respondieron tres toques de campana.

–¡Cada hombre a su puesto! –dijo sin alzar apenas la voz–. ¡Zafarrancho de combate!

En el momento en que el primer gajo de sol hizo su aparición abriéndose camino por entre los negros nubarrones que cubrían la llanura por levante, hasta el último de los tripulantes de ambos navíos sabía ya qué era lo que se esperaba de él, y qué era lo que tenía que hacer exactamente en cada momento de la contienda.

Quince minutos más tarde la superficie del río dejó de ser una línea recta.

Docenas, centenares de embarcaciones la quebraban dejándose llevar por la corriente en dirección a los barcos que aguardaban.

Trepado en lo más alto del palo mayor, el capitán Sancho Mendaña aplicó el ojo al viejo catalejo que su padre le regalara el día en que decidió hacerse artillero, y calculó la distancia que le separaba de las embarcaciones estudiando con detenimiento las desgastadas muescas que había marcado con infinita paciencia años atrás.

–¡Munición hueca! –rugió al fin hacia los servidores de los cañones que le observaban desde abajo–. ¡Carga y altura máximas!

Aguardó hasta estar seguro de que milla y media le separaban de la flotilla de embarcaciones, y tan sólo entonces ordenó secamente:

–¡Fuego la batería de cubierta!

El trueno de la muerte rugió sobre el corazón del África Negra.

El margariteño estudió el efecto que había causado aquella primera andanada, y casi al instante aulló de nuevo:

–¡Fuego batería media!

–¡Fuego batería baja!

–¡Cargar con munición de treinta y dos libras!

Pero a los truenos de la muerte les sucedieron, casi por encantamiento, los truenos de vida, puesto que como si los violentos cañonazos hubieran servido para despertar a las adormecidas nubes que corrían mansamente por el cielo, éstas comenzaron a derramar sobre la tierra su pesada carga, y en cuestión de segundos uno de aquellos terribles chaparrones tropicales que transformaban como por ensalmo la faz del mundo, se abatió sobre el Níger.

El enemigo desapareció tras una densa cortina de agua, imposibilitando el cálculo de las distancias, y las baterías de cubierta enmudecieron de inmediato al humedecerse la pólvora en el momento de recargar los cañones.

Diluviaba.

–¡Dios bendito!

–¡Con esto no contábamos!

Cundió el desconcierto, los hombres volvieron la mirada hacia el castillete de popa como pidiendo ayuda a quienes les mandaban, y su ansiedad creció al advertir que la misma angustia que se había apoderado de su ánimo parecía haberse adueñado de quienes tenían la obligación de impartir órdenes.

–¿Qué hacemos?

Nadie parecía tener una respuesta acertada, y la tensión aumentó al advertir cómo en la orilla derecha del río hacían su aparición casi un millar de guerreros semidesnudos que lanzaban al agua ligeras canoas y que comenzaban a remar furiosamente hacia los barcos.

–¡Carga de metralla! –gritó Sancho Mendaña al primer oficial, que era quien había quedado al mando del *Sebastián*–. ¡Fuego a discreción!

Se obedeció de inmediato, pero casi la mitad de los cañones ni siquiera llegaron a disparar, y al advertir cómo, de igual modo, gran parte de los mosquetes permanecían mudos pese a los esfuerzos de quienes los empuñaban, Celeste Heredia tomó plena conciencia del irremediable desastre que se cernía sobre ellos.

Los guerreros, envalentonados por la falta de oposición, bogaban rítmicamente al tiempo que lanzaban alaridos de triunfo, y el astuto Ian Maclein pareció comprender que su primer objetivo debía ser la fragata, ya que al tratarse de una embarcación mucho más baja que el galeón, permitía un abordaje notablemente más cómodo.

Ordenó por lo tanto a los remeros que se dirigieran directamente hacia ella como primer paso, para acceder desde su cubierta a *La Dama de Plata*, y al percatarse de sus intenciones, así como de la escasa resistencia que sus defensores estaban en condiciones de oponer, Celeste se inclinó sobre el capitán Buenarrivo para comentar con manifiesta preocupación:

–Me temo que nuestra única esperanza de salvación estriba en abandonar cuanto antes el *Sebastián* y dejarnos llevar por la corriente a la espera que deje de llover.

–¡Pero ya no hay trampa que valga! –le hizo notar el veneciano–. Con tanta agua, las mechas se habrán empapado.

–Lo imagino, pero no veo otra solución.

El hombrecillo asintió, se volvió al contramaestre que aguardaba órdenes y señaló, procurando no mostrar la magnitud de su desconcierto:

–¡Que lancen los cañones al agua y abandonen la fragata!

Se escuchó una vez más el silbato, y ahora sí que la campana repicó histéricamente.

Dando muestras de una serenidad digna de admiración, el primer oficial organizó la retirada del *Sebastián* haciendo que sus hombres treparan ordenadamente al galeón no sin haber lanzado antes al río hasta el último cañón.

Las canoas casi rozaban ya los costados de la fragata en el momento en que el primer oficial trepaba por el botalón de proa del galeón, y tras hacer resonar repetidas veces el silbato para cerciorarse de que nadie había quedado rezagado, indicó con un gesto que se cortaran las amarras que unían ambas embarcaciones.

Casi simultáneamente, el contramaestre ordenó a cuantos se encontraban con las hachas levantadas que cercenaran los gruesos cabos de las anclas y los «muertos» de *La Dama de Plata*, que, súbitamente liberada de las ataduras que la mantenían fondeada, comenzó a ser arrastrada por el agua para dar un brusco bandazo y virar noventa grados sin poder evitar que su costado de babor golpeara violentamente contra el de estribor de la fragata. Tras rozarse con ella chirriando, levantando astillas y destrozando vergas y cordajes, continuó río abajo sin el menor control y dando tumbos, puesto que marchaba con la popa por delante, lo cual hacía que el pesado timón resultase un absurdo objeto completamente inútil.

Marinos que se habían enfrentado sin perder la

calma a vientos huracanados y olas como montañas, se sintieron no obstante como niños indefensos al descubrir que un manso río jugaba con ellos amenazando con lanzarles contra la cercana orilla para clavarles en ella y dejarles a merced de sus enemigos, por lo que durante unos larguísimos minutos que se les antojaron horas, doscientos hombres corrieron de un lado a otro sin saber exactamente qué decisión tomar.

–¡Largar foques y caña a estribor! –rugió al fin el veneciano, que había palidecido al comprender que perdía toda capacidad de maniobra–. O emproamos al sur o encallaremos. ¡Vosotros...! Atad esa maroma al cañón y lanzadlo por la borda.

–¿Por la borda? –se alarmó el cabo de carga de la pieza indicada, sin entender la razón de tan extraña orden–. ¿Por qué?

–¡No discutas y haz lo que te digo, imbécil! –El capitán Buenarrivo se inclinó de inmediato sobre la baranda del castillete para gritarle a tres hombres que trataban inútilmente de recargar sus mosquetes–: ¡Dejad eso y aferrar el extremo de la maroma a popa! ¡Rápido!

La orden se cumplió de inmediato y el enorme cañón se precipitó al agua, en la que se hundió como un plomo hasta el fondo del río, por el que aún corrió unos metros antes de ser atrapado por el espeso fango.

La maroma se tensó, lanzando una especie de triste lamento como si el exceso de tensión estuviera a punto de obligarla a saltar en mil pedazos, pero aguantó firme la embestida, con lo que el pesado galeón, «anclado» ahora de popa, comenzó a girar sobre sí mismo, inclinándose peligrosamente.

Cada hombre se aferró a lo que tenía más cerca

mientras *La Dama de Plata* crujía de la quilla a la cofa, viraba, y muy poco a poco ponía proa al sur, siguiendo la lógica dirección de la corriente.

Continuaba lloviendo.

¡Diluviando!

Pero ahora la cortina de agua caía sobre una pesada nave a la que se diría casi controlada, como si se tratara de un caballo desbocado al que se le estuviese sujetando con fuerza de la brida, pese a que esa «brida» amenazase con ceder a cada instante.

Fue entonces cuando, por fin, la mayoría de los tripulantes tuvieron ocasión de reparar en cuanto habían dejado a sus espaldas y comprobar, aliviados, que los guerreros habían optado por hacer una corta pausa en su feroz ataque.

Y es que se habían precipitado, como plaga de langosta, sobre la indefensa fragata que se encontraba ya a más de media milla de distancia, y que aparecía tan atestada de alegres invasores que, más que un navío, era en verdad una auténtica masa humana flotante.

Apretujados en las cubiertas y haciendo equilibrios en las vergas, las botavaras y las escalas, los hombres de Mulay-Alí lanzaban entusiastas gritos de victoria blandiendo sus armas, al tiempo que las embarcaciones que iban llegando desde la parte alta del río se aproximaban a la fragata, aferrándose a sus costados y aclamando con idéntico entusiasmo la alta y oronda figura del exultante Ian Maclein, que se exhibía orgulloso junto al timón, sonriendo feliz por la aplastante victoria obtenida.

–Tu padre tenía razón... –musitó Gaspar Reuter al oído de Celeste Heredia, que contemplaba con los ojos empañados en lágrimas la desalentadora escena–. ¡Se trataba de un magnífico cebo!

–¿Seguro que las mechas se han mojado? –quiso saber la amargada muchacha, que parecía haber envejecido diez años en cuestión de minutos–. ¿No hay esperanzas de que prendan?

–Ninguna, pequeña. Yo mismo las coloqué y confieso que ni siquiera se me pasó por la mente la idea de que el agua pudiera caer de esta manera.

–¡Lástima! Hubiera constituido un espectáculo magnífico verlos saltar por los aires. –Súbitamente el hermoso rostro de Celeste se demudó, al tiempo que se volvía para buscar en toda direcciones–. ¿Dónde está mi padre? –quiso saber–. ¿Dónde está?

El inglés se alarmó de igual modo, recorrió con la vista la cubierta, y al poco se precipitó al comedor de oficiales, de donde surgió agitando negativamente la cabeza.

Celeste Heredia se inclinó de inmediato sobre la baranda y gritó hacia abajo.

–¡Mi padre! ¿Quién ha visto a mi padre?

Los desmoralizados hombres se miraron como si cada uno de ellos quisiera descubrir en su vecino las facciones de Miguel Heredia, y fue el portugués Silvino Peixe el que al fin gritó señalando hacia el ya lejano *Sebastián:*

–¡La última vez que le vi estaba bajando a la santabárbara!

–¡Dios bendito! –sollozó la muchacha, temiendo lo peor–. ¿Quién lo vio salir?

De nuevo todos se miraron, y al fin todos negaron.

Celeste Heredia advirtió que las piernas le fallaban, se dejó deslizar hasta el empapado suelo intentando aferrarse a la baranda y acabó por lanzar un alarido de dolor al tiempo que suplicaba:

–¡Oh, no, Señor! No permitas que esa idea se le

haya pasado por la mente. ¡Por favor, Señor...! ¡Por favor!

Un soplo ardiente le agitó el cabello y casi al instante un trueno más potente que todos los truenos de la más furiosa tormenta restalló sobre el Níger haciendo que la antaño altiva nave holandesa se desintegrara transformándose en una inmensa bola de fuego.

Más de mil guerreros, los mismos que un momento antes entonaban cantos de triunfo, volaron por los aires, para precipitarse a unas aguas por las que se deslizaron de inmediato decenas de gigantescos cocodrilos, y al poco la turbia corriente del gran río se tiñó de rojo, mientras cadáveres destrozados e informes despojos humanos comenzaban a cruzar mansamente junto a las bordas de *La Dama de Plata.*

Tan sólo entonces el hechicero Sakhau Ndú comprendió la razón por la que los fuegos de la fragata le hablaban la noche antes de dolor, derrota y muerte, mientras que los fuegos del galeón le hablaban de vida, victoria y alegría.

[illegible]

Más de un [illegible] los mapas que [illegible]

[illegible] de Carthago [illegible] Sicilia [illegible]

[illegible] con las espesas [illegible]

[illegible]

En pie sobre la más alta de las torres de su majestuosa fortaleza, Jean-Claude Barrière permitió que la lluvia le empapara mientras permanecía con la vista clavada en la distancia, en un vano intento por hacerse una idea acerca de lo que podía estar ocurriendo río abajo, al tiempo que aguzaba el oído tratando de captar las noticias que transmitían los tambores respecto a la feroz batalla que debía haber comenzado con las primeras luces del alba.

Pero los violentos truenos y el furioso repicar del agua sobre las hojas de los árboles acallaban cualquier otro sonido, como si los dioses se complacieran en demostrar, una vez más, que eran los únicos dueños de los destinos de unos hombres a los que cegaban y ensordecían a su antojo con el simple fragor de una tormenta.

Allí, muy cerca, apenas a media jornada de distancia de la puerta de su amada ciudadela, se estaba decidiendo el futuro de su reino y de su propia vida, y sin embargo el absurdo capricho de una estúpida tormenta inoportuna había dado al traste con su bien organizado sistema de comunicaciones, haciendo enmudecer los tambores e impidiéndole dar órdenes o recibir noticias.

Reparó en los contritos rostros de los artilleros calados hasta los huesos al pie de unos cañones cuyas bocas aparecían taponadas con pedazos de gruesa tela con objeto de impedir que el agua se les metiera en el alma, y posó más tarde la vista sobre el medio centenar de jinetes que aguardaban, altivos, serenos e impasibles, bajo la oscura marquesina del gran patio central.

Le tranquilizó su presencia, puesto que aquellos fanáticos fulbé, valientes luchadores y mahometanos convencidos, habían sabido ganarse a pulso su confianza a lo largo de los años, por lo que habían acabado por convertirse en su fiel e inseparable guardia personal.

Sabía que mientras se mantuvieran cerca no tenía nada que temer, puesto que cuando un fulbé juraba fidelidad a un «Azote de Infieles» daba su vida por él, cualesquiera que fueran las circunstancias.

Pasó una hora.

Llovía.

Luego otra.

Seguía lloviendo.

Y una tercera.

La tormenta comenzó a alejarse lentamente hacia el oeste.

Pero aún llovía.

Al fin un caballo muy blanco montado por un hombre muy negro hizo su aparición en el horizonte.

Era un fulbé, no cabía duda, puesto que tan sólo un fulbé acostumbrado a cabalgar por el desierto podía galopar de aquella forma.

Mulay-Alí, todopoderoso Rey del Níger, dueño de las vidas y las haciendas de miles de seres humanos, se esforzó por mantener la prestancia a la hora de descender las empinadas escalinatas, con intención de llegar al patio central poco antes de que lo hiciera el desalentado jinete.

–¿Qué ha ocurrido? –quiso saber en cuanto la cabalgadura se detuvo a menos de dos metros de distancia.

El hombre, cuyo sudoroso rostro y desorbitados ojos mostraban la magnitud de su espanto y su fatiga, le dirigió una larga y profunda mirada de desprecio y, lanzando un seco escupitajo, masculló:

–¡Que Alá te maldiga! ¡Están muertos!

–¿Muertos? –repitió incrédulo el mulato–. ¿Cuántos?

–¡Todos!

–¿Todos? –se asombró–. ¿Cómo es posible?

–¡Pregúntaselo al Hombre del Fuego! –fue la seca respuesta–. Tal vez sus ídolos lo sepan.

Sin poner siquiera el pie en tierra, saltó a una montura de refresco a la que espoleó furiosamente al tiempo que exclamaba:

–¡Vámonos!

Los cincuenta jinetes le siguieron, y unos minutos después no eran más que una mancha multicolor que se perdía de vista en la distancia, rumbo al norte.

Como si aquélla hubiera sido una orden no sólo destinada a los fulbé, sino a todos, centinelas, sirvientes y artilleros se apresuraron a abandonar sus puestos para iniciar precipitadamente la huida río arriba, buscando alejarse lo más posible de unos demonios blancos que habían sido capaces de aniquilar de un solo golpe a más de mil guerreros bien armados.

Jean-Claude Barrière ni tan siquiera aventuró el más mínimo ademán de detenerlos.

Sabía muy bien que todo había acabado.

Y lo sabía desde antes de que el jinete hiciese su aparición en el horizonte, e incluso desde mucho antes de que sus tropas partiesen para enfrentarse al enemigo, puesto que desde el momento mismo en que abandonó el palacio del Sakhau Ndú tenía plena conciencia de que su tiempo había acabado y sus ojos jamás volverían a ver sonreír a la luna naciente.

Abandonó el patio para ir a tomar asiento en el gran trono de oro y marfil en el que antaño le gustaba recibir a los reyezuelos que acudían a rendirle pleitesía.

Estaba solo.

Tan solo como debió estarlo su padre en un oscuro aljibe, aguardando la muerte tal como la aguardan todos aquellos que lo único que han cosechado en esta vida es dinero y poder.

Su reino, levantado sobre los cimientos de miles de muertos, se había venido abajo en un instante, los hombres le odiaban, los dioses le despreciaban, y no poseía ya ni siquiera el valor suficiente como para cruzar la estancia, buscar un arma y volarse los sesos.

Cerró los ojos y trató de reconfortarse evocando los mágicos momentos de sus años de gloria.

No habían sido muchos, pero sí muy intensos.

Riqueza, mujeres y poder le habían sido concedidos a manos llenas, y eso era algo con lo que jamás hubiera podido soñar un mísero mulato, hijo de esclava, que en un principio parecía condenado a pasar la mayor parte de su vida encadenado.

Había valido la pena.

Mentir, robar, asesinar, traicionar, esclavizar, torturar y violar. Todo había valido la pena con tal de llegar adonde había llegado. Todo menos renegar de los viejos dioses de su raza, puesto que cuanto se haga a los hombres se olvida en el momento mismo en que esos hombres mueren, pero los dioses nunca mueren y su rencor suele durar mil años.

Y ahora esos dioses habían aniquilado a su ejército.

–¡Elegbá, Elegbá...! –clamó para sus adentros–. ¿Por qué me has escupido?

Le alertó un rumor, abrió los ojos y se enfrentó a la severa mirada de una treintena de mujeres que le observaban.

–¿Qué buscáis? –inquirió cansinamente.

–Venganza.

Sonrió despectivo.

–Poco soy para complaceros a todas –musitó como burlándose de sí mismo–. No tengo más que una vida. ¿Quién piensa quitármela?

–No queremos tu vida –replicó la altiva matrona que parecía comandarlas–. Tu vida nada vale. Queremos tu olor.

–¿Mi olor? –se sorprendió, pese a que en aquellas circunstancias resultaba muy difícil que nada pudiera sorprenderle–. ¿Qué tiene de especial mi olor?

–Que es olor a carne quemada –fue la extraña respuesta–. El olor que me asaltaba cada vez que tus hombres marcaban a mis hijos. –Yadiyadiara le mostró el hierro al rojo que había mantenido oculto a sus espaldas–. ¿Lo recuerdas? –inquirió–. ¿Recuerdas cuántos miles de veces lo has empleado contra indefensos niños asustados?

Fue en ese preciso instante cuando Jean-Claude Barrière comprendió al fin lo que había pretendido decir el hechicero con respecto a la terrible forma en que iba a morir, pero ni siquiera entonces se sintió con las fuerzas necesarias como para intentar esquivar su destino, limitándose a permitir que entre cuatro mujeres le sujetaran los brazos, mientras la vengativa matrona le marcaba a fuego con su propio hierro a la altura del pecho.

Apretó los dientes y pudo aspirar, más de cerca que nunca, el familiar hedor a carne achicharrada que tan a menudo había aspirado en sus tiempos de gloria.

Marcar a los hombres con una corona y su inicial le había parecido siempre una forma bestial pero efectiva de refrendar su poder y conseguir que su nombre fuera reconocido, odiado y respetado incluso al otro lado del océano, y siempre se había sentido íntimamente orgulloso de saber que miles de hombres le recordarían hasta el día de su muerte y lucirían su hierro incluso en el momento en que descendieran a la tumba.

Y ahora era él el marcado.

Sobre el corazón, como el más humilde de sus esclavos.

Pero, a continuación, una nueva mujer se aproximó y le marcó en el antebrazo.

Como al más valiente de sus guerreros.

Y llegó al poco otra con un nuevo hierro que silbaba de puro candente, y se lo clavó en la mejilla abrasándole los labios.

Y una más buscó su frente.

Por último una jovenzuela que recitaba en voz alta el nombre de su perdido esposo, le arrancó las vestiduras y le carbonizó los genitales.

Entonces sí que gritó desesperadamente.

Trajeron un nuevo hierro, le abrieron la boca, le sacaron a la fuerza la lengua e hicieron que se cumpliera la predicción de que descendería en vida a los infiernos, pero que ni siquiera tendría voz con la que lamentarse.

Las manos, las plantas de los pies e incluso el cuero cabelludo lucieron muy pronto el sello con la corona y la «N» del Rey del Níger, y cuando le tumbaron en el suelo y le cubrieron de quemaduras la espalda, Jean-Claude Barrière comenzó a girar sobre sí mismo revolcándose de dolor y lanzando ininteligibles gruñidos, puesto que no quedaba un solo centímetro de su piel que no se hubiera convertido en una sangrante llaga incapaz de resistir el peso de su cuerpo.

Al fin, Yadiyadiara hizo un imperioso gesto para que lo abandonaran y fue a tomar asiento en los peldaños del trono.

Sus compañeras la imitaron y permanecieron de igual modo muy quietas y en silencio, observando la terrible agonía del antaño todopoderoso Rey del Níger, que continuaba rugiendo y retorciéndose en el centro del inmenso salón de cortinas de seda.

Poco después acudieron las moscas.

Cientos, miles, tal vez millones de moscas que fueron a cebarse en las abiertas heridas de un Mulay-Alí que cesó de retorcerse para quedar inmóvil mirando al cielo a través del ancho ventanal, consciente de que estaba siendo devorado en vida por las moscas.

A la caída de la tarde hicieron su aparición los hombres blancos, al frente de los cuales se encontraba Celeste Heredia, que tras observar impasible la cruel escena, se apoderó de uno de los pesados pistolones que Gaspar Reuter cargaba a la cintura, y sin mediar palabra apuntó a la cabeza del moribundo y apretó el gatillo.

Por último señaló con el arma el ensangrentado cadáver para volverse hacia los indígenas, que continuaban sin hacer el más mínimo movimiento.

–La venganza no resucita a los seres queridos –señaló con infinita calma–. Ni la crueldad alivia el auténtico dolor que se esconde en lo más profundo del alma. –Lanzó un hondo suspiro–. La tortura que le habéis infligido a ese desgraciado no me devolverá a mi padre, al igual que tampoco os devolverá a vuestros maridos o vuestros hijos. Tan sólo el perdón ayuda a olvidar, y tan sólo el amor contribuye a construir un mundo más justo. –Se aproximó al trono de oro y marfil, giró a su alrededor, lo estudió con detenimiento y por último se colocó tras él y lo empujó haciéndolo rodar por las escalinatas–. ¡No más tiranos! –añadió–. No más negreros, ni más esclavos. Yo os juro por la memoria de mi hermano que, de ahora en adelante, a orillas del gran Níger no vivirán más que seres humanos libres, cualquiera que sea su tribu, su raza o el color de su piel.

–¿Serás nuestra reina? –quiso saber, con cierta ansiedad en el tono de voz, Yadiyadiara.

La muchacha le dedicó la más dulce y serena de sus sonrisas al tiempo que negaba con firmeza.

–No he venido hasta aquí para reinar –dijo–. He venido para intentar enseñaros que cada ser humano tiene derecho a ser su único rey.

–¡Pero siempre tiene que haber quien mande, y quien obedezca! –puntualizó, absolutamente convencida de sus razones, la matrona yoruba.

Celeste Heredia tardó en responder; recorrió con la vista, muy despacio, a todos los presentes, y al fin inquirió muy suavemente:

–¿Por qué?

Lanzarote, agosto de 1996.

EN ESTA MISMA COLECCIÓN

Jet

BIBLIOTECA DE AUTOR DE

ALBERTO VAZQUEZ-FIGUEROA

069/01 **ANACONDA**
069/02 **TIERRA VIRGEN**
069/03 **¿QUIEN MATO AL EMBAJADOR?**
069/04 **MANAOS**
069/05 **¡PANAMA, PANAMA!**
069/06 **MARFIL**
069/07 **IGUANA, LA**
069/08 **PERRO, EL**
069/09 **EBANO**
069/10 **BAJO SIETE MARES**
069/11 **OLVIDAR MACHU-PICCHU**
069/12 **TUAREG**
069/13 **OCEANO**
069/14 **YAIZA**
069/15 **MARADENTRO**
069/16 **MAREA NEGRA**
069/17 **NUEVOS DIOSES**
069/18 **VENDAVAL**
069/19 **PALMIRA**
069/20 **VIRACOCHA**
069/21 **CIENFUEGOS**
069/22 **CARIBES**
069/23 **AZABACHE**
069/24 **MONTENEGRO**
069/25 **BRAZOFUERTE**
069/26 **XARAGUA**
069/27 **VIAJE AL FIN DEL MUNDO: GALAPAGOS**
069/28 **DELFINES**
069/29 **ARENA Y VIENTO**
069/30 **SICARIO**
069/31 **ANILLO VERDE, EL**
069/32 **CIUDADANO MAX...**
069/33 **BORA BORA**
069/34 **AFRICA LLORA**
069/35 **ORDALIA DEL VENENO, LA**
069/36 **PIRATAS**
069/37 **AGUA PROMETIDA, EL**
069/38 **MATAR A GADAFI**
SULTANA ROJA

Jet

BIBLIOTECA DE AUTOR DE

CLIVE CUSSLER

244/01 **SAHARA**
244/02 **PANICO EN LA CASA BLANCA**
244/03 **DRAGON**
244/04 **CYCLOPS**
244/05 **TESORO DE ALEJANDRIA, EL**
244/06 **ORO DE LOS INCAS, EL**
244/07 **¡RESCATEN EL TITANIC!**
244/08 **VIXEN 03**
244/09 **ICEBERG**
244/10 **TRIANGULO DEL PACIFICO, EL**
244/11 **INCURSION NOCTURNA**
244/12 **PELIGRO EN EL MEDITERRANEO**

Jet

BIBLIOTECA DE AUTOR DE

D. LAPIERRE y L. COLLINS

135/01 **ESTA NOCHE, LA LIBERTAD**
135/02 **OH, JERUSALEN**
135/03 **QUINTO JINETE, EL**
135/04 **¿ARDE PARIS?**
135/05 **...O LLEVARAS LUTO POR MI**

Jet

BIBLIOTECA DE AUTOR DE

MICHAEL CRICHTON

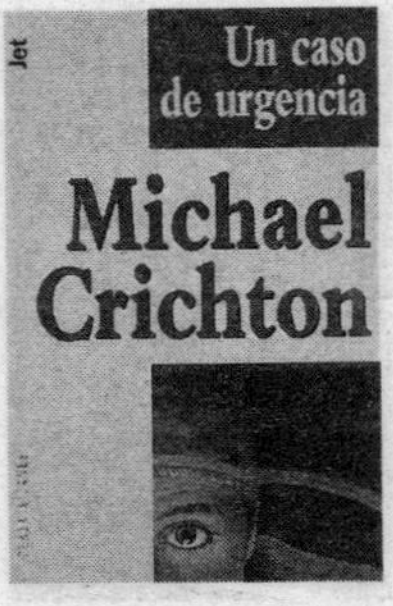

202/01 **ESFERA**
202/02 **SOL NACIENTE**
202/03 **DEVORADORES DE CADAVERES**
202/04 **CONGO**
202/05 **GRAN ROBO DEL TREN, EL**
202/06 **PARQUE JURASICO**
202/07 **ACOSO**
202/09 **CASO DE URGENCIA, UN**
202/10 **MUNDO PERDIDO, EL**